化境吴哥

孔见 著

南方出版传媒
花城出版社
中国·广州

图书在版编目（CIP）数据

化境吴哥 / 孔见著. -- 广州：花城出版社，2021.1
　ISBN 978-7-5360-9257-0

Ⅰ．①化… Ⅱ．①孔… Ⅲ．①幻想小说－中国－当代
Ⅳ．①I247.5

中国版本图书馆CIP数据核字(2020)第205929号

出 版 人：肖延兵
责任编辑：陈宾杰　李　卉
技术编辑：薛伟民　凌春梅
封面设计：荆棘设计

书　　名	化境吴哥 HUAJING WUGE
出版发行	花城出版社 （广州市环市东路水荫路11号）
经　　销	全国新华书店
印　　刷	佛山市浩文彩色印刷有限公司 （广东省佛山市南海区狮山科技工业园A区）
开　　本	787毫米×1092毫米　16开
印　　张	20.75　1插页
字　　数	293,000字
版　　次	2021年1月第1版　2021年1月第1次印刷
定　　价	59.80元

如发现印装质量问题，请直接与印刷厂联系调换。
购书热线：020-37604658　37602954
花城出版社网站：http://www.fcph.com.cn

主要人物

周神仙｜周达观，中国元朝人，1295年随元朝使团出访真腊（柬埔寨），回国后著《真腊风土记》一卷，入《四库全书》，后译成英、法、日多国文字。当年出访时29岁。

亨利·穆奥｜出生于法国，探险家、生物学家，1859年读《真腊风土记》后，从英国到东南亚旅行探险，在密林中发现吴哥窟遗迹，在吴哥考察中患疟疾不幸病逝，时年34岁。

马可｜意大利人，亨利的助手，探险家马可·波罗的后裔，教皇的密探，从小生活在英国，26岁。

达尔文｜亨利的老师，生物学家，进化论的创立者，时年50岁。

阿米拉｜柬埔寨少女，16岁。

阿泰｜阿米拉的父亲，40岁左右。

郎哥｜阿米拉的哥哥，18岁。

阿美｜阿米拉的母亲，麻风病人。

李老板｜华裔，开唐人精舍，40岁。

王老板｜华裔，开杂货铺，45岁。

孔郎中｜在柬埔寨行医的华裔，50岁。

欧文｜英国自然历史博物馆馆长，解剖学家，达尔文的同学和对手，50岁。

黑衣人｜英国教会派出的杀手。

阿青｜教会打进探险队的探子。

阿猛｜官府安排进探险队的探子。

目录

引子

第一章　仙人指路 / 1

第二章　肩负重托 / 5

第三章　神秘旅友 / 10

第四章　基督恐吓 / 16

第五章　国王忧虑 / 21

第六章　洪荒之地 / 24

第七章　大饱眼福 / 27

第八章　身陷绝境 / 31

第九章　唐人精舍 / 37

第十章　华商家谱 / 41

第十一章　跟踪窥视 / 44

第十二章　酒宴戏服 / 48

第十三章　乐在水中 / 51

第十四章　狩猎高手 / 55

第十五章　又见基督 / 60

第十六章　大材小用 / 65

第十七章　明察暗访 / 69

第十八章　与猴争洞 / 73

第十九章　人猴谈判 / 76

第二十章　狐影鬼啼 / 81

第二十一章　不翼而飞 / 88

第二十二章　跌落深潭 / 92

第二十三章　听天由命 / 98

第二十四章　鹰击渊深 / 104

第二十五章　麻风阿米 / 110

目录

第二十六章 狐蝠藏宝 / 116	第四十二章 搅拌乳海 / 225
第二十七章 暗渡沧海 / 123	第四十三章 三千世界 / 230
第二十八章 何方神圣 / 128	第四十四章 日记被盗 / 238
第二十九章 古城遗堞 / 135	第四十五章 替天行道 / 247
第 三 十 章 九头蛇精 / 141	第四十六章 吴哥微笑 / 253
第三十一章 真腊王子 / 153	第四十七章 改弦更张 / 259
第三十二章 第一尊神 / 159	第四十八章 烈日难耐 / 264
第三十三章 神王品质 / 164	第四十九章 绝不信邪 / 270
第三十四章 降妖驱邪 / 171	第 五 十 章 起死回生 / 275
第三十五章 火中救仙 / 177	第五十一章 天下第一 / 283
第三十六章 至高浮屠 / 182	第五十二章 郎哥遇难 / 288
第三十七章 城中之城 / 189	第五十三章 难舍吴哥 / 294
第三十八章 暗藏玄机 / 199	尾声 / 302
第三十九章 猴王神话 / 210	后记 / 305
第 四 十 章 俱卢大战 / 215	附录 真腊风土记 / 307
第四十一章 诸神之战 / 221	

引 子

人与人之间的交往,有身交,也有神交。

许多人,你虽然天天看到他,但是你心里面并不一定有他。还有一些人,你可能从来没有见过他,甚至你们并不生于同一个时代,可是你的心中装进了他,你就会觉得这个人无时无刻不在你的身旁,就好像鬼神相伴一样。

第一章

仙人指路

"你是谁？你怎么进来的？"

亨利·穆奥正在船舱里收拾行李，突然看到桌子上站着一个小人，像玩偶一样，穿了一身中国古代的官服，正在冲着他笑呢，这可把他骇得不轻。

"我是谁？你不认识了？是你把我带到这儿的。"说着，这个小玩偶从桌子上蹦了下来，瞬间就变成了一个和亨利一样大小的人，不客气地坐在桌子上。

这时，亨利用手扶了扶近视眼镜，才看清了面前这个人的相貌。只见他个头不高，圆脸庞、圆眼睛、圆鼻子、圆嘴巴，还有两个圆酒窝、圆肚皮，整个人就像个圆球。"你怎么是个圆人啊！"亨利笑着说。

"对了！我就是中国元朝人，周达观啊。"他说着指了指桌子上的一本书——《真腊风土记》。

周达观，生于1266年，卒于1346年，中国元代地理学家，浙江温州永嘉人。1295年由温州港出发，奉命随元使赴真腊（今柬埔寨）访问。1296年抵达该国，居住一年许，1297年返国。根据见闻，撰成《真腊风土记》一卷，记录

化境吴哥

该国山川草木、城郭宫室、风俗信仰及工农业贸易等，是珍贵的国家历史文献，有法、英、日多种译本。

亨利看了一眼桌上的这本书，惊讶地说："你就是周达观？《真腊风土记》的作者，你……你不在书里，怎……怎么跑到书外边来了？"

"我就在书里，只是你想我的时候，我就从书里跑到了书外边儿。"周达观又坐到了床上说。

"怎么回事？什么书里书外，我怎么听不懂？"亨利一脸茫然。

周达观解释道："是这样的，当你看我的书的时候，你看的是文字，琢磨的是字里面写的东西是什么，是猫啊还是狗的，是不是？"

亨利似懂非懂地点点头。

"当你放下我的书，或者没有想书里内容的时候，你想的只是周达观的《真腊风土记》，就是在想我，在想周达观这个人，我就会出现在这儿了。"周嬉皮笑脸地解释着。

"还有这种事？这，这……我还是不明白。"亨利一脸困惑，看看书，又看看周达观。

"你啊，真笨，一点想象力都没有。这样，你闭上眼睛。"周说。

亨利闭上眼睛。

周说："现在心里想一个人，不许睁眼，只许用心去想啊！"

亨利闭着眼睛在想。

周说："想好了吗？看到了吗？"

亨利："想好了，看到了。"

周问："想谁呢？"

亨利："想我太太呢。"

一个美丽的女人出现在船舱。

周说："拥抱，她就在这儿呢。"

"在哪儿呢？"亨利睁开眼睛找，可女人没有了。

周："一点都不会玩。走了,回家去了。"

亨利："我怎么没看见啊?"

周："你没玩过那个,晚上的,一个人,在床上的,想入非非,仙人乐吗?"

亨利点点头。

周："这不得了?想是想,看是看,想见和看见不一样吗?这就是神交,不是身交。"

亨利似懂非懂："那你怎么长成这样、穿成这样?"

周："你见过我吗?只知道我是中国元朝人,是你把我想成这样,圆不溜秋,穿成一身官服的。幸亏你把我想成这样,你要是想我没穿衣服,光着屁股……别、别,千万别闭上眼睛!"

亨利调皮地闭上一只眼。

周的上衣瞬间就没有了。

亨利睁开眼："我就不让你丢人现眼了。告诉我,你来干什么?"

周："我没想来,是你把我带来的,让我陪你去真腊逛逛,你不带我,我怎么来?"

亨利："是啊,周达观,生于1266年,中国元朝温州人,1295年也就是元贞年间随元朝使团出使真腊,那年你29岁,比我现在还小五六岁,我就管你叫老弟啦。"

周："你也好意思,我比你早出生五百多年,是你爷爷的爷爷的爷爷的爷爷的……"

亨利："那得长成什么样啊?一个白胡子老头,那多不好看啊。所以,我只能把你想成这个样,小老弟的样子。你能写出本《真腊风土记》,说老实话,真是不容易,500年前的时候,只有你一个人记录下历史原貌,所以嘛,你是我的老师。我这次去,争取也有点收获。"

周："怎么又谦虚了,你一定比我强。"

亨利："我也想啊。说老实话，你们当年到真腊干什么去了？什么使命？我怎么觉得你们是个军事代表团，是搞情报去了？"

周："这可是天朝机密，不能告诉你。"

亨利："过了500年，还天朝机密，元朝早就换大清了，真腊也改叫柬埔寨了，不过你这本书还真有价值，什么洗澡、生孩子、坐月子的都写上了，你们天朝就是这样搞情报啊？对我还是很有导游价值的，所以我带上了你。记着，想你的时候，你得出来啊，别老躲在书里睡觉。"

就在这时有人敲门，周达观说了一句"我回书里了"，就钻进书里去了。

亨利看着书，摇摇头，转身说："请进。"

进来的是马可，亨利的助手："老师，还有什么事需要我帮您做的？"

亨利："谢谢，没有什么事了，我自己可以办。"

马可："船长刚才让我告诉您，晚上请您一起进餐。"

第二章

肩负重托

神交秘友对于一个人的成功具有举足轻重的作用。因为,我们获得的知识绝大部分都是从书本上得到的,而书的著者,他们绝大多数已经先于我们来到这个世界,先于我们穿过了这段时光,他们的灵魂放射出来的奇异神采,却化为我们可以感知的某种境界,永远地留给了我们,使我们增智受益。

对于探险家来说,这种神交之侣就更为重要了。"行万里路,著一部书;读一部书,行万里路。"这一部书,既是动念的兴趣源泉,更是起步的信心和方向。

亨利想到,当年哥伦布正是由于看了意大利人马可·波罗的游记,才对东方的中国那么向往,知道乘船前往不会驶出这个星球,马可·波罗一定也时常从字里行间钻出来,为哥伦布答疑解惑,成为他的良师益友。至于马可·波罗,他的神友却是他的父亲。老马可是威尼斯城邦的商人,经常到海外做生意,有一次贸易需要,航船绕到了中国,三年后才归来。听了父亲对美丽中国的描述,17岁的小马可心中充满了对东方大陆的憧憬。在他的再三请求下,小马可跟随父亲去了中国。这一游就是二十多年,回来后他找人帮忙代写了中国

化境吴哥

游记。书中对中国的评价是遍地珍宝,其中使欧洲人激动的事情就是他泄露了一个商业秘密,那就是欧洲人中世纪以来梦寐以求的香料,其产地在中国的南海诸岛藩国。东方的花香以一种魔幻的方式熏倒了欧洲人的灵魂,精美烹饪的享受,女人虚荣心的满足,天主教堂的魔力,无一不是肉豆蔻花、胡椒粉、生姜、桂皮、麝香、龙涎香、玫瑰精油、乳香原料的推波助澜。当时,胡椒的价格比银元还要昂贵,以粒计价,可以用来买房置地换公民权。马可·波罗的中国游记激发了哥伦布全球大探险的热情,人们管富翁叫作"胡椒袋",最终带来了西方的工业革命和全球大探险。在第一轮全球地理大发现的基础上,第二轮的全球探险出现了一些新情况,就是一批科学家乘坐军舰进行探险,去进行自然地理科学考察,从而构建了西方新的知识体系。其中,查尔斯·罗伯特·达尔文就是最著名的一位代表。这位出生于1809年的英国生物学家,乘坐"贝格尔"号军舰做了历时五年的环球航行,对地球上的动植物和地质结构等进行了大量的观察和采集,出版了多部著作,提出了进化论的学说,就在今年(1859)7月1日,他将发表最重要的著作——《物种起源》,向各种唯心的神造论和物种不变论发起最激烈的挑战。

而此时,在伦敦的一处花园式住宅里,主人达尔文教授和他的学生法国人亨利两个人正坐在沙发上进行着一次重要的谈话。

达尔文抽着雪茄烟问:"你喝咖啡,怎么样?"仆人给亨利上了咖啡。

在今天的世界里,查尔斯·达尔文的名声可谓家喻户晓。他因提出进化论,否定了上帝创造人类而名扬四海。达尔文,1809年出生于英国西部什鲁斯伯里一个世代为医的家庭。16岁时,他被父亲送到爱丁堡大学医学院学习,但他对医学没有兴趣,从小喜欢打猎、采集矿物和植物标本,在医学院整日游手好闲。1829年,父亲把他转到牛津大学神学院读书,希望他毕业后成为一个乡村牧师,这在当时是非常受欢迎的职业。1831年大学毕业后,英国政府组织了"贝格尔"号军舰环球考察,达尔文以博物学家身份自费参加了考察活动。这艘军舰穿越了大西洋、太平洋,经过澳大利亚,进入印度洋,绕过好望角,于1836年10月回到英国。这次考察，达尔文收获颇丰，很快他就发表了一系列著作，提出了进化论的观点，并于1842年第一次写出了《物种起源》提纲，在1859年7月1日正式发表。书中，达尔文根据二十多年积累的对古生物、生物地理学、形态学、胚胎学和分类学等许多领域的研究资料，以自然选择为中心，从变异性、遗传学、人工选择、生存竞争和适应等方面，论证物种起源和生命自然界的多样性和统一性。

《物种起源》第一次把生物学建立在完全科学的基础上，以全新的生物进化思想，推翻了神创论和物种不变的理论，标志着进化论的正式确立。尽管它也有缺陷和不足之处，但它无疑是科学领域的一场大革命，这即将成为科学对宗教的历史性胜利。《物种起源》的即将发表，在社会上引起了巨大反响，宗教领袖和维多利亚王朝都非常震惊，人类和动物的祖先居然是一样的，这是他们绝对无法接受的。

亨利·穆奥出生于1826年5月15日靠近瑞士边境的法国杜省蒙贝利亚尔，致力研究植物学，1856年与法国探险家芒哥·帕克的女儿结婚。他既是达尔文的学生，又是世交好友，更是进化论的支持者，是战斗团队的一员。此时，他来到达尔文的家中，接受导师赋予的重托。

达尔文："《真腊风土记》看了吗？"

亨利："看完了。"

达尔文："这是一本非常重要而有趣的游记。这个中国人很不简单，关于亚洲中南半岛地区500年以前的文字记录只有这一本。这部著作的最大特点是全面、真实、细节丰富，被放进了中国官方的《四库全书》。1819年被法国人雷穆沙翻译成了法文，引起了国际上的关注。我们相信真腊这个国家是存在的。这个地区比较混乱，500年来战争不断，国家关系已经发生了很大的变化。但是，地质结构不会发生大的变化。由于它地处赤道附近，处在亚非两个大陆板块和太平洋与印度洋的挤压之中，所以它既是地质结构形成的特殊环境，又是所有物种生存得最丰富的地带，它就一定会有物种起源、进化、演变最充分的证据。我们的对手认为，这个星球只有一亿年的时间，有人类不超过2000万年，因此，人类不可能是进化来的，只能是上帝生产出来的。所以，我想让你尽快去考察一下，尽可能找到我们所需要的标本资料，证明地球的生命和动物、植物以及人类进化的历史。这对进化论的胜利非常重要。"

亨利："明白了，老师，我已经向法国方面申请了考察经费，并且已经预订了前往新加坡港的船票。"

达尔文："法国不一定会同意。英国也不一定会批，他们都站在教会一边。如果他们都不批，我通过英国动植物保护协会想办法解决。家里怎么样，安排好了吗……"

深夜的伦敦，大雾弥漫，一辆马车快速行驶在街道上。马车来到了英国历史自然博物馆的门前，这是一座很像教堂的宏伟建筑，因为欧文馆长信仰基督教，仿照教堂建造博物馆，正是彰显上帝造物的伟大。从马车上下来的人是罗马教皇派来的使者，穿了一身长袍，用围巾蒙着脸，馆长的秘书在马车前迎候。两人穿过博物馆的大厅，进入后庭，沿着楼梯上到三楼的馆长办公室，馆长欧文已经在里面等候。

欧文馆长年届50，身体微微发福，已经谢顶，他是英国最著名的解剖学专家，《论脊椎动物解剖学》是他的著作。他还是英国自然历史博物馆的创始人和第一任馆长。达尔文在16岁的时候被父亲送到了爱丁堡大学医学院就读，当时与欧文是同学，也是很好的朋友。不同的是，欧文是优等生，而达尔文却相反，没有学下来。达尔文是个内心敏感的人，对医院里的那些尸体和解剖学非常抵触。当时他的一个哥哥也在爱丁堡大学读书，非常同情他，就带着弟弟到处玩，并结识了罗伯特·格兰特博士。格兰特研究的是现在被称为"底栖生物"的博物学，他经常带着达尔文去海边收集和研究海洋生物，包括其中一些化石，让达尔文对化石和地质产生了兴趣，并最终离开了解剖学，转向自己喜欢的生物研究。达尔文从爱丁堡大学医学院卷铺盖回家后，他父亲又把他送进了剑桥大学神学院，希望他以后能够到乡村教堂去当一名牧师，这也是很受欢迎的职业。可是，达尔文身在基督学院，心却还在生物学，虽然从神学院毕业了，却没有去当牧师，而是跑去周游世界，并提出了进化论，成了上帝的掘墓人，搞得罗马教皇都睡不着觉，专门派使者到伦敦来找欧文商量对策。欧文是虔诚的基督教信徒，自从达尔文提出物种演化理论，成为上帝和教会的敌人之后，两人便反目成仇，并且，欧文成了达尔文进化论的最大抵触者。

"听说达尔文将于7月1日在剑桥大学正式发表物种起源的演讲，教皇很关心，派我来了解一下情况。"使者首先说道。

欧文边抽着雪茄，边冷静地说："是有这回事，我也接到了请柬，但是没关系，达尔文这个人，喜欢玩，做学问一直不严谨，还没有证据，就发表理论，并且大逆不道、耸人听闻，他是站不住脚的。"

使者："听说他派出学生，到世界各地去探险，去找动植物进化的化石标本。"

欧文："他自己转了四五年都没找到，他的那些所谓学生就能找到？笑话。"

使者："听说他有一个学生叫亨利·穆奥，是个法国人，住在英国，他在法国和英国都在申请经费，要到东南亚去探险考察。"

欧文："我们都知道，他们就那么几个人，一个小圈子，政府是不会支持他们的。即使自己跑去，东南亚的地方当局也不支持他。谁愿意当上帝的敌人？人是猴子变的——亏他想得出来。不过，我们已经有安排了，你让教皇放心……"

第三章

神 秘 旅 友

英国伦敦港码头,一艘前往亚洲的客轮"女王"号正在上客。

轮船甲板上,一只望远镜正观察着下面登船的人,远方两个人出现在镜头里。

远远地有两个人正提着行李快步走过来。

走在前面的就是探险家亨利·穆奥,他35岁左右的年纪,瘦高个,戴着深度眼镜,一身猎装,头戴鸭舌帽,脚穿长筒靴,背着双筒猎枪,牵着猎犬查尔斯;跟在后面的是亨利的助手——马可,一个26岁的年轻人,身材匀称,相貌英俊,穿着夹克上衣,同样脚蹬长靴,提着两个大皮箱。

两人来到了船边,验票上船,通过踏板廊桥,进了船舱。

亨利在三等舱,而马可在五等舱。

汽笛长鸣,船上广播宣布开船,码头上奏响了英国军乐。

入夜,苍茫的大海上,满天星斗,明月高悬,轮船在平静的海面上航行,船尾拖着一条长长的浪花。

第三章 神秘旅友

除了指挥室还亮着，剩下的灯光都已经灭了，船上的旅客们都已经开始休息了。

通往甲板上的舷门被拉开，亨利走了出来。第一晚航行让他很兴奋，所以睡不着，他走上甲板，来到休息区，坐在躺椅上。

猎犬查尔斯静静地趴在亨利的躺椅旁边。

"出来吧，周神仙。"

周达观瞬间就出现在他旁边的躺椅上，大大地伸了一个懒腰。"你叫我什么？周神仙？"周达观说。

"是啊，不然我叫你什么？"亨利说。

"怎么，你不睡，也不让我睡，大晚上的，不想太太或情人什么的，想我干什么？"周神仙开玩笑地说。

"想你就是想工作，你不知道我是工作狂吗？"亨利回答。

"感觉到了，这本书到你手里没几天，都快被你翻烂了，珍惜一点，那可是我的家。"周神仙笑着说。

亨利："是啊，要没有你这本书，我哪会上这艘船去亚洲啊，早就在家睡大觉了。"

周："你这个法国人，怎么有我这本书啊？"

亨利："你自己可能都不知道，我给你说说吧。你走了以后，过了几十年，大明就灭了大元。然后又过了几百年，大清又代替了明朝。你运气不错，清朝皇帝把你编入《四库全书总目提要》，称你的书'文义颇为赅赡，本末详具，可补元史佚阙'。后来，到了1819年，我们法国人将你的书翻译成法文，我才能认识你。"

周："噢，都过了这么久了。你觉得我的书写得怎么样呀？"

亨利："书是查尔斯·达尔文教授送给我的，他是英国人，是世界上最著名的探险家。"

周："慢点，你是法国人还是英国人？"

化境吴哥

亨利:"1826年5月15日,我出生在法国杜省蒙贝利亚尔,这是一个靠近瑞士的小镇。我的父亲是路易斯·菲利普手下的一名官员,我的母亲是一位受当地人尊敬的教师。他们很重视我们兄弟的学习,使我们受到了良好的教育。1856年,我们兄弟移居到了英国,我认识了探险家芒哥·帕克的女儿,和她结了婚。"

一双眼睛从舱里门窗窥视着甲板上的亨利。

周:"探险家,什么是探险?到哪里探险?"

亨利:"探险就是到我们这个地球上没有去过的地方,去寻找和发现人们还没有发现的动物、植物。比如达尔文先生就是一位探险家,他通过到世界各地探险,提出了进化论的理论,证明了我们人类是从猿类进化成人的。"

周:"什么?人是猴子变的?我们的祖先是猴子?为什么?"

亨利:"这是科学,你出生的时候还没有科学,所以你不懂。我受达尔文先生的影响,也是学习和研究自然科学的,也喜欢到世界各地探险。其实,周神仙,你也是个探险家。你能够漂洋过海到东南亚,认真发现和记录,写了《真腊风土记》,这是很不容易的,不是什么人都能做到,而你做到了。全世界只有你一个人做到了,把那个时候柬埔寨,当时叫真腊,这个国家的情况用文字记录下来了,成为我们今天研究认识这个国家的宝贵资料,这是人类共同的财富和文化遗产,我要好好向你学习请教。"

周:"说得我都不好意思了。我那是被他们逼出来的。"

亨利:"逼出来的,为什么?你不热爱探险吗?"

周:"我们是大元朝的使团,带队的是亲王殿下,也就是忽必烈的孙子,铁穆耳皇帝的弟弟。我是汉人,是个当差的。不是我想要去的,是他们抓我去的。"

亨利:"怎么回事,说来听听。"

周:"元朝是蒙古人当皇帝,我是个汉人,而且是浙江温州沿海的渔民出身,但也读了几年书,后来家里穷,读不下去了,就跟着家人下海打鱼。我们经常往南海去打鱼，什么爪哇、占婆都去过，也会几句当地的话。就因为这个，官府找到我，让我随他们一起去真腊。"

亨利："那你去究竟是什么任务呢？"

周："什么任务？当官的说了，三项任务：向导、翻译加记录。"

亨利："你是全能啊，不简单。"

周："凑合干吧，反正船上还有老大，当翻译他们两边都听不懂，一半翻一半猜，至于记录，他们要你天天把看到的听到的都记下来，我就把各种好玩的印象深的都记录下来，交给他们。"

亨利："我看你不是在写书，而是在写情报。你一定还有更多的东西没发表，或者遗失了，我觉得这本书不完整。"

周："我记的东西肯定比这个多，回国后他们把我带到京城，重新整理交了上去。我也不知道他们怎么用，后来翰林院编修出了这个东西，入了内廷文库。"

亨利："你们倒像是个军事使团，全面搜集一个国家的情况。你们的任务究竟是什么？"

周："我不是官员，所以我也不是很清楚，只知道是国家外交。两国交兵，不斩来使。我们能见国王，我还吃过国宴，可惜没吃饱。国王喜欢说话，我就不能吃，要翻译。说说你，你这次去想要干什么？"

亨利："我是个自然科学家，主要研究动物和植物。达尔文教授是我的导师。他最近要发表《物种起源》，这是有关进化论最重要的著作。现在英国许多教会控制的学校机构，攻击达尔文，说他的探险资料不足以证明进化理论。为此，他给了我你这本著作，认为真腊这个地方物种非常丰富，而且欧洲很少有人来过，算是个处女地吧，让我来尽量收集一些实物标本。所以我就被你拐来了。"

这时，马可走了过来："老师，甲板上风大，时间不早了，早点回舱里休息吧。"

亨利答应着，然后起身随马可离开了甲板。

回到舱里后，亨利发现有人进来过，并且翻过他的东西。

海上风大浪高，轮船在大海上颠簸。

船舱里的亨利不停地呕吐，痛苦万分。

大船舱里，马可也在呕吐，晕船。

猎犬查尔斯也趴在船舱的地板上吐着，无精打采。

船长在指挥室亲自指挥航行。

风浪越来越大，船上有些物件没有捆绑固定结实的，被抛到了海里。

亨利叫着周神仙，周神仙就出现了，坐在了亨利身旁。

"怎么样，探险不好玩吧？"周神仙摸着亨利的头说。

亨利痛苦地说："是啊，都是你，要不是因为你的书，你的书的诱惑，我也不会上这艘船。"

周："那就让船长掉头开回去吧。"

亨利："来不及喽，向前开和向后开都一样。我的头实在痛得厉害，我真想跳海死了算了。"

周："那也是个办法，一了百了。"

亨利："哎，周神仙，你说咱们的船会不会被吹翻啊？"

周："不是没有这种可能，中国人说人定胜天，其实人有时候是胜不了天的。"

亨利："我记得你们中国老子就说什么顺其自然，说人是胜不了天的，只能顺其自然。你们当年去真腊，碰到过这种风浪吗？"

周："当然有呀，在海上航行，这种风浪都是家常便饭。"

亨利："那怎么办？你晕船吗？害怕吗？"

周："没有不晕船的人，晕多了就习惯了，就不怕了。你现在的船比我们的好多了，我们是木船，都是人在摇桨。一条船几百人在摇，边吐边摇，边摇边吐,不摇船就翻了。你就知足吧。"

亨利:"其实,我知道你们当时为什么要去真腊。"

周:"为什么?你说说看。"

亨利:"你们有两个使命:一是侦察真腊的实力,二是如果打不了,可以与真腊议和。"

周:"何以见得?"

亨利:"你先说是不是?"

周:"的确是议和了,你怎么知道?"

亨利:"过去500年,这些都成为历史书上的故事了。你们是1295年去的真腊对不对?"

周:"1295年?我不懂这些。我们在港口提前筹备了将近一年,元贞元年六月出发的。"

亨利:"嗯,用我们现在的纪年方法,你出发的那一年就是1295年。1294年,元朝第二次从海上进攻日本,遇上了台风,损失惨重,元军的战船都被破坏,沉入海底。虽然忽必烈还想第三次进攻日本,但是他却在1295年去世了。不仅如此,元军进军安南和真腊都不顺利。元朝新王铁穆耳继位,放弃了忽必烈东征日本的计划。同时,又派你们出使真腊,想要改变忽必烈的南进战略计划,对不对?"

周:"你怎么什么都知道?我真是,我真是没什么可说的了。"

这时,海上风浪越来越大,亨利呕吐不止。

豪华船舱里,一个人也在呕吐,我们只能看到他的背影。

第四章

基督恐吓

阳光下,大海上风平浪静,轮船在快速行驶。

亨利来到了驾驶室。周神仙也出现了,他竟然像小木偶一样站在船长指挥台的海图上面。

周神仙对亨利说:"问问船长,现在船走到哪儿了?"

亨利:"船长先生,您能告诉我,现在我们的船行驶到哪里了吗?"

船长用指北针定位后,在海图上指出船的坐标位置。

海图上的周神仙走到这个位置,说:"我们也是用罗盘定位导航,这玩意儿我也会。问问他这里离交趾洋有多远。"

亨利问船长:"这里离交趾洋有多远?"

船长:"交趾洋?你还知道交趾洋,不简单啊。你怎么知道的?谁告诉你的?"

周:"我告诉他的!"

亨利:"中国人,叫周达观的。"

船长:"有意思,他是怎么说的?"

周神仙连蹦带跳地说:"自温州开洋,行丁未针。历闽、广海诸州港口,过七洲洋,经交趾洋到占城。又自占城到真浦。又自真浦行坤申针,过昆仑洋,入港……"

亨利:"从温州出海,使用罗盘往西南行,经过福建、广东一带港口,又过了海南岛东北,经越南北部海域到达占城。然后从占城到越南南部的真浦。再从真浦行舟按罗盘坤申针行驶,过了昆仑洋就进入港……"

船长:"不简单,你记得这么清楚。但是,这是从中国出发的航线,而我们恰恰是相反的,我们行驶的航线是从大西洋经过直布罗陀进入地中海,之后走苏伊士运河,进入红海,然后经过曼德海峡,进入印度洋海域,接着走马六甲海峡,最后在新加坡港登陆。然后再换乘进入南中国海,才走到你说的海域和航线,那时候就不是我这艘船了。我们现在已经进入印度洋,再有几天就到达马六甲了。"

船长在海图上边指边说,周神仙随着船长的指示在海图上跑来跑去。

轮船经过马六甲海峡时,短暂停留在马六甲港口装卸货物。

这里的搬运工已经有了大量的华人。

亨利站在甲板上,看着岸上的情形。

"你来过这里吗?"亨利问周神仙。

周神仙紧挨着亨利站着说:"来过。"

"什么,这儿你也来过?怎么没看你记在书里啊?"亨利非常惊讶。

"当时这里属于三佛齐国,从唐宋时起就和我们有密切的往来,元朝开国后没有正式的联系,但是我们知道这里非常重要,就从真腊悄悄地来了一趟,看看这里的情况。在正式报告中我写了,但是写书时没有放在里面。"周神仙解释说。

"我就说你们是搞情报的吧。"亨利自言自语。

船上吹响了哨子,撤板、起锚、起航。两天后抵达新加坡港。

化境吴哥

从印度洋东岸经过马六甲海峡,在拥堵的海船中穿行,亨利所乘的英国皇家公司的船终于抵达了新加坡港。

亨利与船长拥抱,再三感谢,又把一封信交给船长,请他回到英国伦敦时转交给家人。然后登上跳板,第一次踏上了亚洲大陆。预先联系好的接待人已经在岸上等候。接到后,亨利、马可牵着猎犬查尔斯上了人力三轮车,前往英国在圣淘沙港不远的旅馆。

一人从望远镜里看着亨利的一举一动。

经过近两个月的海上航行,一路颠簸,终于上岸了,不仅人高兴,就连猎犬查尔斯也是欢天喜地。

亨利和助手马可进宾馆后洗了澡,又美美地吃了一顿西餐,然后坐在凉台上,喝着咖啡,欣赏着圣淘沙港口繁华的美丽夜景。

不远处的海港,海上货轮商船灯光闪烁,装卸货物的喊声、哨声隐约可闻,一派繁忙。亨利知道,东印度公司的货物都要通过这里转运东亚各国,同时来自东亚、东北亚甚至美洲和大洋洲的许多货物也都从这里转运到欧洲。1848年的对华战争结束不久,大英帝国已经用坚船利炮打开了古老的中国大门,而这次攻门的位置恰恰就是周神仙的家乡——宁波。所以,现在的海上业务越发繁忙,其中就包括大量的鸦片。

不远处的山包上,就是英军巨大的岸炮炮台,可以封锁马六甲航道。从这里可以看见对面的国家——印度尼西亚,就是当年的爪哇。

"这儿你来过吗?"看着旁边椅子上坐着的周神仙,亨利问道。

"当然喽。"周神仙随口说道。

"什么当然,是当然来过,还是当然没来过?"亨利说。

周神仙:"此地如此重要,我们当然要来光顾一下。"

亨利:"你吹牛吧,说说情况。"

周:"这里叫作黄金半岛,对面的海湾叫象牙海湾。我们中国人和印度人，自古以来就在此区域与许多贸易港和城镇建立联系，数量多达30个以上。这里的人主要信奉印度教和佛教，后来又传入伊斯兰教。早期有狼牙修、揭茶、丹丹等小国。与扶南早有联系。唐朝开始，这里的许多地区由三佛齐帝国统治。三佛齐国王统治着一个由苏门答腊的滨海地区、马来半岛和婆罗洲所组成的、松散的海上王国，同时也控制着爪哇岛部分地区。不过爪哇岛上的各小国始终抗拒三佛齐的统治。三佛齐是一个商业国家，欢迎每年一度来自中国和印度的船队到这里来做生意，有时甚至有从日本、阿拉伯和伊朗来的船只到达。实际上，我早在来真腊之前，就几次从宁波来过这里做生意。由于生意上的巨大利益，暹罗多次试图从北部征服三佛齐。为了与中国结盟以对抗敌人，三佛齐一直向中国皇帝进贡，但不受中国统治。后来，三佛齐的势力开始减弱，与爪哇、暹罗一直打仗。到了我们元朝这会儿，爪哇的满者伯夷帝国控制马来半岛，但三佛齐依然控制着最富饶的部分，所产生的香木、海产品、金、锡、香料、腊和果干在中国很畅销。所以，我每年都会过来采购回去一批好东西，同时也把中国的瓷器、丝绸带过来。"

亨利惊奇地看着周神仙，听完他的侃侃而谈之后，说："你真是个神仙，知道得真不少。"

周神仙："当翻译嘛，别人说了你要翻过来翻过去、翻过去翻过来，想听也要听，不想听更要听。"

亨利："你们到底跑了哪些地方？什么使命？"

周神仙得意地说："这样给你说吧，我们重点是在真腊，但整个中南半岛都跑了，各个国家都跑到了。是他们请我们去的。开始还保密，后来传开了，各个国家都跑来请，就都转了。使命嘛，就是和平喽，不打仗啦。其实，不是大元打不打，是我们发现，中南半岛几个国家它们自己都想互相打，到处充满了火药味。"

马可上来问亨利要不要出去转转。亨利说："好啊，把猎犬查尔斯带着，到街上去溜达。"

化境吴哥

在新加坡休息了几天,亨利的行李箱也到了。

他和马可打开了大行李箱,将生活用品、观察器材、检测仪器、狩猎设备、攀登工具、书籍资料等分别装箱,以便携带。

一天,亨利外出回来,发现有人进过他的房间,糟糕的是,他带来的钱被偷了,并且,偷窃的人留下了一张耶稣受难的明信片。

亨利来到英国驻新加坡的外交机构,汇报了他失窃的事情,请求帮助,同时也了解了当地以及整个中南半岛和南海各国的一些情况,请他们和相关的各国外事机构、文化机构取得联系。使馆的人询问了情况,答应帮他联系家人再寄钱来,并先借了一点钱给他。

亨利没有说基督明信片的情况。

他又找到了英军,要了一些军用望远镜、地图、军装、吊床等装备器材。

一切准备停当,他带着马可登上近海的轮船,从新加坡北上,沿海路进入泰国湾。先到达了暹罗曼谷,卸下所有的行装。他计划以曼谷为基地,然后到老挝、柬埔寨和安南探险旅行。他把大部分的器材物资留在了暹罗,然后带上够用一段时间的东西,租了一条船,沿着湄公河从暹罗进入老挝和柬埔寨。

湄公河两岸,沃土万顷,森林满山,水利工程使农作物生长得很充分。

一路上,在大小山丘上,有无数的寺庙,与绿荫搭配,形成了美丽的景色。

周神仙不停地向亨利介绍这里的风土人情。他们经过了老挝的琅勃拉邦,这里是老挝当时的首都。然后在万象穿过暹罗和老挝的共用水道,又经过几天的航程进入了柬埔寨的贡布。

贡布位于柬埔寨的南部,是一个海港城市,也是一个贸易运输的集散地。这里有来自中国、印度等国家的商船,码头上一次会有六七艘轮船同时装卸。不时还能够看到来自中国和欧洲的花瓶在水流中载浮载沉。因为有各国的商人往来,所以小镇非常繁华。他们住在郊野的乡间别墅,是专供来往此地的贵族和富人们休闲度假时使用的,四处还有果园和小河,所以空气格外清新。

几天来,亨利在小镇附近用猎枪打了水鸭,钓了鱼。

第五章

国 王 忧 虑

几天以后,亨利终于乘船来到了柬埔寨王国的首都金边。在这里,亨利意外地破例受到了柬埔寨国王的接见。

国王问亨利:"你觉得我的国家怎么样?"

亨利说:"非常美丽。"

国王问:"你为什么要到我们的国家来?"

亨利:"探险。"

国王:"探险?我们的国家很险吗?"

亨利:"对不起,不是这个意思。在我们欧洲,探险的含义是为了探测新事物而深入这个地球上不为人知的地方……"

国王:"我们是不为人知的地方吗?"

亨利:"请原谅,国王阁下,是这样的,过去没有轮船的时代,我们欧洲和亚洲隔着海洋,而陆地上又隔着沙漠、戈壁、草原和许多国家,所以我们从来没有交往。后来,工业革命之后,有了轮船,就开始尝试着探测这个地球是什么样的,还有些什么样的大陆、人种和动物植物。可能每前进一步都会有危险,所以叫探险。"

国王："那么，你们的探险发现了什么吗？"

亨利："是的，我们发现了美洲大陆、非洲大陆和亚洲大陆。我们发现了这个地球是圆的，而不是方的。我们还发现了许多没有见过的动物和植物，这一切对科学都有很大的贡献。"

国王："你为什么要到我们的国家来探险呢？"

亨利："我看到了中国人周达观写的一本书《真腊风土记》，里面详细介绍了这里的风物，有许多我非常感兴趣的事情，所以，在大英帝国探险家协会的赞助下，我们就来了。"

国王："周达观的《真腊风土记》，我知道，也看过这本书，这是500年前的事情了。这个人不简单，他的书使我们能够了解自己的祖先、国家历史和文化，所以我们感谢他。"

亨利："国王阁下，我是个科学家，我的兴趣在于自然科学，我希望在您的国家发现珍稀的动物和植物，为人类科学做贡献。"

国王："不管我是如何理解你的探险，但我还是欢迎你来到我们国家旅行，你有什么困难，我让宰相帮你解决。"

亨利："非常感谢您！"

国王说："欢迎你到以前的首都乌东去看一看，那里也很美。"

客人离开后，国王把宰相留下来，问道："你的感觉怎么样？"

宰相说："我感觉这个人没有什么政治背景，不像是官场上的人，更不是个军人，就是一个书呆子，所以无须多虑。"

国王说："还是要谨慎一些，西方人的所谓探险，就是先来侦察一下，看看你这个地方怎么样，有没有价值，有没有军队。他们这些探险家都是和国家有合同的，甚至和国王、王室签约，探险经费国家出，最后占领了，再把你的东西运回去卖，大家分成。"

国王交代宰相，给亨利安排好交通工具和住宿。又告诉宰相，派人好好盯着这个白人，看看他究竟干些什么。现在，中国、印度都有欧洲人，他们的探险走到哪儿，然后就是军队过来，咱们要小心点。

亨利骑着水牛从金边前往乌东，整整走了9天时间。

路上，亨利发现当地大象有镫，马牛无鞍，责备周神仙："你没有说骑水牛啊。"

周神仙说："你不觉得很好玩吗？"

亨利说："好玩是好玩，就是屁股受不了，时间也太长了。"

周说："可以骑大象，如果骑大象只需要五天时间。"

亨利说："你怎么不早说，现在屁股都肿了。"

周说："下次吧，你反正是旅行，都尝试一下。"

来到乌东，宰相安排亨利参观了王宫和寺庙，并且天天安排大臣，轮流请亨利吃饭、喝酒，边吃边喝边看歌舞。入夜，还有美女服侍沐浴和就寝。

终于有一天，亨利找到宰相，说："我是一个科学家，我的任务是来科学考察的，我非常感谢国王和您的安排照顾，但我应该去执行自己的任务了。"

宰相问："你想去哪里呢？"

周神仙在亨利耳边说："吴哥。"

亨利大声说："吴哥，我要去吴哥。"

宰相："现在，吴哥已经不存在了，几百年前就被暹罗人烧毁了。但是，你们可以去暹粒城住住，我来帮你们安排……"

随后宰相又给亨利发了一个官府文书，这是用鹿皮染成黑色，裁成一尺见方，用一种来自中国的白色粉末写的，字迹不会脱落，介绍了亨利的情况。有了这个文件他们才能到各地旅行，当地才能接待安排。

亨利回到住处，他发现有人进过他的房间，他走之前做的记号发生了人为的改变，检查了一遍，没有东西失窃。他翻开枕头，又看到了那张基督的明信片。

接下来，亨利将继续按照周神仙《真腊风土记》的路线图行动。

第六章

洪荒之地

从金边乌东，亨利坐着船沿着湄公河继续向北，进入了洞里萨湖。

亨利为沿途的美景深深吸引。湄公河越来越宽，直到最后，宽度有六七公里，就进入了大海般的洞里萨湖。

湖岸边很低，许多地方被一层厚厚的树木覆盖着，而在远方似乎可见被云吞没的山峰，湖水的波浪在阳光的照射下，傲慢地闪烁着，让人的眼睛几乎无法睁开。

在洞里萨湖上，看过去只能见到一片海，其他什么也没有，而在湖中心，杵了一根高高的桅杆，标示出暹罗和柬埔寨王国之间的边界。

"这个桅杆当时是没有的，那个时候真腊的地盘远比现在要大。"周神仙和亨利肩并肩地坐在船上，边走边说。

"当时这里不叫洞里萨湖，叫作渡淡洋。"周神仙说。

"你们到这里是什么时间？"亨利问道。

周神仙想了想说："按照你们的算法，是1296年7月。"

亨利："怎么走了这么久，你们不是2月就离开宁波了吗？"

周:"是这样的,我们是元贞元年六月组团,第二年二月离开宁波,二月二十日从温州港出海,三月十五日到达占城,再往真腊走就遇到了逆风,所以时走时停,一直到七月才到达了吴哥。"

亨利:"吴哥城离洞里萨湖有多远?"

周:"50里吧。"

亨利:"你说洞里萨湖岸到山区还有一段距离,湖岸边可以看到许多野牛和大象?"

周:"是的。非常壮观。我亲眼见的。"

亨利:"现在还有吗?"

周:"说不好,500年前的事了。"

亨利:"我还真想看看。你说能有多少野牛大象?"

周:"成百上千头吧。"

亨利:"咱们上岸,除了野牛大象,会有人接咱们吧?你们当时是怎么接的?"

周:"我们当时是大元使团,事前有打前站的。宰相亲自带着百官来欢迎……"

亨利眼前是岸边码头上隆重的欢迎仪式:
黄色的帷幔,变成了黄沙滚滚。

亨利坐在一艘小船上从湄公河到洞里萨湖,两岸有很多低矮茂密的丛林,长长的湄公河绵延数百里,许多地方山林古树老藤缠绕,阴森蔽日,里面时常会传来野兽的叫声。

进入洞里萨湖后,水面辽阔如同海洋,过了暹罗柬埔寨分界桅杆,再往前行,他们将在湖的西北岸登陆。

周神仙坐在亨利身边,向他介绍当年大元使团到达此处时受到隆重欢迎的场面。亨利仿佛看到了,岸边帷幔飘扬,人声鼎沸,鼓乐齐鸣,鲜花铺地,文

化境吴哥

武百官整齐列队，上百宫女手捧洗手的水盆、果盒、金柄伞迎接恭候。无数的兵士、战马，装饰一新的马车和乘坐的大象，看到使团即将抵达岸边时，点燃了鞭炮，一时炮声隆鸣，掀起了滚滚的烟雾……

烟雾散开的时候，亨利透过滚滚黄沙，竟然看到了另一番景象：无数野牛铺天盖地涌到了湖边，饮水，洗澡，不仅有野牛，还有犀牛和大象，就和周达观介绍的一模一样。五百多年过去了，亨利担心看不到这原始的景象，因为这里毕竟曾经靠近国都，没有想到还没上岸就真的领略了这天地玄黄、宇宙洪荒的景象，这不能不让他欢欣鼓舞，无比激动。

"马可，快看、快看，咱们真是没有白来，这就是我梦寐以求的探险地。"亨利激动地说。

马可也激动万分，连猎犬查尔斯也站立在船头，呆呆地望着岸上的动物。

在无数的野牛、犀牛和大象中间，小船靠上了码头。船夫帮助把行李抬上岸，然后掉头回返。官府安排来接他们的人还没有来，马可四处张望，亨利却早已坐在皮箱上开始绘画。他虽然是自然科学家，但从小受到的良好教育，使他在美术、音乐上多才多艺，尤其是绘画功底非同一般。

猎犬查尔斯警惕地守在亨利身旁，马可也把猎犬绳握得紧紧的。

第七章

大饱眼福

直到太阳快要下山了，野生动物开始向远方的山林转移，马可才看到一辆小马车晃晃悠悠地朝着他们过来了。

马车来到了码头上，赶车的人个子矮小、皮肤黝黑。他好像知道自己的任务，二话不说就把行李装到马车上，然后招呼他们一起上车走。看着这匹小马，比猎犬查尔斯也大不了多少，亨利和马可实在不敢坐上车，生怕把小马压趴下，只好跟在车后面走，倒是查尔斯紧挨着小马并驾齐驱，它刚才是紧张坏了，现在完全轻松下来。

周神仙走在亨利的身边，边走边介绍说："这里每一个村落都会建有寺庙或者塔，人口比较稠密的村落会设置有镇守之官，叫作买节。大路上的村落会有供人歇息的地方，如邮亭，叫森木……"

很快，他们就看到了塔尖的影子，顺着塔尖指引的方向走，便到了村落，村落中央一间整齐的房屋，便是镇守官员买节的办公地。

进到院子里，那个接的人喊了一句，意思是客人来到了，便看到买节从屋里跑出来迎接。他很热情地欢迎亨利一行，先切椰子，请他们喝椰汁，然后介绍说已经收到上方的指令，专门在此迎候多日。因为具体哪天到不清楚，便只能每天下午去看一下，去早了动物太多，怕影响动物饮水，惊扰了它们。现在终于等来了，非常高兴。

亨利问有没有森木可以歇息，另外需要安排前往暹粒市。

买节说，附近几个村都没有森木，但是他已经为他们安排好住宿和交通，一定会让他们满意。说完，便带他们前往歇息的地方。

买节带着亨利一行来到隔壁的一户人家，其实就是驾小马车接他们的这户人家。

主人有一个高脚屋，楼上住人，放置物品和粮食，楼下架空层养了小马，靠着楼板斜放着马车、独木舟和农具。

买节介绍说，这家人是他的亲戚，所以安全上可以放心。他们属于高棉民族的农民，懂高棉语，不懂英语，所以不用说什么，有急事可以让他去找买节，做一个手势就可以了（买节做了一个请人的手势），饭食已经告诉他们安排。这家人务农为主，还可以打鱼，另外帮助村里和官方做一些运输和接送，生活在这里就是最好的了。整个安排，包括食宿和送到暹粒，一共须付多少费用。介绍完情况，买节就离开回家了。

亨利和马可在主人的帮助下，把行李搬上楼。主人的家私物品很简单，基本上没有什么家具、被服、衣物，这里是热带地区，所以棉被和厚的衣物根本用不上，大人遮体就是几块布，小孩子就没有衣服，赤裸裸地玩耍，需要的时候可以用芭蕉叶遮盖。这家人倒不少，有夫妻俩，三个七八岁到十岁的孩子，还有两个老人，其实也就四五十岁，但日晒雨淋，所以皮肤粗糙黝黑，显得很老。全家人非常有礼貌，见到他们立即聚拢在一起，全都双手合十，表示欢迎。亨利拿了一些糖果给老人孩子，他们非常高兴。

马可在楼上整理卧具，欧洲探险家的行装是非常专业的。打开被囊，取出里面的吊床、蚊帐、手电、多功能刀、指北针、地图以及紧急救援的绳索、食品、药物，很快就收拾好了。

第七章 大饱眼福

亨利想上厕所，主人带他走到林中，有一个草盖着的深坑。"用后再用草盖上。"周神仙坐在对面的树杈上说。

亨利抬起头来看看。粪坑旁边有一个木墩上放着一些干净的树叶，还有一木桶净水，桶中有一个木勺子。很显然，这是主人为他们专门准备的，完全没有用过，非常干净。

"用树叶擦屁屁，再用手洗，要用左手啊，右手是吃饭的。别搞错了。"周神仙喊道。

"这我不知道吗？要你来教。"亨利不高兴地说。

"第一次，怕你搞错了。"周坐在树上说。

"你走开吧，烦不烦，我没想你啊，怎么哪儿都有你？"亨利说完，看着周神仙消失了，就开始如厕。

他记得《真腊风土记》中专门介绍了：这里的人生活虽然简单，但是也非常注意卫生。每两三家共掘一粪坑，用草盖起来，满了之后就填实，又选地方另掘粪坑。去了厕所之后，都要到水池洗净，只用左手洗，因为右手是用来吃饭的。心想，他怎么连这个都要写？转念一想，带兵行军打仗，吃喝拉撒睡都要有规矩，特别要注意当地的卫生保健知识，周神仙记这些东西是非常实用的。

晚餐非常可口，主人精心准备了饭食。洞里萨湖物产丰富，主人预先捕了鱼，还有野味的肉，有菜心、菜花、苦瓜等青菜，米饭是用木筒做的，饭后还有木瓜，亨利和马可都赞不绝口，连猎犬查尔斯都高兴地改变了对主人家的态度，和小孩一起玩耍。

饭后，亨利、马可牵着查尔斯出来散步。

周神仙走在亨利身边，调皮地说："怎么样，想到哪儿看看？"

亨利："有什么好看的，这里就是一个乡村。"

周神仙："还不好意思，跟我来吧。"

周神仙带他们走出村外，上了一个小山坡，坡上是一片茂密的竹林。亨

化境吴哥

利和马可爬上山后,眼前的一幕,使他俩顿时愣住了。只见坡下不远就是洞里萨湖连接的一个支流,河面宽有四五百米,河水清澈,岸边绿草如茵,两岸河水中聚集了几百名妇女在沐浴、洗衣服,老老少少,在夕阳下享受着沐浴的舒适。亨利、马可牵着查尔斯躲在竹林里,他们既怕下面的人看见,更怕查尔斯的叫声惊扰了下面的人。

亨利只是在名画中看到过天堂有这种景象,而今天在现实中竟然也看到了,他马上从口袋中掏出本子,画了起来。

天慢慢地变暗了,亨利听到旁边有人在说话,他转过身来想阻止,可看到的是周神仙和他的中国元朝蒙古使团一帮人,也躲在草丛里偷窥这一道风景。

就这样他们一直待到天黑河里的妇人都走完了才离开。

晚上,亨利美美地睡了一觉,睡梦中都是河边的景象。

楼下,主人一家人睡在地上,身下铺着芭蕉叶,爷爷、奶奶在烧着篝火,小马在树下吃着青草。

天亮了,亨利起来和马可一起收拾好行装。下楼以后看到,主人已经准备了早餐,有各种米团和水果。吃完早餐,马可把行李装上了马车,亨利踏上了前往暹粒的路途。

第八章

身 陷 绝 境

离开村落，走上开阔的洞里萨湖平原。亨利一行有十几个人、三驾马车。有些人是到暹粒办事做生意的，大家结伴而行，会安全一些。

周神仙一路上对亨利介绍说："洞里萨湖是淡水湖，水深的地方有七八丈，大树都能被淹没了，只留下一点点树梢。许多在水里居住的人，雨季都转移到地势高的山坡上。从十月到来年的三月，一点雨水也没有，洞里萨湖的水就会很浅，只能行驶小船，最深的地方也就只有三五尺。这里的人主要是农民和野人中会耕种的那些人。进入旱季的时候，农民会从山上下到湖边来耕种。农民知道稻子何时会熟，那时水会流向何方，就随着水流去耕种。耕地不用牛，他们的农具也是耒、耜、锄等，工具虽然相同，但耕作方法却不一样。还有一种野田，不需耕种，自己就会生长，涨水高至一丈多时，稻子也与水一般高，叫作浮稻。这里的人耕种不施粪肥，他们认为这样不干净，只有中国人来到这里种田还施肥，但是并不告诉当地人，怕他们嫌脏。"

亨利："这你也懂，你到底是干什么的？怎么什么都懂？"

周神仙："闲时没事，随便问问，我们家乡也种水稻，但土地还是这里的更好、更肥沃。"

亨利:"你说的野人是怎么回事?"

周神仙:"流动人口吧,不住在固定的村镇。"

亨利:"那也不能叫野人啊?"

周神仙:"你说得也对,主要是这里许多人连个房子都没有,就住在野外树底下。当然,有一种从小被卖给城里面富人家当奴仆,他们会说高棉语。还有一些人不懂高棉语,住在山里无家可归,头顶着一个瓦盆行走,遇到野兽的话,就用弓箭标枪射杀,然后就在山里密林中剥皮切割,用火石来点火,用瓦盆烹煮猎物食用。这类人真的如同野人,生性凶狠,他们的弓箭标枪上都有毒药,相互之间为了争夺食物地盘,也会互相残杀。还有一小部分靠近村落的野人,向农民学会了种豆蔻、棉花,甚至会织布,拿到城里卖,他们的布很厚很粗,花纹也很特别。"

亨利:"是吗?这倒很有意思,不知道他们的花纹是什么样的,一定有一种原始的图形和色彩,有机会一定要看看。"

说着走着,不知不觉就走出了洞里萨湖平原,进入山区密林之中。

进入这片遮天蔽日的热带雨林里,唯见藤蔓、鸣虫与飞鸟,到处充斥着腐叶和动物的尸体,亨利一行已经走了整整三天。洞里萨湖吹过来的风拨乱了遮挡在眼前的、阔大无比的叶子。热带森林中雾气蒸腾,亨利、马可和高棉人都体力耗尽,有人不停地小声抱怨,虽然亨利听不懂,但是他从这些人的目光中,可以读懂他们的情绪,在这片瘴疠之地艰难跋涉的感觉是共同的。那些看上去一模一样的树木和巨大的叶子,一直在遮蔽人的视线,不知道随时会发生什么样的危险。即便他们的向导曾经来过此地,走过这条道路,亨利的队伍还是数次迷失了方向。这时,亨利就理解了他们为什么要结伴而行。

每当亨利的马靴陷入泥泞,他心间都会一颤。杀人的沼泽可能就在脚下,而躲避丛林野兽更是今后每天必备的功课。

第八章 身陷绝境

他们找到一块高亢的坡地稍事休息,小马松开缰绳,在一棵树下吃草,所有的人都累得坐在地上,有的甚至躺在草地上。亨利和马可靠着一棵大树坐着,猎枪就放在身旁。向导用火石燃起一堆火,煮些米粥给亨利、马可吃。待用完了餐,休息好之后,又开始出发。

穿过一片树林,遇上了一片沼泽地,大家互相招呼着行进。整个道路几乎都是湿漉漉的,分不清哪一脚下去是硬底、哪一脚下去是软泥。

突然,一只老鹰从头上掠过,朝着小马头顶疾冲。小马一下子受惊,拖着小车就乱冲,瞬间就将人们拖进了泥泞之中。小马和人群陷在泥潭中乱滚,越陷越深,大家都陷入极度的恐惧中,只有猎犬查尔斯在路上没有陷进去,狂吠不止。

湿地不远的地方有东西在蠕动,是一只鳄鱼爬过来了,大家更加恐惧。鳄鱼爬到小马旁边,一口就咬住小马开始翻滚撕咬,瞬间泥潭就被小马的鲜血染红了。鳄鱼在人群中间翻滚,小马的血肉和泥泞一起被甩到人的身上,本来是站着的人都站立不住,一个个被摔得横卧在沼泽之中。所有的人都哭天喊地,大家都清楚,本来陷入沼泽就意味着九死一生,现在又遇上了鳄鱼,肯定是要葬身鳄腹,所以把内心的恐惧都不由自主地哭喊出来。

就在这时,刚才的灾难制造者——那只老鹰又飞了回来,从人们的头顶上飞来飞去,每一次飞行的目标都是叼起一块鳄鱼撕拉开的马肉,看来这种地空一体的游戏已经是它们惯用的伎俩,配合极为默契,真是祸不单行。

亨利举起猎枪向老鹰射击,击发后,枪打不响,再击发,还是臭弹,子弹出问题了。

鳄鱼在吞食撕咬了小马之后,又转身把身边的一个人如法炮制,撕咬甩打。目睹这惨烈的情景,亨利知道完了。

突然,伴随着一阵阵鸟的惊叫,又有几只鹰从天而降,加入猎食游戏。

最终,更加恐怖的情况到来了。亨利突然感到整个泥塘都在动荡,原来更多的鳄鱼从梦中醒来,开始观察和启动。

化境吴哥

亨利彻底绝望了，这意味着死亡的速度加快了，他不愿意亲眼看到这悲惨的灾难降临。

就在亨利快闭上眼睛的时候，一根藤索从天而降，落在了他的眼前。他下意识地抓住了这救命的稻草，但愿它是上帝的眷顾，就在鳄鱼近在咫尺的时候，他被一股巨大的力量拽出泥潭，甩向天空，然后划过十几米的灾场，落到沼泽对面的草地上。

落地后他放开了绳索，翻身想要看个究竟。

只见他身边有一头大象，大象身上站着一个人，正把这根藤索甩向又一个人，如法炮制，又一个被拽出泥潭，借助大象鼻子的巨大拉力，飞向天空，从地狱之门回到人间。

就这样人们一个又一个得救了，他们浑身泥泞、满眼泪水地匍匐在地，直至大象上的人救出所有能够救出的人，从大象上下来，被救的人仍然不敢抬头，仰望他们的救星。在千恩万谢之后，大家缓缓地抬起头，仰视他们的救星。

让他们万万没想到的是，这救星竟然只是一个年轻美丽的高棉小姑娘，从另一个角度来说，就是一个那种在山里顶着瓦盆的野姑娘。

她身材匀称，皮肤黝黑，五官俏丽，双眸明亮，身上只有几缕粗布恰到好处地遮盖着女人的隐秘处（男人都是赤裸上身），她的头发梳成辫子然后盘在头上，而头上斜插一枝鲜花。她俏皮地看着匍匐在地的这些人，突然大笑起来。的确，面前这一众人刚从死亡潭里回来，一个个浑身是泥，满脸是泪，眼神一半是恐惧、一半是感激。

在女孩的笑声中，密林中又出现了几头大象，坐在大象上的一个是女孩子的父亲阿泰，一个是哥哥郎郎，他们没有看到刚才的场面，向导和高棉人站起来，他们互相之间好像认识，向导向他们哭诉刚才的危难和女孩对他们的施救。

亨利和马可躺倒在草地上，闭上眼睛，平息着难忘的后怕。

周神仙躺在亨利的身旁。

"刚才你跑到哪里去了？见死不救。"亨利说。

老挝境内翻山越岭的象群行旅　亨利·穆奥作

化境吴哥

"你刚才也没想过我啊,光想死了吧。"周神仙嘻嘻地辩解。

"太险了,差点就没命了。"亨利惊魂未定。

周神仙:"现在你知道什么是危险了吧,不然的话,你怎么知道什么是探险呢?"

亨利:"是啊,没有危险就不叫探险,危险来临的时候,怎么一点反应也没有?哎,我的那些东西呢?"

亨利起来,找到向导,请他们想办法把东西找回来。向导向阿泰介绍了亨利和马可,然后阿泰告诉郎哥去把沼泽里的东西找到。只见郎哥骑着大象进入沼泽,到刚才出事的地点,把几只皮箱和行囊捞了出来,放在大象身上,带回草地。向导和阿泰商量,因为小马没了,马车也没了,所以请阿泰用大象把亨利送往暹粒城。阿泰应承下来。亨利给向导一些钱,算是损失费,包括死去的几个人,都按事先说好的付了钱,然后,向导一行六七个人返回洞里萨湖。

亨利的枪刚才打不响,他检查着子弹袋,显然子弹被人换了,他在子弹袋里看到了一张基督的明信片。

亨利和马可骑上了大象。一路上,亨利了解到阿泰一家以喂养大象搞运输为生,他们有十几头象。女儿叫阿米拉,16岁;儿子叫郎哥,18岁。这时,阿米拉骑在那头小象上带路,阿泰走在后面,穿过密林,只有5公里就到暹粒市了。

走出树林,在一处山泉,亨利和马可冲洗干净,再次坐在大象身上,向暹粒市前进。

走了一段路,亨利在大象背上看到,不远处露出了许多塔尖,周神仙站在象身上,告诉亨利就要进城了。

第九章

唐人精舍

亨利一行十余头大象，浩浩荡荡地进入了暹粒城。

大象在这里是普通的交通运输工具，和许多国家的骆驼和马一样，这里主要的交通工具是大象、水牛和矮马。

真腊时代的首都已经焚毁了，国王也搬迁到金边去了，现在的暹粒虽然是15世纪以后新建的城市，但是依然非常繁荣，不同的是皇城的气息少了，商业气息更浓了，加上洞里萨湖地区的物产丰富，许多人还是愿意生活在这里。

"进城了，说说真腊吧。"亨利说。

周神仙："好。简单地介绍一下，以后有空了再慢慢说。柬埔寨曾称真腊，民族为高棉人。这里曾经是吴哥王朝的所在地，当时是指？"

亨利："公元802年至1432年。"

周："对，吴哥王朝的几百年间，其实已有操高棉语的民族和国家存在，只是高棉本身对此没有任何文字记载。据记载，最早出现的一个王国称为扶南国，统治了四百多年。后来被一分支真腊消灭并统治了两百多年。阇耶跋摩二世建立吴哥王朝（802），至阇耶跋摩七世（1181）发展至最高峰，版图包括现今整个柬埔寨、部分泰国、老挝、缅甸及越南,可谓一时无两。"

亨利:"建立高棉王朝的阇耶跋摩二世是不是很厉害啊?"

周神仙:"是的,他是一位神王,拥有数千头战象,统一了真腊,征服了周边大多数地区。"

亨利:"你的书为什么叫《真腊风土记》,不叫《吴哥风土记》?"

周神仙:"真腊是这个国家的称谓,吴哥是首都,高棉是民族。所以,真腊当时是包括很多地方的,而不仅仅是吴哥。"

亨利:"你们中国人是什么时候来到这里的?"

周神仙:"你说是真腊还是吴哥?"

亨利:"都算吧,一起吧。"

周神仙:"从汉朝开始,中国就与这个地区建立了往来。真腊一度受制于爪哇,阇耶跋摩二世就曾被爪哇扣为人质,而爪哇、三佛齐国都与中国有往来。进入吴哥嘛,应该是在建立吴哥王朝以后的事情。吴哥王朝是物产丰富、丰衣足食之地,很多过来做贸易的中国人不愿回国,就定居在此地了。"

两人边走边聊,一路上市井两边,人头攒动,商铺林立,路上有中国人、印度人、波斯人、泰国人、越南人,房屋多是尖塔形建筑,金黄色的涂颜和绿树成荫相搭配,既协调又美观。各种服装的人一看就知道是哪个国家的,高棉人不论男女,都缠着一块布在腰上,露出胸膛,椎髻光着脚。有的妇女染红了手足指甲,少数妇女穿着花鞋。

周神仙:"对暹粒人和洞里萨湖人的感觉不同吧?"

亨利:"是啊,洞里萨湖的人看了,以为高棉人又黑又丑,其实,这里的人和金边的人还是很漂亮的。"

周:"没良心,那你前几天晚上看的呢?"

亨利:"那不一样,那是天堂般的感觉。哎,这里还有吗?你带我们去玩玩。"

周:"你们千万别乱跑,会有危险的。"

第九章 | 唐人精舍

这时,前面不远处有一家大院落,门前飘着一面大旗,上面有一个大大的"唐"字,这是一家中国人开的驿馆。

周神仙对亨利说:"到了,就住这儿吧。"

亨利:"你给中国人拉客啊?"

周:"对!肥水不流外人田嘛。"

"停!到了。"亨利喊道。

阿米拉把小象停在了门口,大家从大象上下来,亨利走进唐人驿馆。只见一个穿着唐人大褂、戴着圆帽、留着辫子的中年男子走过来迎客。

"老板贵姓?"亨利礼貌地问道。

"不敢称贵,小姓李。"老板客气地说。

"您祖上可是中国温州人?"亨利问。

"正是。您怎么知道?"老板诧异。

"祖上可是来此几百年了?"亨利问。

老板更奇怪了:"正是,您怎么知道的,莫非住过小店?"

亨利:"我没住过,朋友住过。"

老板:"哪位朋友?何时住过?"

亨利:"你的同乡,中国温州人,叫周达观。500年前住的。"

老板:"500年前?"老板真傻了:"欢迎!欢迎!500年还记得,这周老先生还活着?"

亨利:"活着,永远死不了。"

老板彻底蒙了,马上招呼安排住宿。

这时,亨利看到店内前厅有块写着店名的牌子,用木板刻了四个大字"唐人精舍",门前"唐"字旗上写了"百年老店"。

就说:"老板,你这店名什么意思?"

李老板笑了:"附庸风雅。老祖上说,开店挣钱是次要的,修行交友是主要。"

亨利已经与阿米拉一家说好了，雇他们担任探险保障。

阿米拉住前院客房，平日负责协助马可照顾好亨利起居。阿泰和郎哥住后院的高脚屋，旁边就是象房，其他养大象的象工都住在后院象房。

老板一再强调住店免一半费用，晚上喝大酒，有500年前的交情嘛。

周神仙对亨利说："你可真行！"亨利诡异地一笑。

暹粒基督教堂，一个黑衣人进了教堂。

第十章

华商家谱

唐人李老板精心准备了一桌酒席,摆放在月光下的庭院中。安排停当,他亲自到客房接亨利、马可入席。马可又去叫阿泰、郎哥和阿米拉一家,毕竟是救命之恩,要是没有阿米拉及时赶到,出手营救,亨利、马可二人早已命丧鳄鱼之口了,好说歹说,阿泰一家才肯出席。

入席后,李老板拿来了几种酒。李老板倒了一款酒,请亨利品尝。周神仙站在桌子上也在品尝,一边喝一边告诉亨利酒的情况。亨利喝了一口,说:"这是蜜糖酒,这个酒是用草药和蜂蜜混合在一起,再加一半的水。"

李老板又倒了一款酒让亨利喝,亨利让阿泰、郎哥和阿米拉也喝。亨利尝了尝,说:"这种酒叫朋牙四,是树叶酒。"周神仙也在喝。

亨利对李老板说:"有包棱角和糖鉴酒吗?包棱角是用剩米饭做的,糖鉴酒是用糖加水做的,你要有,弄点糖鉴酒给阿米拉喝。"

李老板更加惊讶,拿来糖鉴酒倒给阿米拉,问:"你怎么连什么酒名都知道?"

周神仙站在桌子上说:"这是我说的。"

李老板说:"难道这也是周老神仙告诉你的?"

亨利:"对啊,就是他告诉我的。"

李老板:"哇,我们家这酒有500年的历史了。想不到。"

亨利:"你知道你的祖先是如何到这里的吗?"

李老板:"不清楚,几百年前的事情,我怎么知道?您要知道,给我说一下。"

亨利:"500年前,是吴哥王朝的鼎盛时期。那时候,有些中国做水手的人,大家觉得在吴哥谋生,不需要穿衣服,而且这里的粮食也吃不完,容易取得,一年种三四季,讨老婆容易,买地盖房也容易,生活用品非常简单,和周边国家做生意很便利,所以他们就留在吴哥不回中国了。"

李老板:"你下午一说,我刚才赶忙翻了一下家谱,我的祖先还真的是500多年前从中国温州来的。可您怎么知道的?就是我们这一家,难道还真有500多年的老神仙?"

亨利:"是这样的,我进你前面的商铺看了一下你卖的东西,我猜到了。"

李老板:"我卖什么让你猜到了?"

亨利:"柬埔寨不产金银,中国人的金银器被当地人视为一等珍贵的东西,而你店里主要是卖金银器。其次你卖五颜六色的丝织品,这也是中国的特产。还有你卖真州的锡镴、泉州的青瓷,以及水银、银朱、纸扎、硫黄、焰硝、檀香、白芷、麝香、麻布、黄草、布雨伞、铁锅、铜盘、水珠、桐油、篦箕、木梳、针以及明州竹席等。这些东西,和你老祖宗500年前卖的相差无几,所以不是你还能是谁呢?"

听到这儿,李老板赶忙起身,举杯敬酒。

周神仙在桌子上说:"背得不错啊!可以骗酒喝啦!"

敬酒之后,李老板一挥手,从屋里出来十几个少年男女,领头的漂亮姑娘叫阿彩,美丽非凡,是大堂支客。李老板说:"这是我家的奴婢,表演几个当地的歌舞,给您助兴。"

亨利非常高兴。看歌舞时，亨利问："这都是从野人家里买来的吗？"

李老板更加惊讶，这洋人怎么什么都知道？

亨利："现在这些奴婢还是用布来换吗？"

李老板说："现在主要是用钱，最受欢迎的是银币，但是价格仍然差不多。"

表演到女子舞蹈时，阿彩、阿米拉拉着亨利、马可、李老板也一起跳，大家都非常高兴。

晚饭后，李老板又安排亨利和马可一起洗澡。澡池在单独的院子里，刚才陪同跳舞的阿彩和几个女孩及阿米拉一起跳进来洗。亨利看到周神仙也光着身子泡在水中。

亨利想起，自己知道此地的澡浴风俗，还是因为周神仙告诉过他："柬埔寨十分炎热，每天不洗几次澡就没法生活，就是到了夜里也要洗一两次，每家都要有个澡池，不分男女都裸露着身体在一起沐浴。"浴后，李老板和亨利约好第二天一早逛街看市场，大家就各自回房歇息了。

油灯下，亨利又在记日记，这一天过得实在太刺激了。

第十一章

跟踪窥视

天刚亮,李老板就来接亨利、马可去逛市场。阿米拉也牵着小象跟着一起去。李老板要买的东西多,有小象就好驮回来了。

路上,马可说晚上太热了,又泡了两三次澡,一夜没睡好,边走边揉眼睛,说起得太早了。李老板解释说,早市天将亮就开了,早点来是想让他们挑选到自己想吃的东西,怕去晚了,好东西卖没了。

他们步行不远,就是菜市场,路两边已经搭起板子,蔬菜水果、海产水产、各种肉类,十分丰富,绵延数里,热闹得很。

来到菜场,亨利看到小玩偶周神仙早站在青菜上指手画脚,向亨利介绍什么是葱、芥菜、茄子、冬瓜、青瓜、苋菜;这些生菜、苦瓜、萝卜、菠菜等是中国北方所没有的青菜;还有许多水中生长的菜。亨利按周神仙介绍的,让李老板买了一些本地特产。

转到水产市场,周神仙站在了亨利身边。亨利说:"你怎么不上台上了?"周神仙笑着说:"别让卖鱼的一刀砍了我。"

接着介绍说:"这里黑鲤鱼最多,鲤鱼、鲫鱼、草鱼也很多,这种鱼叫吐哺鱼，大的有两斤重以上。"李老板过来又介绍了一些，说这些都是洞里萨湖的特色。只见旁边还有海里的鱼虾。

亨利喜欢吃海鲜，李老板带着亨利转转买买，十分高兴。

市场上很少见到白人，又见猎犬体型非常大，都转过来围观。

亨利见到还有大海龟卖，李老板问是否想品尝一下，亨利说自己不食龟类。

在卖调味品的铺子里，亨利看到有一种白色的用石头刻的器皿，和调料摆在一起，很显眼，不停有人来买，便问这是什么。

周神仙站在上面说："这是比盐更好的石头。"

"这里不产盐吗？"亨利问。

李老板："产，巴涧、真蒲一些滨海地区都是烧制盐的地方。"

"这是什么？"亨利指着一种荚类果实问。

李老板："这个叫罗望子，是调酸味的，当地人不会做酸醋。"

"这里还卖中国白酒啊。"亨利惊奇地说。

李老板："本地并不禁止制作白酒。咱们店里有，晚上弄二两喝。"

出了调味店，隔壁一家是器物店，老板也是中国人，和李老板是同乡，所以一见李老板来了，便热情地招呼他们喝茶。

李老板先把亨利、马可介绍给他，让亨利慢慢喝茶，自己和阿米拉把刚买的食物送回去，家里等着做午饭。

趁着器物店老板倒茶的工夫，周神仙坐在旁边介绍说："这里的人生活很简单，寻常百姓家中，除了房屋以外，没有桌椅板凳盂釜桶之类的用具，只有一个瓦釜做饭时候用，一个瓦铫做羹时候用。地上支着三块石头就算炉灶了，用椰子壳当勺，盛饭用中国人做的瓦盘或者铜盘。盛羹就用树叶做成一个小碗，盛的汤水也不会漏，又用荬叶做成一个小勺，用来喝汤，用完就扔，一次性的。就是祭祀神佛也是这样。用锡器和瓦器装水，放在家中用来洗手。因为吃饭都是用手拿的，饭粘到手上，就要用水洗手。"

器物店老板端着中国茶盘进来，茶盘里是精致的中国瓷制造的茶壶茶杯，给亨利、马可分别倒入杯中，边倒边介绍说："这是我们老家浙江的绿茶，刚刚从中国发过来的。"

亨利边品尝边感谢，问了老板姓名，老板自我介绍叫王德全。

王老板向亨利介绍了他铺子的东西，指着一种铁器说："这是喝酒用的，在本地，叫作恰，可以盛三四杯酒，这个是盛酒的铁注了，穷人用不起，用瓦钵。如果是官宦富人家就全部用这种银器。甚至还有用金做的。我这儿只有银的。过去国王在吴哥，王宫里就是用金的，制作工艺和形状也非常精美，而且都是中国制造，这里的人不会做，那个年代我们家生意做得大了去了，因为王公大臣都来买，现在国王搬到金边去了，我也只能卖瓦罐了。"

亨利问："这是宁波草席吗？"

王老板惊讶地说："正是，怎么您连宁波草席也认识？上面没写啊。"

亨利："一位朋友教我的，也是温州人。"

王老板："谁啊？这城里的华人，没有我不认识的。"

亨利笑了："就他，老周，刚才还站桌子上呢。"

王老板蒙了："你真会开玩笑。"

亨利指着一些货物说："您还卖皮货啊。"

王老板介绍说："是啊，这是虎豹鹿麂制作的皮毯，这是藤席。藤席是本地的，皮毯是中国的。还有竹席。这是矮桌、矮床，这里人矮，用的东西也矮。"

亨利："有蚊帐吗？"

王老板说有，中国做的，细布的。说着从里面拿出来一床。

亨利看了，说不错，买五床。

马可说买这么多干吗？

亨利说送人。

马可问送谁。

亨利说你猜，马可明白了。

亨利又让王老板挑了一些生活用品，用来感谢阿米拉。

买完东西，接着坐下来喝茶，外面集市越来越热闹了。

亨利问："我看这里做生意的大多是妇女，怎么回事？"

王老板说："吴哥当地做生意的主要是女人，男人一般不会做生意。所以我们中国人到了柬埔寨，总是先娶一个当地妇女，主要是她们会做生意。"

说着，王老板的柬埔寨老婆过来说饭做好了，王老板请亨利、马可一起用餐，亨利很高兴地吃了。

饭后，亨利向王老板告辞，来到街上拿出速记本开始记录，他要把"吴哥上河图"用素描画下来。

亨利画着，突然抬起头东张西望，寻找着什么，他仿佛看到了一个什么人，但是转瞬即逝，又迷惑地摇摇头。

在附近一处小楼上，我们熟悉的黑衣人在用望远镜观察着。

第十二章

酒宴戏服

整整一个白天,亨利都在集市上采风绘画。虽然,他的主要任务是探险,发现各种新的野生动物和珍稀植物,然而,一切新鲜的事物,都会引起他的兴趣,用绘画把这些东西记录下来既是他的强项,也是今后整理资料,完成出版物的重要内容。这座古镇上的异域风情自然会使他目不暇接、手不停笔。

李老板差阿米拉接了几回,他都在忙,直到夕阳西下的时候,他才收手,跟阿米拉返回唐人精舍。

白天采购的各种食材,李老板精心烹饪,办了一桌比前一天更丰富的宴席——正宗的宁波风味,还专门请来了器物铺王老板等几位温州、宁波老乡作陪。

他们听说这位洋人认识五百多岁的温州老神仙,都觉得神奇,想了解究竟,所以不仅人来了,有的还带了酒菜茗茶,甚至还带来家里善歌舞的奴婢。

晚上换了白酒,酒过三巡,器物铺王老板因为和亨利熟了就代表大家发问:"亨利先生,您和李老板说的我们温州五百多岁的老神仙是怎么回事?我们从来没听说过,有人能活500年,要是没有,您怎么知道我们500年前祖先的

第十二章 酒宴戏服

那些事啊？"

亨利："你们中国不是有个彭祖活了800岁吗？"

王老板："那是传说，不可能是真的。"

亨利忽然看见周神仙正盘腿坐在桌子上看着自己，就笑了笑，举起酒杯对王老板、李老板等说："这样吧，先喝了这杯酒，我就告诉你们是怎么一回事。"

大家碰杯之后，亨利就说："周达观，你们听说过吗？"

几个人都摇头。

亨利得意地说："周达观是你们老乡，中国温州人。他于1295年随元朝使团出访真腊，就是今天的柬埔寨，1297年回国，写了一本书叫《真腊风土记》，详细记载了当时吴哥王朝各方面的情况，其中也包括你们华人在这里经商的情况。所以，我来了之后，看到你们铺面的情况，又问了你们，知道大家是温州人，所以就猜到个大概。"

王老板："这个周达观还在吗？"

亨利和大家又碰一杯，接着说："人当然不会活500年，这是我和你们开的玩笑。但是，这本书却可以活500年，甚至一万年。这本书是世界上唯一一本记载吴哥王朝当时情况的文字，非常有价值，被翻译成多种文字，我就是看了他的书，才来到这里考察的。所以，见书如见人，我好像天天、随时都能见到他。"

亨利看到周神仙在桌子上向他招招手。

大家听了，都百感交集，想看看这本书。亨利让马可回房间把书拿来，几个人传看一番，如获至宝，同时也为有周达观这样的同乡而感到骄傲。大家再次纷纷向亨利敬酒表示敬意，同时要亨利不要客气，有需求就提出来，大家会积极支持他的探险。

亨利看着桌上穿着唐装、留着长辫子的几位华人老板，酒席时间不长，却已经热得汗流满面，便问道："诸位祖上来到此地已经几百年了，应该都在此

化境吴哥

地入籍了吧？"

大家都点头表示已经入柬埔寨籍。

"那为什么还唐装打扮，留着长辫子呢？"亨利问道。

听到亨利的疑问，李老板给大家使了一个眼神，众人一起连圆顶帽和长辫脱了下来，所有人全是剃的光头。见此情景，亨利和众人都笑了起来。

亨利说："这么热的天，干脆把长衣也一起脱了吧。"大家闻言更加高兴，马上响应，脱去长衫，剩下短衣短裤。李老板又让奴婢端来净水毛巾，给大家擦洗。

一切停当，酒宴重新开始，各家把带来的奴婢都喊进来，一边喝酒，一边歌舞。阿米拉把小象也牵出来表演了多个节目，晚宴一直闹到深夜。

第十三章

乐在水中

连续几天,亨利带着马可、阿米拉在暹粒城里走街串巷,采风猎奇,品尝各种风味小吃,自然周神仙一直陪伴左右。

周神仙的几位温州宁波同乡,都在城里做生意,有的开古玩店,有的卖当地的象牙、犀角、黄腊,有的做桑蚕丝品,有的卖金银器,还有的开餐馆,而且都是百年老字号,所以亨利走到哪儿吃到哪儿,转累了就近找一家华商的店铺喝茶吃饭,其乐融融。

每天晚上几位老板轮流做东,大家谈天说地,饮酒歌舞,不亦乐乎,亨利、马可很快就从鳄鱼沼泽的噩梦之中解脱出来。

暹粒的夜市非常热闹,在一条主街上,中间并排两行,两边各一行,无间隔地一个接一个排列,在地上铺着干净的席子,席位上堆放着各种物品,大多是自家织制的衣服、围巾、鞋子以及各种装饰品,每一个摊位头顶上挂一盏油灯,全部都是主妇和女儿在经营。摊位是固定的,要交纳税金。亨利天天到此游逛,讨价还价,问东买西,一来是考察采风,二来也是欣赏丽人。

回到李老板的驿馆,已是大汗淋漓,李老板马上安排奴婢准备好洗澡水,大家一起泡在水池中，既舒适又解暑气。

李老板说："我看你很快就学会高棉语了。"

亨利说就几句，跟老周学的。于是便数了从一到十："一叫梅，二叫别，三叫卑，四叫般，五叫孛监，六叫孛监梅，七叫孛监别，八叫孛监卑，九叫孛监般，十叫答呼。"

周神仙在亨利身边，老周说一个，亨利说一个，大家看不出来。

可是念完，几个女孩子都笑了起来。

亨利问："不对吗？"

阿彩说："错了几个，二是卑，三是别，七是孛监卑，八叫孛监别，五到九的发音把孛监改为孛更好。"于是纠正了一遍。

亨利看了一眼周神仙。"就是老周记错了。"亨利说。

接下来，大家又左一句右一句，教了亨利和马可一些生活用语。

阿彩："父亲和叔伯叫巴驼。"

亨利："巴驼。"

阿彩："母亲、姑姨婶母、年长的邻居叫米。"

大家一起："米！"

阿彩："哥哥、姐姐叫邦。"

众人："邦。"

阿彩："弟弟叫补温。"

众人："补温。"

阿彩："舅舅叫吃赖。"

众人："吃赖。"

阿彩："姑夫、姨夫、姐夫、妹夫叫孛赖。"

众人："孛赖。"

阿彩："官人叫巴丁。"

众人："巴丁。"

阿彩："秀才叫班诘。"

众人："班诘。"

阿彩："中国官人叫巴丁备世，中国秀才叫班诘备世。"

马可："官人怎么说？"

一女孩："巴丁。"

马可答应，众人都笑了……

几天泡澡下来，亨利已经可以简单地对话了。

周神仙对亨利说："这种法子真好，泡澡学话，一举两得。"

一天晚上，亨利睡不着觉，看着外面的月光很亮，起身叫醒马可，两个人走出了驿馆，跑到外面街上散步。

两人边走边聊，越走越远。晚上酒水用多了，走着走着便想小解，于是便往黑处走，在一个小树林边上，看看左右没人，便解开裤子小解。

正解到痛快的时候，突然后面有人举棍打在二人头上，打晕后把二人捆绑起来，捂住嘴，便解开衣服摸身。

亨利看到他们手持利刃，面戴黑罩，边摸边说怎么身上这么多毛啊？是人还是大猴子？

就在这时，亨利突然看到周神仙出现在身旁，说了两个字：取胆！亨利顿时觉得大事不妙。因为他记得周神仙在《真腊风土记》中记述，由于占城国王喜欢用活人的胆泡酒，所以在柬埔寨有人专门干抓人剖腹取胆的营生。周达观、李老板都一再强调，晚上绝对不要乱跑，自己今天不注意，果然遇上歹人，这下虽不至于丧命，但胆被切去也是血光之灾，而且连累了马可……

正想着，就听旁边的歹人说："大哥，动手吧。"

旁边一人说："管他是人是猴，割了再说。"说完，二人就要动手。

亨利闭上了眼睛。就在这时，只听一声狗叫，接着传来两声鞭响，是阿米拉带着猎犬查尔斯及时赶到，两个歹徒见势不妙马上放开他俩跑了。

回到驿馆，李老板已在着急地等待。见到阿米拉带他们回来，仍然惊魂未定，便问情况。

阿米拉说半夜听到有人出门，起身一看，亨利、马可二人的门开着，人却不见了，知道他们外出了，觉得不放心，又不知去向，便牵着查尔斯来寻，结果果然是遇到了歹徒。

李老板问："歹徒要干什么？"

亨利说："取胆。"

马可闻言一惊，眼都瞪圆了，问："为什么没有下手？"

亨利说："正在犹豫呢。"

马可问："犹豫什么？"

亨利说："他们看咱们身上的毛多，不知是人还是猴子。"

闻言，大家都愣住了，片刻，一起笑出眼泪。

回到房间后，马可问亨利，取胆是怎么回事？

亨利说："我记起来，在周达观的《真腊风土记》中记载，越南占城国王每年向柬埔寨要一瓮人胆，有千余枚之多。这样，柬埔寨到了夜里就派出很多人到城镇村落去取胆，遇到走夜路的人，先用绳子套住头，用小刀从右肋骨下取出胆来，泡在酒里，凑够了数，就当作礼品送去。但是，不取中国人的胆，因为有一年取了一个中国人的胆，与当地高棉人的胆放在一起，整个瓮的胆都臭了不能用。当时国家专门设立了取胆的官员，住在国都的北城门楼。"

亨利说完，两人都不禁后怕。

第二天早饭的时候，李老板严肃地对亨利说，取胆这件事，是200年前的传说，他有几辈子都没见过了，叮嘱他一定要当心安全，晚上千万不要再外出了。这让亨利的心里产生了一种恐惧，他坚信自己遇到麻烦了，因为他在枕头下面又看到了基督明信片。

第十四章

狩猎高手

经过海上航行、长途跋涉之后,亨利到达暹粒城已经是筋疲力尽。在鳄鱼沼泽又几乎丧命,行装也丢了大半。幸好到达暹粒城后认识了周神仙的一些同乡,好好休整了几日,补充了探险装备器材,亨利便正式开始了自己的此次探险使命。

亨利骑在大象上,朝着郊外密林进发。一路上,有美丽的阿米拉带路,骑在大象上也非常安全,他便想着一个人——探险家查尔斯·罗伯特·达尔文。

达尔文与他有着非常亲密而特殊的关系。达尔文只比亨利大十七八岁,达尔文的导师英格兰探险家芒哥·帕克是亨利妻子的父亲,所以,他们经常在伦敦家里聚会,讨论各种有关科学与神学以及艺术的问题,可以说达尔文既是他的兄长,又是他的老师,更是他崇拜的楷模和奋斗目标。亨利不仅接受达尔文的进化论观点,更希望有朝一日也能成为像他一样的探险家,达到他的成就。当然,这是很难的。亨利了解达尔文的几乎一切。还在他五岁的时候,达尔文已随"贝格尔"号军舰出发进行环球考察,一去就是五年。正是有了这次考察,达尔文回到伦敦的第二年开始写作第一本物种演变著作。后来,又编纂了

化境吴哥

五卷本巨著《贝格尔号航行期内的动物志》。之后,又撰写了三卷本著作《贝格尔号航行期内的地质学》。从1844年开始,达尔文又集中精力投入进化论的研究。而此时,亨利已经成为达尔文的学生和追随者,以至于1856年他和弟弟从法兰西移居到了英国伦敦,并结识了自己的爱人。正是由于生活在这个探险家的圈子里,他才有幸得到了周达观的著作《真腊风土记》。从家人到达尔文都积极支持他这次探险。特别是达尔文,对他建议说,全球探险已经有多人完成,现在的科学研究要在"专"字上下功夫,不是为了猎奇,而是为了探秘,最好是沉下来研究一个岛甚至半个岛、一个物种甚至发现一个别人没有发现的标本,都是有价值的。科学研究就是从个别到一般、从特殊到普遍,因为一般和普遍寓于个别和特殊之中。"如果不是因为现在要忙于发表《物种起源》,我一定会亲自陪你走一遭,希望你能不畏艰险,有所收获。"同时,达尔文也给了他一些考察建议和课题,还让他帮自己留意一些物种标本。亨利向法国、英国政府申请这次探险的经费,都没有得到批准,最终还是在达尔文的帮助下,从英国探险家协会拿到的。

他心里在计算着,此时此刻达尔文甚至包括自己的妻子可能都在伦敦牛津大学进行大辩论,这场战斗远比自己的探险危险得多。面对着人神共怒,随时可能会有人被焚烧或送上绞首架。把人和猴子画等号,无疑是把整个神学送上绞首架,这要何等的献身精神。并且达尔文就是由于从小"游手好闲",被父亲送到剑桥大学神学院就学,希望他成为一位"尊贵的牧师"。现在倒好,牧师成为可怕的天堂纵火者。所以,自己必须完成使命,不然的话,就成了这场战斗的逃兵。

现在,所有的亲人和朋友都在战斗之中,而无暇顾及自己。出发前,他的探险计划是经过集体精心设计的,研究的问题主要是围绕东南亚地区地质与物种进化的发展过程及其关系进行,尽可能获得更多的新标本和证据,通过一个地域的系统研究,证明进化论的科学性。今天,自己正在开始这项神圣的工作。

第十四章 狩猎高手

"哥们儿,想什么呢?半天不理我,是不是又害怕了?"周神仙坐在亨利身边说。

亨利回过神,说:"我在想一个人,我的老师,也是我的兄长。"

周神仙:"他是做什么的?"

亨利:"和你一样,是个探险家、科学家,也是一个医生。"

周:"我可不是什么家,我就是一个当差的。"

亨利:"你可不简单,你写的这本《真腊风土记》,在我们欧洲影响很大,毕竟是在500年前啊,那时候能写出这本书太难得了。那个时代的柬埔寨是什么样的、什么文化,只有你记录下来了。"

周:"哎,我也没想那么多,那些当官的让我看到什么、听到什么都记下来,我一个当差的,就应付差事吧……"

说话间探险队停了下来,马可跑过来报告,说到了预定的宿营地。这里是森林的边缘,绿草如茵,靠近一个小湖,湖水清澈见底,便于取水做饭,人和大象都可以休息,大家从大象上下来,安营扎寨。

此后几天,亨利就将在湖边附近的树林里进行考察。他发现,这里环境优美,水源充足,各种禽兽都到这里来饮水吃鱼,而且视野开阔,便于观察,将这里作为一个营地是阿泰的选择。

每天迎着朝霞起来后,亨利就躲藏在树丛中,用树枝加以伪装,然后静静等待到湖边来饮水的各种动物。阿泰和郎哥在远处照料大象,阿米拉陪着亨利,马可带着查尔斯在旁边保护安全。

周神仙也趴在亨利身边,给亨利介绍:

"来了来了,这是孔雀,快看,开屏的是公孔雀,一只公孔雀最少有六只母孔雀。"

"快看快看,这只小鸟叫翡翠,这鸟中国没有。"

"快看,这边飞来的是大鹦鹉,金刚鹦鹉。"

亨利边看，边画下来。

周神仙："快看，那边过来了，有麋鹿，还有獐和麂。"

"别说话！"一只老虎从身边走来。

"安静！"一只豹子走过来，就趴在亨利面前。

一只熊过来了，豹子跑开。

几天下来，亨利在湖边见到了虎、豹、熊、罴、犀牛、大象、野牛、山马、麋鹿、麐、鹿、麂子、狐狸、野猪、猴子、猿猴等动物，还有孔雀、翡翠、鹦鹉、山鹰、鸦、鹭鸶、黄雀、鹤等飞禽。这些都是周神仙叫得出名的，还有更多的他也叫不上名。所以，亨利开始提着枪，牵着查尔斯打猎，他希望采集更多的标本带回欧洲。但是，效果不佳，不是打不中，就是把动物打坏了，做不成标本。

晚上，在篝火旁，亨利和马可边吃烤野味，边商量办法，可两人一直找不到好办法。亨利这时看到周神仙坐在阿米拉身旁，用手指了指阿米拉，见亨利还不明白，又指了指旁边的郎哥。亨利突然醒悟过来。《真腊风土记》中介绍了野人的身份和能力，自己怎么这么笨啊，以为有枪就能做到，何不求求他们帮助。他马上把自己的想法告诉了阿米拉和郎哥，他们听完都笑了起来。

清晨，红日升起的时候，亨利、马可和阿米拉、郎哥已经躲在树丛中，一只美丽的锦鸡跑过来了，阿米拉模仿着叫声把锦鸡诱了过来，郎哥用口针射中。

阿米拉用鸟叫声引诱小鸟，各种不同的小鸟落入圈套，亨利和马可把小鸟装入袋中。

阿米拉设置了笼子，里面放入小鸟爱吃的小虫，不断有小鸟钻进笼子里面被俘。

阿米拉和郎哥在树林里设置了捕鸟网，许多鸟儿被粘住，亨利把已有的鸟放生，没有装入笼子。

郎哥在湖边和树林里设置了各种陷阱，不断有各种动物落入陷阱，郎哥和亨利、马可高兴地把这些动物装进口袋。

郎哥端着吹管，悄悄地在密林中行进，发现猴子、猩猩，用吹管射向目标。

郎哥爬上高耸入云的大树，在树上鸟窝里掏出鸟蛋。

郎哥用夹子抓捕眼镜蛇。

……

夜晚，亨利紧张工作着，他和马可在不停制作标本，分门别类进行整理，阿米拉和郎哥在旁边帮忙。阿泰和马可用大象和马车把制作好的各种标本和活的动物送回李老板店里，李老板忙着安排库房将这些宝贝安放好。

阿泰和马可装好食物和器材再赶回山里营地。

入夜，一个黑影进入基督教堂，在忏悔间，隔着板墙把一封信递了过去。隔壁的神父说，一定盯紧点，看看他们都找到了什么宝贝。

第十五章

又见基督

"明天是送水节。"周神仙对亨利说。

"什么是送水节?"马可问。

亨利告诉他:"柬埔寨国土上江河纵横,水对于人们的生产生活有重大的影响。在这里,水象征着生命和生育。每年雨季湄公河、洞里萨河河水高涨,淹没许多田地,而到了旱季就是11月落潮之后,大片土地又变成了良田。柬埔寨人认为这是上天的恩赐,因此每当这个时候,就要举行仪式,欢送水神、地神,酬谢上天赐给他们土地和水,同时也祈求上天对他们浪费水源和土地的宽恕。"

"这也是那个周神仙告诉你的?"马可问。

"是的,告诉阿泰,明天放假过节,咱们也参加他们的送水节。"亨利说。

送水节持续了三天时间,暹粒城乃至柬埔寨各地张灯结彩,纷纷举行规模浩大的庆祝活动。亨利和马可陪着阿泰、阿米拉、郎哥还有李老板、王老板等一起,来到湄公河边,参观"放河灯"。

只见当地官员和和尚进行隆重的祷告仪式。祷告结束后，人们开始把各式各样精心制作的河灯放在河水中，漂浮在河水中的河灯，宛如繁星闪烁，承载着人们默默的祝福随河水流向远方。岸上的人们双手合十，虔诚地祈祷。

周神仙站在亨利身边，绘声绘色地讲述着：

"当年我们和国王一起参加这个活动，也站在那个位置。"周神仙站在亨利身边说。

"国王亲自主持，湄公河河面上搭起了许多浮宫和观礼台，河面上停泊着无数的小船。当夜幕降临，月亮东升之时，湄公河、洞里萨河河畔响起隆隆的礼炮声，在国王主持下，高僧带着王室成员进行祷告，然后国王、王后率先放灯，接下来是王室成员和外国使节放灯，灯由宫里准备。我也参加了放灯，就在那里。国王的灯在前引领，又明又亮，百官百姓跟着，如同家一般。"

这时，亨利、马可和阿泰、郎哥、阿米拉以及李老板、王老板等也下到河岸放灯。

亨利的灯是李老板准备的，阿泰一家的灯是阿米拉亲手做的。

"接着说。"亨利放完灯回到原位，让周神仙继续介绍。

周神仙："放灯之后，还有祭月仪式，通常是在午夜时分举行。国王用圣水浸湿手掌和脸，然后用一片树叶蘸着圣水，洒在孩子们身上，为他们祈福。"

亨利望着河面上数不清的大小河灯混杂在一起，构成了河灯、明烛和圆月争辉的美景，不禁想起了欧洲教堂里那些天堂的壁画，男女老少在一起，其乐融融，大同世界。

这时，亨利在人群中似乎看到了什么，他起身追了过去，马可和郎哥、阿米拉也一起跟着追了上去，但亨利还是停下了脚步，人流太拥挤了。马可问他找什么，他举目望去，没有回答。

晚上回到房间，亨利发现东西被人翻过了，他的枕头下面，放着一张基督明信片。

化境吴哥

三天送水节里还有龙舟竞赛,全国各地的村民们把安放在寺院里的龙舟取下来,请僧侣念经祈祷后,再将龙舟重新油漆一遍,在龙舟上画一对金色的大眼睛。龙舟一般长约20米,可容纳40至50人。

郎哥参加了龙舟赛。吴哥湄公河江面上,百舸争流,河岸边成千上万身着节日盛装的男女老幼欢歌笑语,加油呐喊。亨利、马可和阿米拉一起在岸边为郎哥加油助威。

送水节期间,亨利回到了李老板店里住,他接到了来自英国的信。自离开英国之后,近半年多的时间,亨利才第一次收到了家中的来信,这令他激动不已。

他迫不及待地拆开了这一包信,其中有他的妻子、弟弟、岳父以及许多好友的信件,让他了解了这段时间家庭和欧洲所发生的一切,当然他最为关注的还是他的导师达尔文的情况。

从所有的信件中,亨利了解到在1895年7月1日,达尔文的《物种起源》已经问世,这令他感到激动万分。当然,这在整个英国、欧洲甚至世界,都犹如把天捅了一个窟窿,反对的声音如同山崩地裂一般,整个宗教界、科学界、政治界、哲学界、艺术界甚至没有文化、一字不识的平民百姓,也参与进来——因为人不是上帝创造的而是从猿进化而来的,而且这种进化还是自然的选择,这毕竟颠覆了人们信仰的基石和认知的基础,更加使人失去了所谓的尊严。当然,在所有反对的声音中,达尔文和他的团队以及进化论的支持者,最为重视的还是学术上本身的争论,尤其是从对手的攻击中反省自身研究上的不足。对此,达尔文的信中指出:"目前,我们还存在三大困境:一是缺少过渡型化石。按照自然选择学说,生物进化是一个在环境的选择下逐渐地发生改变的过程,在旧物种和新物种之间、旧类和新类之间,应该存在过渡形态,而这只能在化石中寻找。我相信进一步寻找的话将会发现一些过渡型化石。如处于步行和飞行之间的鸟类、爬行与直行之间的猿。二是地球年龄的问题。自然选择学说认为生物进化是一个逐渐改变的过程，它需要至少十几亿年。然而威廉·汤姆逊（开尔文勋爵，一个神创论者）用所谓热力学的方法，证明地球只有一亿年的历史，而最近最多只有2000万年的地球才冷却到能够让生命生存。对于这种所谓物理学家的挑战，我目前只能说，我确信有一天世界将被发现比汤姆逊所计算的还要古老。这是一个需要物理学家来证明的科学问题。还有一个问题就是，我们还需要用科学的方法来解释自然选择，而不是简单的融合选择……"

导师达尔文的使命就是自己的任务，亨利非常明确这一点。为此，他决定继续向密林深处进发，去寻找生物过渡型的证明和证据，而不是一般性的奇珍异兽。在当前关于物种起源与进化论的战斗中，越是古老越是珍贵，所有进化得已经非常完美的生灵加在一起，也没有一片化石来得重要。中南半岛处在靠近赤道的热带地区，是最适宜生命产生的地方，也就一定存在着生物早期的物种证据，但是，它们也一定是在远离人群的原始地带中。

"老弟，我发现你现在的口味变化很大啊。"周神仙坐在树上，看着树下忙碌着的亨利说。而亨利正指挥着马可和郎哥在砍伐藤叶，寻找进入原始森林深处的路径。

"过去你喜欢美丽的有趣的东西，而这段时间，你喜欢老树古藤，怎么回事？"周神仙问。

"别捣乱，没看到正忙着吗。等有空再慢慢和你聊。"亨利说。

的确，这里可能上万年甚至上亿年都没有人来打扰过，参天大树被古藤枯叶缠绕着，就是白天，也难见天日。地下是厚厚的一层又一层的枝叶，腐烂了又腐烂，散发着腐败的气息，令人作呕。但是，更加可怕的还是各种毒叶和毒虫，会随时让你陷入无法忍受的折磨。每个人都用布浑身上下从头到脚包得严严实实，生怕露出一点点缝隙，遭到致命的一击。

"别动！"阿米拉叫道。

亨利和所有的人谁也不敢动，全都惊恐地看着她，知道她一定发现了致命的险情。只见阿米拉走到近前,把亨利轻轻拉开到身后,然后用小棍慢慢挑起前方的树枝,原来是一条小蛇,它的颜色和树枝一模一样。阿米拉用小棍让它从树上滑过。亨利知道它一定是一条致命的毒蛇。

"好险!"说完亨利就要动。

"别动!退!退!"阿米拉的神情不仅没有放松,反而更加惊恐,她已经浑身颤抖,指挥着大家一步一步地往后退。当退后十几米之后,树林前方传来一阵腥风,亨利看到了前方灌木丛中有一双闪着绿光的眼睛,他知道这一定是猛兽,非虎即豹。这么近的距离,如果猛兽发起攻击,人是很难躲闪开的。现在,阿米拉挡在所有人的前面,用自己柔弱的身躯保护着其他人的生命。

突然间,可怕的一刻终于到来了。它发起了攻击,一声震天动地的怒吼让整个山林都震动起来,回音之大,把大家骇得顿时瘫倒在地上。这是一只老虎,它已经冲到面前,阿米拉扑倒在亨利身上。

大家都闭上眼睛。就在亨利认为必死无疑的时候,只听到一声惨叫,眼前一棵大树飞向前方,把猛虎吸入口中,当它重新收回身子的时候,亨利才看清原来是一只巨蚺,它竟吞食了猛虎。

"快跑!"阿米拉大喊一声,所有人都沿着来路拼命向后逃命,能跑多快跑多快,只听到后面发出瘆人的吞咽声音和猛虎最后的哀号。

亨利真正见识了弱肉强食的森林法则,也感知了生命的可贵,然而还有一种更加刻骨铭心的东西,这就是当危险到来的时候,阿米拉挺身而出地挡住自己,奋不顾身地扑到自己身上,难道她比自己更加强壮吗?还是她有这种义务和责任,这是劳务合同里面的契约条款吗?而当面对危险的时候,自己在想些什么?此时此刻,她也没有因为刚才保护了自己而回过头来讨要什么。他看着阿米拉平静而美丽的面容,竟然想起了母亲,还有怀抱孩子的圣母像……

第十六章

大 材 小 用

深夜,亨利在林中躺在吊床上。吊床是在王老板器物店里定制的,自己带的行装大部分在鳄鱼沼泽丢掉了,到了暹粒城又在几个华人器物店重新定制了一批。

在密林中过夜,没有吊床是绝对不行的。地上废叶中隐藏着无数的毒虫,还有夜晚出来觅食的动物。选择两棵树把床吊起来,再把用厚布做成的蚊帐用上,会安全很多,这些都由阿米拉照顾。他躺在床上,周神仙也躺在旁边,聊起白天的话题。

周神仙:"你这是何苦来呢,非跑到这深山老林里头,你看我多好,写点花花草草,就交差事了。"

亨利:"你都写了些什么啊,只有石榴、甘蔗、荷花、莲藕、阳、蕉等和中国一样。荔枝和橘子长得虽然和中国的一样,但味道却很酸。其他的水果在中国是看不到的。树木也有很大区别,花草的种类更多,有很多都长得香而艳。水里的花也有很多种,都不知道叫什么名字。至于桃、李、杏、梅、松、柏、杉、桧、梨、枣、杨、柳、桂、兰、菊、芷等,都没有。正月还有荷花。

什么乱七八糟的，真是一点价值都没有。"

"没有价值，你背它干什么？你看了记了，就说明有些用。"周神仙在辩解。

"强词夺理！我是过目不忘。"亨利说。

"让我说啊，探险和旅行还不是一回事？你何必那么劳神费力的？搞不好还把命搭上。"周神仙在劝亨利。

亨利："不一样啊！探险是探险，旅行是旅行。"

周神仙："你说说，有什么不一样？"

亨利："探险是科学研究和发现，是职业，也是工作。旅行是在玩，是休息，是利用工作之余放松一下。"

周神仙："你现在最想发现什么？"

亨利："证据。"

周神仙："什么证据？"

亨利："石头，化石，说了你也不知道，不聊了，睡觉了。"

周神仙："别着急，功夫不负苦心人，我看你快了。"

亨利："快什么了？你会算命不成？"亨利当然想快了，可这毕竟不是想就有的，还是先睡觉吧，明天再继续努力。

深夜，阿泰一个人坐在篝火旁吸烟，他在守夜。

远处不时传来野兽的吼声。斗转星移，渐渐地，树林上露出了曙光，夜行动物纷纷返回自己的巢穴，百鸟开始欢唱，新的一天开始了。

亨利、马可起身后，跑到郎哥挖好的坑来解溲，他们已经学会了按丛林野人的方法料理生活。

阿米拉招呼大家围过来吃早餐，带来的食物早就吃完了，一路上，餐食都是取之于林，阿泰、郎哥和阿米拉都是丛林猎食的高手。早餐是野山鸡和林中薯类煮的粥，还有烤肉、野山菇和野果，另外还煮了鸟蛋加野蜂蜜，这是亨利的最爱，它是阿米拉爬到树上从鸟窝蜂巢里掏来的。

进入丛林探险以来，亨利深深感受到，在密林大自然的环境里，生活的品质不仅没有下降，反而更加有助于身心健康。从形式上看，生活在城市里的人讲究卫生、礼貌，表现得非常文明。然而，在形式的背后，文明的灵魂却早已经被抽掉了，眼前的这些柬埔寨野人，他们在食材的选择上，更加注重天然新鲜，而他们的心灵深处，保持了人性的淳朴和善良。他不禁疑惑，人类一步一步从农业社会走到工业社会，究竟是进步了还是退步了，或者说根本就是走错了方向，变成了衣冠禽兽，所谓城市法则比丛林法则让人更加费解，更加难以适应。物竞天择，适者生存，自己今天倒更加适应和享受这种野人的环境。想到这里，他不禁抬头看着阿米拉，一时忘却了时空，化入了另一种环境。

"还吃吗？不吃我收了。"阿米拉轻声说。

"好，好，收了吧。"亨利赶忙说，他知道自己走神了。

当阿米拉从三块灶石上提起瓦罐的时候，亨利往火上瞄了一眼，这一瞄不禁让他愣住了。

他挪过身用手去拿灶石，结果被烫了一下。

"烫！"阿米拉叫道。

亨利的确被烫了一下，但他换了一个位置又抓起这块石头，仔细看石头上的图案。

"这是谁捡到的石头？"亨利激动地问。

阿米拉看了看阿泰，阿泰不解："我捡到的，怎么了？"

"在哪里捡到的？"亨利急切地问。

"下面山泉边上的水里。"阿泰平静地说。

"什么情况？"马可问。

"你看。"亨利拿给马可看。"天鹅绒虫化石，三亿年前的，无脊椎动物就是软体动物进化为节肢动物的一个重要环节。"亨利激动地说。

"真是踏破铁鞋无觅处，得来全不费工夫。阿伯，快，赶快带我们去。我

化境吴哥

早就该想到,应该到溪水边找石头。"

亨利不禁感慨,昨天晚上,周神仙说快了,今天早上就有了收获,而且是重大发现,他可真是神啊。

第十七章

明 察 暗 访

大家跟着阿泰来到了溪水边，实际上，这里是进来时经过的一个岔路口，一条路往上走，进入山林；一条路往下走是一条溪水。由于阿泰走在最后面，他需要烧水做饭，所以经过这里时，他听到有流水声，便下来取水，顺便捡了几块石头用来垫锅，没有想到这石头竟然是个宝贝。

亨利原来的想法，越是原始森林深处，没有经过砍伐和破坏的地方，越有可能留下原始古老的痕迹。他没有想到上亿年的时间，这些植物不知道要生生死死经历多少沧桑，无数的树木生死叠压，当时的地表上面早已覆盖了一层又一层的森林。他想起了，煤炭就是原始树木在地下演变成的，那么煤层里也应当有历史的印记（这一点早已被证实），应该告诉家人可以派人到煤矿里去找一找。而山间溪流就不同了，它可以冲破山间的浮盖物，把地层深处的秘密暴露出来。

生活就是哲学，最合理的逻辑就是自然的因果联系。

亨利带着大家开始在阿泰捡到化石的位置寻找，他把样本就是那块垫锅石拿给大家看。然后大家分开，有的在水里捞，有的在岸边翻，然而找了很久也

化境吴哥

没有第二块。亨利明白，溪流底部的石头都是从高的地方冲下来的，也就是说山上才是化石形成的地方，这块石头没有被压下沟底，而是在石层的上面，就说明它被冲下来的时间还不久，所以应当沿着溪流往上寻找。亨利把自己的想法告诉大家，商量下一步的行动方案。

当天晚上，探险队就在溪水边宿营了。十几头大象和探险队的到来，使原本宁静的原始森林顿时变得生机勃勃。见到溪水的大象立即异常兴奋，卸下包袱装具后，象群欢快地跑到水边饮水，用鼻子吸水冲洗着身体，并不时发出愉快的叫声。

这一湾溪水是附近居民的生活聚集地，每到清晨和傍晚，都会有许多动物或成群结伴或单独前来饮水洗澡，亨利看到周神仙盘腿坐在溪边的一块巨石上，不停地喊叫：

"快看，林子里来了一个猴群，好家伙，有上百只啊。"

"哎！一个鹿群过来了！"

"小心点，一只豹子过来了！"

"注意啊，大黑熊过来了，有三只。"

"狡猾的狐狸来了！在那边！草丛里！"

"过来了几只麂子，晚上有肉吃喽。"

"大猩猩过来了，难得一见，可是一家子。"

"大猩猩走了，黑猩猩来了！"

"森林之王来了，赶快跑吧！"

"山猴和树林里的猴打架了，山猴抢人家老婆。"

……

阿泰、郎哥和阿米拉准备了丰富的晚餐。有烤鹿肉、烤鱼、煮麂子、煮蘑菇山鸡、干净的野菜，还有各种野果子，每道菜放在宽大干净的芭蕉叶子上，阿米拉还放上了美丽的花瓣点缀，加上阿泰在林子里采摘了一些香料，真是又好看又好吃。今天是亨利接受探险任务以来，真正有收获的一天，大家从亨利

老挝丛林中的营地　亨利·穆奥作

的表情中都感受到了一种喜悦，所以值得庆贺一下。

猎犬查尔斯和郎哥、阿米拉已经非常熟悉了，它也参加了打猎，所以也得到了大块的鹿腿。

大家围坐在草地上、火堆旁，皓月当空，美味扑鼻。象群在旁边站岗放哨。附近不时传来虎豹的吼叫，这是因为它们也嗅到美食的香味了。吃到高兴的时候，阿米拉和郎哥唱起了山歌，又拉起亨利和马可跳舞，小象也跑过来伴舞。的确，这是一个值得高兴的夜晚，毕竟阿泰无意中捡到的石头是有价值的，并且指明了下一步探寻的方向。

今晚，火堆烧得特别旺，阿泰依然坐在火堆旁守夜，十几只大象守卫着周围，不远处的林子里，闪亮的眼睛注视着火堆旁的人们。

亨利睡得很香，因为他怀里抱着那块石头。

深夜，暹粒城里李老板的"唐人精舍"库房，黑衣蒙面人翻开探险队的标本箱，查看着运回来的标本……

第十八章

与猴争洞

晨曦,伴随着喧闹的鸟叫声、动物的吼声,又一次迎来了朝霞,山林中仍然是云雾缭绕。许多动物有早上饮水和洗脸的习惯,所以它们排着队使用这难得的溪水。

实际上昨晚这里也没有真正安静过,许多夜食性的动物迅速地跑来,喝完水又跑开。森林里时不时传来杀戮和逃跑的声音,对于这个舞台,亨利已经习惯了。

探险,所有的动物和生灵都要经历或者说这就是生存环境,只是我们人类从它们中间,准确地说是从自然环境中脱颖而出,创造了一个属于自己的人类社会。自然界的规律是"物竞天择,适者生存"。一切生命的存在都是在这个环境中进化的过程,恶劣的环境催化了生命体的优化,优化的生命体保留了下来,这就是自然法则。这就是他的朋友兼导师达尔文的进化论,这也是他的信仰。

今天,他再一次回到这个环境中,寻觅人类和生物走过来的脚印。证明人是从这里走过来的,曾经和他们共同生活过,而不是上帝所创造的泥人。上帝

化境吴哥

只是一个故事,而非科学。达尔文在等着他的成果,他不能停下探险的脚步。

云雾在中午时分才大散去,所以一天工作的时间是非常宝贵的,他们必须在天黑之前回到这个营地。阿泰仍然守在营地,照顾象群。其他人随亨利上山。

上山之路只有一条,就是这条水路,这条犹如飞瀑一样的路,与其说是爬山,不如说是爬水。好在是旱季,没有下雨,水只能来源于山泉,所以并不是很大,水流两边的植物尤其茂盛,灌木丛生,在水流的冲刷下,许多地方是笔直的绝壁,所以攀爬的难度可想而知。

郎哥在前面开路,他沿着猴子上下的路在攀登,这一点他从昨天到今晨一直在观望。他发现只有那队猴群能够下得来上得去。所以,他必须使自己变回猴子。他尽可能沿着溪边攀登,自己先揪着杂草和树木、藤条攀上一段,然后再把绳索捆绑在一株树上或者石头上,让后面的人拽着石头往上攀登,有些悬空的地方就需要他把后面的人拉上来。就这样十米八米一个台阶,他们终于上到了一个稍微宽阔的地方。大家累得气喘吁吁,亨利和马可的手也磨出了血泡,半路上,查尔斯只好掉头跑回营地,毕竟它不是猴子变的。

接下来是一处笔直的瀑布,虽然只有七八米高,但是无路可绕。郎哥发愁,连个系绳子的地方都找不到,主要是看不见瀑布上方的情况。郎哥和马可都认为只有原路返回,没有路,时间也来不及了,即便爬了上去,也不可能走太远,天就快黑了。这条路绝对不可以天黑了再下山来,否则就有摔死人的危险。

亨利问道,猴子是怎么上下的?大家谁也想不出来。

就在这时,他们听到瀑布两侧传来嗖嗖的声音,转头一看,山上的猴子下山了,原来猴子是在飞,从两侧的树上飞身而跃,十几米一棵树,大一些的猴子一跃而过,小的猴子则是在灌木和高草上飞蹿。猴群飞过他们身旁的时候,发出嘲笑的叫声。看到猴子的表演,所有人都傻了,当猴子多好,何必进化呢。

马可无奈地抬抬手,意思是你看怎么样,回去吧。

亨利笑了,他问马可,你说是人厉害还是猴子厉害?马可说没有可比性,

第十八章 与猴争洞

你已经进化成两条腿的动物了，不会飞了。

亨利说："错，我们已经进化成高智商的高级动物了，应该既会用腿，还会用脑，更会组织和团结协作。"

大家听了，都看着他。亨利接着说："其实很简单，就是靠集体，咱们叠罗汉。我和马可当底座，然后往上垒人，阿米拉在最上层，只要上去一个就好办了。"

果然，阿米拉爬上去找到了一棵树，把绳子系好，然后先把郎哥拽上来，接着大家合作都爬上了瀑布。

爬到瀑布顶上之后，亨利发现水源出现了两条水道，右边的一条水较大，水道也比较宽，整个水道上的石头更多一些，他拿出阿泰的化石比较了一下之后，决定往右边去寻找。

这时，天突然下起了雨，大家发现前面不远的山腰上有一个山洞，就赶忙跑向山洞避雨。洞口有几棵树，草也较多，这时天也快黑了，便商定进洞过夜。郎哥说他先进去探查一下，别有什么野兽，说完便先进洞去。大家在外面等候，没过多久，郎哥出来说没什么情况，招呼大家可以进洞。

大家鱼贯而入，进洞后嗅到有很大的尿臊味，正在疑惑之间，就听到洞口一片吵闹声，接着几只猴子进来，一看到有人，马上惊闹起来，引来上百只猴子冲进洞里，对着入侵者怒吼。

这时，大家才知道，这洞是有主人的。猴群堵住了洞口，想出去也出不去了，上百只猴子，打起来也难分胜负啊！众人生怕猴群一下子冲过来，这上百只猴子为了保护家园，一定会拼命，它们个个身手敏捷，行动迅速，十几只猴子围打一个人，飞到身上又抓又咬，它们一个个牙坚爪利，几个手无寸铁的人根本不是对手。为了防护，几个人不约而同地把洞里地上猴子们用来铺地的树枝捡在手上，准备用来防身。

猴子们一见人在捡地上的树枝，它们也飞身而上，上来抢树枝，一时洞中大乱。

猴子抢到树枝，跑回原地也学着人举在手中，此时人猴对峙，陷入了僵局。

第十九章

人 猴 谈 判

　　这真是一个令人尴尬的场面，一时间众人全都头脑发蒙，束手无策。

　　就在这时，亨利突然看到周神仙不知什么时候钻到猴群里待着，而他的身边是一只最大的公猴，估计应该是猴王。亨利心想，这个周神仙怎么和猴子站在一边，他是幸灾乐祸看热闹啊，还是有什么鬼主意？就在这时，他看到周神仙向他做手势，意思是让他和猴王好好谈谈，握手言和。

　　这怎么可能呢？人和猴子和平谈判。亨利觉得实在荒唐，但是再想想，也只能如此，既然打不过，就只能和解，人毕竟是高级猴子，比低级猴子有智慧，天无绝人之路，连个猴子都斗不过，还是人吗？想到这儿，亨利转头对几个人说，和平谈判，绝不可以武斗，你们谁去和猴子谈谈？

　　听到此话，几个人一时都惊讶得呆了。人和猴子谈判，怎么谈？谁去谈？见没人吭声，亨利便点将对马可说你去谈。马可慌忙推辞说："我可不会和猴子谈，我又不是猴子，我的祖先已经进化成人了。"

　　亨利又看看郎哥，郎哥的头比猴子摇得还快。

　　这时，亨利苦笑地看了一眼阿米拉。

第十九章 人猴谈判

阿米拉笑了笑,然后转身对几个家里的象工说:"带来的包包给我。"原来,出发时阿米拉专门让人带了一些预备的餐食,有米饭团、烤肉、香蕉等,还为亨利带了一瓶中国白酒。只见阿米拉提着包,平静地向前走到洞中间。

这时,所有的猴子都挥舞着树枝,吱吱喳喳地惊叫起来。

只见阿米拉平静地席地而坐,打开包,先拿出一片大芭蕉叶铺在地上,然后从包里拿出几个饭团、一些烤肉、两只香蕉,放在面前,又倒了一杯酒,再把一些酒倒入饭团,顿时整个洞里散发出酒香,所有的猴子都立马站起来,流出口水,直起身想上来。

就在这时,只听猴群里叫了一声,所有的猴子都不敢动了,坐了下来。

这时,就见阿米拉看了一会儿猴王,然后招招手,意思是让猴王过来。

只见猴王站起身,跑到阿米拉面前。阿米拉指指面前的地方,猴王马上坐了下来。阿米拉举起酒杯递过去,猴王接过酒杯一饮而尽。阿米拉又拿起一个酒米团递给猴王,猴王接过来一口吃下去。阿米拉又递了一个饭团,猴王又接过来吃了。

所有的猴子看到这儿,眼也直了,口水也流出来了,手上的树枝都扔了。

只见猴王一点也不客气,没一会儿工夫就把饭团和香蕉都吃光了,然后看着阿米拉伸手指指包,意思还想要吃的。

阿米拉抬手一指它身后面,然后挥挥手,看着猴王。

猴王站起身来回头看着猴群,一龇牙,嘶地高叫一声,所有的猴子瞬间都飞身出洞,只有两只母猴端坐不动。

猴王转过身向阿米拉伸手要吃的,阿米拉指指身后,猴王转身一看,飞身上去就咬,吓得两王妃转身逃跑。所有的猴子跑到洞外,都爬上树,只要没有猴王的命令,今晚谁也不敢进洞。

猴王坐回来,又伸手要吃的。只见阿米拉拿出一个大杯,倒了一大杯白酒,猴王接过来一干而尽,再伸手要吃的,手没举起来就醉倒在地。

这一幕人猴谈判,把所有人都看晕了,大家都佩服得无话可说。阿米拉招呼大家过来吃饭。

晚上，洞中没有火。

到了半夜，只感觉到洞里狂风大作，一时呼呼作响，风声中有无数的红光，萦绕着洞口飞舞，在众人身边头上飞旋。几个人吓得闭上了眼睛，不敢作声，有人开始祈祷，胆小的尿了裤子。

片刻，风声过后，又是一片寂静。

忽然，从洞中传出小孩子的哭声，伸手不见五指，大家顺着哭声寻找，发现洞中还套着洞，只是不知道洞口在何处。小孩子的哭声令人毛骨悚然，难道这洞中有人家不成？没有火光照明，又不敢贸然行动。哭声时起时伏，片刻，又安静下来。吓得大家挤在一起，睡不着觉。

天亮前，又是一样的风声回到洞中。

天亮醒来后，只见猴王不见了，亨利想一定是带着猴群下山觅食去了。

见到猴子已经下山了，有些人就提出咱们也马上下山吧，毕竟昨晚上没有吃饱饭，加上误入猴窝，半夜阴风鬼火和孩子啼哭，这连饿带吓，全都希望早点离开这鬼地方。郎哥带头说，这个洞穴一定有鬼，听阿泰说过，山林里许多野人死后就放在洞里，他们的鬼魂会永远在洞里面生存不死，昨天晚上是误入，不是故意打扰他们，所以他们半夜出来警告，今天要是还不离开，鬼魂就要出来惩罚。

但是，阿米拉却不同意离开，反而执意进洞里去找小孩，气得郎哥和她争执起来。

亨利看了一眼马可，马可摇头摊手，表示不知所措。

亨利见状思考了一下，对大家说："我们是来科学考察的，是来探险的，现在刚刚有了一点线索，我们费尽千辛万苦才找到这里，还没开始科学考察，没有完成任务，怎么能逃跑撤退呢？说到鬼魂，我是不怕，因为我们是达尔文主义者，不相信什么鬼魂，我们连上帝都不相信不畏惧，怎么能相信鬼魂畏惧鬼魂呢？昨天晚上阿米拉和猴子谈判，战胜猴王，说明了人就是人，高级动物

第十九章 人猴谈判

就是比低级动物聪明,所以就更不需要怕猴子。但是,咱们毕竟一天没有吃多少东西,要留在山上,没有吃的不行。另外,咱们要进洞找小孩、找化石,首先要有照明设备和防身的武器。昨天上山的确是大意了,东西带得不足。我想咱们兵分两路,郎哥、马可带几个人下山找阿泰去取粮食物品,我和阿米拉在沿途几个攀爬的地方协助,咱们决不能连猴子都不如,猴子都敢住洞里,每天上山下山两个来回,咱们也能做到。"

亨利说完,大家都表示赞同,就按计划行动。

亨利、阿米拉把马可、郎哥等送到瀑布的地方,留好绳索接应。

傍晚时分,取东西的一行又重新攀爬上来。由于山洞中的尿臊味实在难闻,亨利和阿米拉便一直在瀑布边上吹着山风,享受新鲜空气,欣赏美景。猴子往返路过时,见到他们都是一脸敌意。当人们返回洞口的时候,洞穴已经被猴群先行进入,还放了两只小猴子守在洞口。见到人回来了,小猴子赶忙进洞报告。

阿米拉告诉亨利,让大家先在洞口吃晚饭,不要急着进洞,待吃饱喝足了,再依计行事和猴群换位置。她让郎哥在上风口燃起一堆火,在火堆上烤鹿肉和山羊肉,大家围在火堆旁吃饭。不一会儿,浓郁的烤肉香味被山风吹进洞中,只见两只小猴子坐在洞口馋得抓耳挠腮。

又过了一会儿,再抬头看,就见到猴王已经坐在洞口了。阿米拉抬头看看猴王,又低头吃烤肉,也不看猴王。猴王看着人们喝酒吃肉,馋得直流口水。

阿米拉又一手拿肉一手端杯,看看猴王,猴王可怜兮兮地伸手要吃的。阿米拉用手指指自己和人们,又指指山洞。猴王明白了,这是要用山洞来交换,随即便起身到洞里,一声大叫,所有的猴子飞奔出洞,来到洞口。猴王又一声叫,所有猴子都飞身爬到洞口的几棵树上。此时,只有猴王站在洞口,阿米拉起身走到猴王面前,递给猴王一块肉,猴王吃肉的时候,招呼大家赶快进洞。人们坐定,阿米拉起身牵着猴王的手一起进入洞中,给猴王一杯酒,猴王喝完就醉倒在地上了。

动物世界是认死理的。猴王不让进，就没有一只猴子敢违背，违犯命令轻则挨打，重则被逐出猴群，而没有猴群的保护就意味着死亡。

见猴王醉倒，大家立即开始行动。洞里有许多树枝是猴子垫身用的，郎哥让大家捡到一起，燃烧起来，又点燃了火把，开始往洞里寻觅。

没走多远，就发现洞内还有一个进口，只有不到一米高，洞中有山泉水流出来，人必须爬着才能钻进去。见状，亨利就想率先爬进去，他知道郎哥这些当地人怕鬼，而他是不相信鬼神的。见他要冒险先行，马可说还是他来吧，亨利不干，两人争来争去，就在这当口，阿米拉趁他俩争执之际，猫下身子，一蹲身就钻进去了。然后，招呼大家可以进来。亨利等一个挨一个爬了进去，再把火把递进来。内洞比外洞大多了，有近百平方米大小，七八米高。人们站定，火把递进来举头一望，顿时惊呆了！

第二十章

狐影鬼啼

进入第二个洞内,众人举起火把抬头一看,着实吓了一跳。

只见整个洞穴,上下左右黑黑的一片一片,挂满了巨大的蝙蝠。亨利从来没有见过如此巨大奇特的蝙蝠。只见这些蝙蝠,大的近半米长,小的也有二三十厘米,长得像狐狸,密密麻麻倒挂在洞顶,在黑暗中,每一只蝙蝠双眼闪亮,放射出红色吓人的光芒。

片刻之间,大家明白过来,原来昨晚上的阴风鬼火来自这些家伙,哪里是什么鬼魂。这样一想,倒也把心放了下来。火把的亮光和温度影响了这些小动物,先是一只两只,紧接着整个洞穴里的蝙蝠喧闹起来,它们松开爪子,张开双翼,腾飞盘旋。亨利赶紧让大家让开洞口,瞬间蝙蝠大军飞向洞口,如同一阵巨浪冲过,从洞中飞了出去,众人目瞪口呆。

待蝙蝠飞去之后,洞穴内立即安静了下来。大家刚刚回过神来的时候,洞内又传出了婴儿的啼哭声。昨天听不太清楚,而此刻却清晰可闻。"快点,找孩子去。"阿米拉叫道,并马上循声往洞中跑去,大家都跟了上来。

穿过蝙蝠大厅,走到尽头,大家迷惑了,前面道路有四五条,路与路之间都隔着石柱，往哪里走呢？

亨利和大家商量一下，做了一个分工，两三人一组，分头行动。大家举着火把进入各条道路。

亨利和阿米拉一路，阿米拉举着火把在后面照亮，亨利端枪走在前面，洞穴中很潮湿，头顶上有水滴掉下来，路面坎坷不平，他们发现洞很大，越走越深。

这时候奇怪的事情发生了，孩子的哭声竟然从很远的身后传来，也就是从他们来的方向。他们马上循声掉回头走，在分手的地方，看到大家都已回到了出发地，理由都是同一个，就是孩子的哭声在身后。

这时，洞内又传来了孩子的哭声，大家马上又分头沿各自的道路跑开去寻找。可是，当跑到前面的时候，孩子的哭声竟然又出现在了身后。

就这样来来回回折腾了几次之后，有人提出这是鬼魂在折腾他们，鬼魂假装小孩的声音，等到他们被折磨到筋疲力尽的时候，就会吸光人的血，吃掉他们。想到这儿，一些人再也不敢往前走了。

这时，前方又传来孩子的哭声。

亨利看了一眼阿米拉，然后说："这样吧，愿意的跟我走，不想去的留在此地等候，也不再分路，就沿着一条路走。"

说完之后，他又端起枪往前走，阿米拉、马可、郎哥和几个胆大的跟了上来。这一次，亨利决定，不管声音在何处，都先要把洞子搞明白，走到头再说。这样，不管声音在前在后，亨利都一往无前。终于，当他们走到路的尽头的时候，发现前面竟然是一个巨大的深潭，比蝙蝠厅还要大得多，而潭水的前方，洞顶已经压到水面。此时，真的是无路可走了，大家筋疲力尽地坐在湿潮的地上，不约而同地望着水潭，喘着粗气，所有的人心里都明白，这孩子没的救。

歇了一会儿，就在众人起身要往回走的一刻，孩子的哭声竟然从潭水中传出。大家一起转身看着水面，无人吭声。

第二十章 狐影鬼啼

过了片刻，亨利问道："谁身上有吃的东西？"

郎哥说："我带进洞了，但放在岔路口。"

阿米拉埋怨说："你怎么把吃的都带进洞了？"

郎哥解释："不带进来怎么办，放在外面还不都被猴子抢光了。"

亨利对郎哥说："你让人拿点过来。"

郎哥不解地问："拿点喂孩子啊？"

亨利笑着说是的。

郎哥问："拿多少？"

亨利说："也别太少了。"

郎哥问："要酒吗？"

阿米拉说："孩子喝什么酒！"

亨利说："不用酒，最好有些带着骨头的肉。"

郎哥说："明白了。"

说完便带了一个人回去拿。东西在岔路口，一会儿就取回来了。

亨利打开包一看，里面有饭团和鹿肉。亨利拿出饭团，剥开蕉叶，把饭团倒在水里。

"有鱼。"有人说道。

水里果然有一些鱼，饭粒很快就被抢光了。亨利见状要来带骨头的鹿肉，用绳子系起来，扔到水中，很快吸引了很多大大小小的鱼来吃，但这些鱼都只是舔，而无法吃下去。鱼儿越聚越多，水花也越来越大。

就在大家围在水旁看热闹的时候，突然，所有的鱼连同绳子系着的鹿肉一起，一下子被吸入水中一个倾盆大口，紧接着水中有一个两米多长的怪物跃出水面近两米高，然后又跃入水中，吓得所有人都倒在地下，后面的人转身就跑，要不是亨利松手快，也被带入水里了。亨利摔倒在地，其他人都跑光了，只有阿米拉没逃跑。

"这是什么妖怪？"阿米拉问。

亨利只见周神仙坐在身旁，幸灾乐祸地说："娃娃鱼。"

亨利说："谁不知道是娃娃鱼？"

周神仙嘲笑说："知道还跑来跑去，像个白痴一样。"

亨利："开始是没见到潭水，当看到这个潭，我就明白了，潭水连着暗河，暗河在洞穴中的下一层，所以它游过来游过去，叫声也就时而在前、时而在后。"

周神仙："算你聪明。准备怎么办啊？开枪打死它？"

亨利："不行，这条娃娃鱼至少有100年了，必须活捉，如果能运回欧洲，价值可就大了。"

周神仙："活捉，做梦吧？！这么长，怎么抓？怎么运？"

这时，大家又都回来了，一个个惊魂未定，胆战心惊地看着潭水，生怕妖怪上岸吃人。

郎哥问："这是什么妖怪，我从来没见过，咱们赶紧跑吧。"

亨利笑着说："这不是什么妖怪，而是一条大鱼，但是说鱼吧，它又不是鱼，而是一种鱼非鱼兽非兽的动物，因为它吃肉，又生活在水中。所以，它是非常珍贵的从鱼到兽过渡阶段的动物。它的学名叫作大鲵，叫声像小孩子的哭声，所以，人们都把它叫作娃娃鱼，生性独特，喜欢生活在水流湍急、水质清凉的岩洞中，每个岩洞一般仅有一条，洞内宽敞，有容易回旋的足够空间。它在捕食时很凶猛，发现猎物时突然张开大嘴囫囵吞下，再送到胃里慢慢消化。成年娃娃鱼食量很大，食物包括鱼、青蛙、蟹、蛇、虾等甚至鸟和鼠也吃，耐饥能力很强，有时两至三年不食都不会饿死。这条大鲵有近两米长，有上百年了，是非常宝贵的研究对象，也是我们探险家梦寐以求的标本。现在想不到让我们遇到了，所以我们绝不能放弃它，必须捉到它。"

"怎么抓？钓鱼还是捕鱼？"有人问。

"这么大的动物钓肯定是不行的，在这个洞穴里捕捉也不可能，用枪打呢？也不行，要是一枪打不死，钻到水底下进入洞穴深处，就永远也见不到了。打死了也抬不动，运不出去。"马可说。

亨利："所以只能活捉，还必须让它自己游出去。"

大家全都听傻了，这无疑是天方夜谭。

这时，亨利看到周神仙坐在旁边一块石头上："看我干什么？我也帮不了你。但是老将出马，一个顶俩。"

亨利闻言对大家说："我们先出洞。郎哥，你出洞后，下去先把阿泰请上来，或许他能想出办法。"

大家退出山洞，来到洞外，天已经亮了，蝙蝠也已经回洞，猴子早就下山了。

郎哥下山去接阿泰，在猴子回来之前，把阿泰带进了洞。

亨利把情况向阿泰做了介绍，然后把阿泰从猴子洞、蝙蝠洞带进娃娃鱼洞。在潭水边，亨利告诉阿泰，我们想要活捉这条二百多斤重的大鱼，然后运下山。

阿泰闻言没有吭声，而是闷头抽烟。洞里不时传来娃娃鱼的叫声，好像在挑衅人类。顺着娃娃鱼的叫声，阿泰在洞中几条路走来走去，时不时停下来，用棍子敲打地面，查看洞中洞外所有的出水口。

差不多两天过去了，阿米拉天天陪猴王喝酒，阿泰、亨利在洞里勘察。

到了第三天天亮，阿泰把郎哥等人带出洞，来到瀑布边的一个出水口，边说边比画，让郎哥带人把出水口挖开，然后找石头垒在瀑布边上。

阿泰告诉亨利，自己下山去拿东西，做准备，等明天上来以后再行动，马可随他下山。

阿泰走后，郎哥便开始带人在瀑布边上扩大洞口，同时又在洞口附近堆放石块。他看懂了阿泰的计划，知道阿泰是要引鲵出洞，再封洞捉鱼。其实，阿泰的计划还不止这些，整个设计可谓无懈可击。

化境吴哥

翌日上午，云开雾散，阳光明媚，阿泰上山了。他和马可等抬了一只刚打的大鹿上山，检查了瀑布前垒起的石墙和新扩的洞口，把大家叫到一起做了布置，然后分头行动。

这时，附近几棵树上坐满了大大小小的猴子。这些猴子几天来看着人们跑上跑下，今天也都来看热闹。

只见阿泰把刚打的大鹿用绳子绑住，一头捆在大树上，然后把还在流血的鹿放进池子。显然，这只鹿是一个诱饵，水流是通到洞里的。不久，鲜血的味道通过清净的山泉水流入洞中，亨利知道所有大鲵居住的岩洞都有洞外出口，只是阿泰把战场选择在这里。

从洞口传来远处大鲵欢快的叫声，水流也开始一波一波向洞口涌动，阿泰向亨利举手示意，让大家做好准备。

死鹿把池水染红，鹿身在池中随着水流漂浮，一会儿工夫，一股巨浪涌来，只见一张血盆大口冲出洞口，把整个鹿身吞入口中。此情此景惊得四周树上的猴子都跳了起来，有几只小猴落入水中。

大鲵死死咬住鹿身想退回到洞里，可鹿身用绳索捆绑连接在树上，它不仅退不回去，反而整个身体被带出了水面。就在这时，亨利等人马上把准备好的石块推入水中封堵洞口，大鲵急忙往后退，可又不愿松开口，放弃鹿肉。结果，很快就没有退路。疯狂的大鲵在水中狂暴地翻腾，两边的人和猴子都惊呆了。

说时迟那时快，只见阿泰一刀砍断绳索，大鲵失去了控制，撞翻了前方堵在瀑布沿上的石头，结果瞬间冲出瀑布，顺着溪水流向山下，眨眼工夫就到了溪底。

郎哥和马可早就等在下面，张着一张大网等着大鲵自投罗网。果不其然，飞速滑下来的大鲵自己飞入网中，而大网两边绑在两只大象的象牙上，飞入网中的大鲵被两只大象荡起秋千。

大鲵咬着鹿身翻滚着从山上飞向山下，这场面太刺激、太好看了，它吸引了所有的猴子跟着飞身下山，在两边紧紧围着大鲵冲向山下，直到大鲵掉进网里面。

在大象挂着的网兜里，大鲵还没搞清楚怎么回事，只顾着吞咬鹿肉。

看到这个宝贝，大家都激动万分，纷纷赞扬阿泰好手段，不费吹灰之力就把这二百多斤重、两米多长的水怪从山洞里的水潭中请到山下的网兜里，整个过程精彩绝伦，令人回味无穷。

接下来的两天，亨利和马可抓紧绘制图像，制作标本。

第二十一章

不翼而飞

傍晚，忙了几天的亨利在溪边草地上休息，马可、阿米拉和郎哥也围坐在身边。天上明月高悬，今晚的月亮特别明朗，把周围的环境照得清清楚楚，大家的心情也格外舒畅。

马可问："下一步怎么打算？"

亨利说："过两天再上山。"

马可说："还要上山，娃娃鱼不是抓住了吗？"

亨利说："你忘了，化石还没找到呢。"

马可说："对啊，这两天高兴得都忘了。"

这时，一群蝙蝠飞翔在天空，应该就是山洞里那群蝙蝠。

亨利问阿米拉："你们管这些叫什么名字？"

阿米拉："飞鼠。"

亨利说："噢，它的学名叫蝙蝠。欧洲也有，只是没见过这么大的。你知道它们吃什么吗？"

阿米拉："林子里的水果。"

亨利说:"能捉一只吗?"

阿米拉说:"可以,蝙蝠也有价值吗?"

亨利:"是的。前几天我在洞里看到,它们的面孔很像老鼠,但更像是狐狸,你看它们飞舞起来,翼展会达到三米多宽,它们是'飞翔的灵长类'。它们属于脊索动物,用没有羽毛的翅膀在空中飞行,姿势超过了任何鸟类。所以,它们与鸟类有关,与哺乳类动物也有关。如同娃娃鱼,与鱼有关,与哺乳类动物也有关。这就是进化,进化就是优化,任何生物的优化,都是与自然界斗争的结果,也是向其他物种学习,甚至相互融合的过程。"

阿米拉:"你想要活的还是死的?"

亨利:"当然活的最好。"

阿米拉:"你捉到以后怎么研究呢?"

亨利:"观察、解剖、分析、比较,做各种测试。比如,各种不同的蝙蝠,它们不仅相貌不同,身体内部结构也会不同。小蝙蝠有的地方叫作'吸血鬼',因为它们嗜血,而这些大蝙蝠却是吃水果,为什么呢?都需要人去研究。"

阿米拉:"研究以后呢?"

亨利:"开发利用。现在知道蝙蝠的粪便清热明目。人也可以学习它们的飞翔方法。"

阿米拉:"这些蝙蝠有用吗?"

亨利:"当然,你看这些森林里的树木,是人种的吗?不是,人种不了那么多,很大一部分是飞行动物传播的,也就是种子。它们吃到肚子里的东西,没有消化干净,结果和粪便一起在空中传播,在地面种子自带化肥培养,在土壤里生长。"

阿米拉:"那它们有害吗?"

亨利:"传播种子,也会传播细菌、传播疾病。"

阿米拉:"你知道得真多,怎么知道的?"

亨利一愣，心想这个姑娘真不简单，难得啊。"我们都是从小上学校学习，向导师学习。现在也向你们学习。"

阿米拉："我们有什么可学的。"

"不向我学吗？"周神仙出现在亨利身边。

亨利："当然，你是我真腊之行的第一个老师，你看这几天我们的收获有多大，就拿这条大娃娃鱼来说，谁还能说地球生命只有2000万年？这块化石，可以证明地球形成在三亿年以上，当然只有一块还不够，还须继续找到更多的证明。"

周神仙："孔子曰：读万卷书，行万里路。"

阿米拉："让我再看看那个化石。"

亨利闻言，让马可去拿化石给阿米拉。马可起身到标本箱里去拿。他在箱子里翻了半天，都没有找到。亨利催他快点。马可自言自语："就放在箱子里，怎么不见了？"亨利见状，也急忙过来找，可是把箱子翻了个遍，还是没有找到。马可紧张地一再解释。亨利平静地说，没关系，上山再找吧。

阿米拉起身去问阿泰看到化石了没有，阿泰说没有见到。

亨利见状赶忙对大家说："就是一块小石头，丢了就丢了，山里还会有的，既然有一块，就一定还会有更多的，没关系。"

亨利转身问阿米拉："你准备怎么抓蝙蝠？"

阿米拉："你不用管了，后天咱们一起进洞去抓。"

亨利："谁不去都行，你必须去。"

阿米拉："为什么？"

亨利："猴哥只认你啊。"

聊了一会儿，大家就散了，准备休息。亨利悄悄对马可说，以后小心，这事蹊跷。

几天后，在暹粒基督教堂里，神父和黑衣人在灯下交换着看这块化石，黑衣人说:"真让他们找到了,本内苏铁化石,三亿年。"
　　神父:"什么?地球有这么久了吗?那上帝不是没了吗?"
　　黑衣人:"上帝在我们手里。"

第二十二章

跌落深潭

几天来,自从把大鲵引出洞成功捕捉,大家一直沉浸在喜悦之中。亨利、马可抓紧把它绘制成图,再制成标本,内脏被阿泰放在火堆上烤,香味熏天,引来了山林里的虎豹熊黑,大家乖乖趴在旁边,阿泰不停地分给动物。看到这一幕,亨利想起了教堂里的壁画,天堂不就是这般景象吗?人和万物生灵和谐共处,共同生活在美丽的大自然之中。

接下来两天,亨利抓紧完成标本制作,阿米拉准备好抓蝙蝠的工具之后,大家又一起上山,继续抓蝙蝠、找化石。熟山熟水,猴子、蝙蝠的作息时间也都熟悉了,人们上山之后避开猴子的休息时间,直接进入蝙蝠洞。

郎哥点燃了火炬,阿米拉谈了她抓蝙蝠的计划。阿米拉准备用捕鸟的方法来抓蝙蝠,她这两天在林中采麻、搓绳、编网,准备用树干搭架子,把网张在洞口,在晚上等蝙蝠出洞吃食的时候,成千的蝙蝠往外飞,一定会抓住的,就怕撞死太多的蝙蝠。大家都觉得这个办法可以,就一起帮助架网,一切安排停当,熄灭火炬,只等蝙蝠自投罗网。

在黑暗中等待了许久,阿米拉知道战斗快要开始了。寂静的洞中有了响声,很快风声大起,在洞里盘旋,大家面向石壁,蹲下身,生怕被蝙蝠咬伤。

片刻工夫,风声停息下来,大家知道蝙蝠已经飞远了,马上点燃火炬,去点验战果。当走到洞口的时候,众人惊住了,网上连根毛都没有。

"怎么回事,难道蝙蝠能够看见?"阿米拉说。

"正是,它们可以看见,原来以为蝙蝠只有回波定位能力,没有想到的是,这种大型蝙蝠视力还这么好,怪不得它们目光如炬。"亨利说。

"那怎么办?"阿米拉闷闷不乐。

"先不要急,先要搞清楚它们飞哪儿去了。"

大家议论,如果不是这个洞口,那么一定是里面还有一个通往外面的洞口,咱们往前去找吧。

众人举着火把,穿过了蝙蝠洞,又一次来到了娃娃鱼洞。面对深潭,亨利知道,这潭水中不会再有大的危险,一山不容二虎,一池也难藏双龙,面对静静的水面,想到惊心动魄的智取大娃娃鱼,就觉得阿泰一家人真是值得信赖和敬重。他决定在此守候一下,看看蝙蝠群是不是从这里飞走的。

亨利对郎哥、阿米拉说:"我来到这里,就想到阿泰,人的文化固然重要,但是人的智慧更加重要。什么是智慧?智慧就是一个人的内在力量雄厚,而不是小聪明。这除了他一生的经历之外,还证明了人种进化的程度。达尔文进化论说,人的大脑是一个漫长的进化过程,到了今天已经具有很强的能力,阿泰就证明了这一点。"

听到这儿,阿米拉说:"你是赞扬我爸,还是贬我呢?你直接说我还没进化成人,是个猴子,不就行了?"阿米拉正为刚才的失败而不悦,听亨利这番话,自然会这样想。

亨利赶忙道歉:"哎呀,不好意思,对不起,我不是那个意思。"

阿米拉:"我就知道,让我和猴子谈判,就是把我当成猴子一样,等会儿出洞回去的时候,你们去和猴子谈,我可不管了。"

亨利:"阿米拉,你不要着急嘛,我真没有贬低你的意思。(这时他突然看到了周神仙）你救过我的命，我感激还来不及呢。是这样的，我来的时候，周神仙告诉我，你们野人住在山里，没有文化，我就觉得你们很粗野，是属于落后的人。（周神仙用手指亨利，说你真不够意思）但是，自从你救了我们，这段时间你们一家人一次又一次帮助我们，特别是这两天发生的事情，我真的觉得你们高棉人民是非常优秀的民族，值得我尊重敬佩。"

"周神仙是谁？"阿米拉问。

"是一个中国人，李老板的同乡。"亨利说。

"中国人，多大年纪了？"阿米拉故意问。

亨利："活着的话有五百多岁吧。"

阿米拉："什么，五百多岁？你就哄我吧。"

吵着闹着，就听到洞里传来了风声，越来越响。

大家知道，蝙蝠大军飞回来了。

果然，蝙蝠大军呼啸而来。"卧倒！"亨利喊道，大家刚趴下，蝙蝠就迎面直冲过来。

片刻，蝙蝠飞进洞内，大家站起身，觉得身上湿漉漉的，一看全是蝙蝠屎。

"注意！"郎哥叫声未停，蝙蝠又飞了回来，冲向人群。

慌乱中，不知谁撞了一下马可，马可没注意，脚下一滑，一下子摔到水潭里。

大家惊叫声未停，郎哥飞身入水。

很快二人就被水流冲向远方，消失在人们的视线之外。

岸上的几个人看到这突如其来的一幕，惊得目瞪口呆，不知所措。

稍微清醒后，阿米拉疯狂叫喊，也跳进水中。

亨利伸手一把没有拉住，他马上从身边的人手中抢过准备用来固定蝙蝠网的木棍，跟着跳下水，追上阿米拉，把她拽向木棍。

马可和郎哥从潭水漂进激流，很快又跌入五六米深的下层洞穴，顺水流

第二十二章 跌落深潭

沿左侧转进入暗流。后面跟着追上来的亨利和阿米拉也很快跌入下层水道,但是,他们被卷入右侧的甬道,分别流向不同的去处。

马可、郎哥的甬道越来越窄,只有两米左右宽,水流湍急。而亨利、阿米拉的甬道却越来越宽,水流平缓。

洞中没有入水的几个高棉人看到这种情况,吓得转身就跑,他们跑出洞下山向阿泰报告。

山下,阿泰在林间营地照料着大象,看护着营帐。洞中,亨利、阿米拉和马可、郎哥在激流中拼命挣扎。

猴群正在山间嬉戏,有的在树上休息,有些小猴子在草地上追逐打闹,还有十几只猴子在瀑布前饮水。

突然,饮水的猴子受到了惊吓,尖叫着从瀑布平台上跳开。

这里是前不久诱捕大娃娃鱼的地方,洞穴出水的穴口仍然在继续涌出水流,和大娃娃鱼一样,一个人头露了出来,接着是身体,这个人被推出洞口,他仰面朝天,喘着粗气。

一会儿,又一个人被推了出来,他躺在另一个人身边。一只黑色的手和一只白色的手握在一起。

从脸上看出是马可和郎哥二人,他们沿着娃娃鱼的甬道做了一次洞中漂流,幸亏为了捕捉娃娃鱼而拓宽了出口,两人才九死一生,重见天日。

几只猴子围过来,胆子大的跳到他们身边,用爪子触碰二人的身体,他们慢慢地坐起来,猴子吓得跑开。

此时,洞中的另外两个人亨利和阿米拉也从水里挣扎着起来,亨利挂着木棍,拽着阿米拉走向岸边,喘着大气,让视线慢慢适应洞穴里的黑暗。

洞穴里鸦雀无声,慢慢地除了两个人的喘息,连水声都没有了。

亨利和阿米拉两个人的身体湿透了,洞穴里阴冷潮湿。亨利脱掉了衬衣,把水拧干。他用衣服帮阿米拉擦身上的水,阿米拉把他推开。阿米拉几乎就没有什么衣服,在热带雨林,山里人一般就不穿什么衣裳,只是两个布丁遮身蔽体。

"冷吗?"亨利问。

阿米拉没有回答。

"还在生我的气?"亨利又问。

"我是野人,哪里敢生你的气?"阿米拉说话了。

亨利将拧干的衣服披在阿米拉身上,阿米拉没有拒绝。

"野人这个词我们是不用的,是那个中国人周神仙说的。"亨利还在解释。

周神仙站在一旁咧嘴,指着亨利。

阿米拉:"我没听他说过,只听你说过。"

亨利:"我以前没有来过柬埔寨,我怎么知道,都是听他说的。"

周神仙:"都什么时候了?先想想怎么活命吧。"

亨利:"咱们先不谈这个话题好不好?我向你道歉。"

亨利接着说:"郎哥他们不知被冲到哪儿去了,看来这个洞穴很复杂。"

阿米拉:"都是你,要不是你拽着我不放,我早追到他们了。"

亨利:"咱们该怎么办?"

阿米拉:"你读书多,不是野人,你说怎么办,我听你的。"

亨利苦笑:"咱们是从水里来的,上层洞穴很高,游是游不回去了。只有往外找洞口。"

阿米拉:"听你的,我跟着你。"

两人拄着棍子往水的反方向走。洞里黑暗,静得连蚊虫的声音都没有。

不知走了多久,遇到几个石柱隔着的路口,亨利留下了记号。

走着走着,又回到了原地。洞穴里黑得只能看见阿米拉的眼睛。阿米拉坐下来不走了。"省点劲吧,不然的话,死得更快。"阿米拉说。

亨利:"不走怎么办?"

第二十二章 | 跌落深潭

"等！"阿米拉说。

"等，等什么？"亨利不解。

没有回答。

在世界上，"等"有时会是一件让人最难以忍耐的事情。因为自己无能为力了，只能够依靠别人来施救，所以，汉字的"等"字是听天由命的意思。

亨利仿佛听到周神仙坐在身边嘲弄着自己，可等待并不是他的意见，而是阿米拉的意见。在黑暗的不见五指、没有声音、没有食物，石壁上有时滴下水滴的环境中，时空瞬间变得毫无意义。不知道自己在哪里，也不知道时间在哪里，只能凭借身边阿米拉轻微的鼻息，感知自己生命的存在。

他开始后悔了，对所有的决定都后悔。后悔爱上了一个探险家的女儿，从法国跑到英国安家，本来按照母亲的培养，自己是可以成为艺术家的；他恨达尔文，要不是崇拜他的才华、学识和荣耀，特别是他的进化论和《物种起源》，自己也不会赶在1859年出来为他寻找证据，现在自己探险任务才刚开始就要结束了；他恨周神仙，要不是因为他的那本《真腊风土记》，他也不会跑到柬埔寨来；他恨自己，本来已经捉到足以震惊科学界、探险界的大娃娃鱼了，自己还不满足，非要捉什么大蝙蝠，本来已经有一块化石了，还要找更多的，哪里有这么好找；他恨阿米拉，要不是因为阿米拉跳进水里，自己也不会跳进去……

等待是烦恼的，等待又是恐惧的，他甚至恨上帝，为什么不让他在水中撞到石头上撞死，为什么不让他淹死，而要让他在这种等待中耗尽生命……

第二十三章

听 天 由 命

"你好吗?"亨利问。

"还好!"阿米拉。

"恨我吗?"亨利问。

阿米拉:"为什么?"

亨利:"我们来探险,拖累了你。"

阿米拉:"没想过。"

亨利:"那你想什么?"

阿米拉:"不想。"

亨利愣住了,不想是什么意思?什么都不想,还是不需要想?也是,思多无益,听天由命吧。

他不知为什么,伸手握住了阿米拉的手,阿米拉并没有拒绝,也没有回应。她的腮放在两腿上,他能感觉到她的呼吸和心跳,平稳如常,处变不惊。

他突然觉得自己刚才想的一切是多么……

第二十三章　听天由命

阿泰站在他们入水的地方，听完了郎哥的介绍，他凝视着潭水思考着什么。

然后起身走出洞穴，凝视了一会儿这座大山，然后让郎哥和自己下山，其他人先在山上等着。郎哥知道他已经有了办法，下山是去做一些准备。

回到营地，他把郎哥叫到身边，咬了一会儿耳朵，两人便分开准备。

翌日清晨，两人带着准备好的东西上山。然后领着众人进到洞穴。进到蝙蝠洞里，阿泰和郎哥攀着岩壁，爬到靠近蝙蝠不远的地方，对着火炬，嘴含吸管，吹出一股烟，然后下到地面。很快，有一二十只蝙蝠落下来，阿泰和郎哥捡到手里，把一只小木管捆绑固定在蝙蝠的腿上。很快，蝙蝠自己起飞回到洞顶。带着一声声轻微的哨声，又挂在洞顶。看着蝙蝠重新挂在洞顶，郎哥把两只用藤索捆绑的蝙蝠交给马可，告诉他这是用来当标本用的。

接下来郎哥安排人一起用树枝藤条封死蝙蝠洞和猴子洞之间的洞口，又封死瀑布抓大娃娃鱼的洞口，阿泰便和郎哥找了一棵大树，爬上树顶休息。其他人在树下草地上睡觉歇息。马可带着查尔斯也在树下休息。大家都在等着看阿泰究竟想了什么办法救人。附近的树上也站满了猴子，它们又在等着看热闹。

"我们在这里几天了？"亨利问。

"不知道。"阿米拉平静地说。

亨利："你饿吗？"

阿米拉："饿。"

亨利："那怎么办？"

阿米拉："快了。"

什么快了？亨利听不懂，难道阿米拉有先知先觉还是心灵感应？

洞里的蝙蝠开始行动了，一只两只三只，越来越多，松开钩爪，脱离岩壁，开始飞翔。那十几只在腿上被阿泰装了木哨的蝙蝠，腿上的木哨开始发出哨音。随着飞翔速度的加快，木哨抖动也越来越快，哨音也越来越响，所有蝙蝠都像受惊了似的，不断加快飞行速度。

这十几只装了哨子的蝙蝠，发出的声音如同刺耳的警笛，在洞穴里形成强烈的回音，传到洞穴各个角落。

阿米拉猛地抬头，目光如炬，凝视前方，似乎在寻找着什么。

"怎么啦？"亨利问。

"嘘！"阿米拉示意安静。

蝙蝠在自己的洞穴里盘旋，发现通向猴子洞的洞口被堵住了，随即转向娃娃鱼洞，寻找第二出口。一只只巨大的蝙蝠红目圆睁，寻找着飞向洞穴之外的路线。

亨利也听到了越来越近、越来越刺耳的哨声，这绝不是人吹出来的，但是传到亨利的耳膜里的时候，它就是一曲振奋人心的生命交响曲。亨利顿时激动万分，几天来的沮丧、悔恨、无奈、自卑、懦弱……内心深处的种种阴霾一扫而光。

然而，他握着的那只手，阿米拉那只瘦弱而娇小的手，竟然没有任何变化，依然是平静而冰冷，从中可以感受到手的主人内心深处的琴弦并没有发出被激烈拨动的颤音。

亨利知道阿米拉等到了她要等的东西，这就是陷入重围之中期盼的战友的支援，内心的平静源于相互的信任和身经百战的历练。亨利似乎看到了人类在莽莽的原野上，身披树叶兽皮与大自然抗争的足迹，这就是人类祖先的进化与智慧。

哨声由远而近，又由近而远，逐渐消失。

"走！"阿米拉坚定地说。

两人站起来。"哎哟。腿有点麻。"亨利久坐之后腿麻一时迈不开步。

"不急，木棍给我，我牵着你走。"阿米拉轻轻说。

两人在黑暗中，凭借着阿米拉对蝙蝠哨声的记忆，寻找生命的出口。

蝙蝠群在洞穴中飞行，在红色的视光灯下，黑暗的洞穴一片光明，溪流、

第二十三章 听天由命

礁石、石柱、墙壁，盘旋而上，来到傍晚的天空，奔向属于自己的雨林深处。蝙蝠哨声也冲出洞穴，跟着蝙蝠大军回荡在山间林中。

许多鸟兽仰首翘望这奇怪的一幕。

"阿爹，来了，那边。"郎哥在树上指着不远处的一座山岭上空蝙蝠木哨声音的位置。阿泰也看到了，平静地说："明天吧，今天暗了。"

郎哥说："好的，我明天一早过去。"

阿米拉用木棍牵着亨利行走在洞穴中，她的声音记忆点燃了心中的火炬，照亮了黑暗的洞穴。

走过了那段溪流，绕过了那座礁石，穿过了那根石柱，来到了那道石壁前。阿米拉停下了脚步："应该就是这儿了，坐下等等。"

"到哪儿了，等什么？"亨利问。

"一会儿就知道了。"阿米拉平静地说。

两人背靠着石壁坐了下来。

蝙蝠群在森林果园里狂吃各种喜欢的食物，压制哨音带来的不适。吃饱之后，大军开拔打道回府，带着刺耳的哨声翱翔在夜空，消失在山间。

阿泰和郎哥在树上一直看着它们消失，然后回到树下，靠着树干休息。

蝙蝠大军从空中飞回洞穴，木哨声从天而降，带着风声从亨利、阿米拉头顶掠过。

不需要解释，亨利已经明白了，阿米拉根据蝙蝠飞出洞的哨声把他们带到这里，然后再次根据它们回家的哨声，定位洞口，从这里出去就是生门。

如此简单、清晰，难道这不是生活中的高等数学最佳解题技巧吗？哲学不是什么深奥的至理名言，而是战胜大自然的生存智慧，办法永远比困难更多，生存能力的强大就是一个民族强大的根基和灵魂。

亨利看到周神仙坐在身旁："老子曰大道至简，大音希声……"

亨利闭上眼睛说："困了。睡了。"

身旁，阿米拉早已埋头于膝，轻轻地传出鼾声。

天上一轮皎月，山间云雾缭绕，洞穴出口在向上百米处，一层层石块，笔直的峭壁和茂盛的灌木，中间还不断地出现洞口。

一条巨大的蟒蛇从上面滑下来，滑到二人身旁。

亨利梦回伦敦，美丽的妻子睡在身旁。"还是家里好吧，真不想让你跑出去了，探险家太多风险了，吃不好，睡不好，咱们不去了好不好！"妻子摇着他，不停地问他。"好，好。"他抱住妻子说。达尔文闯进来说："亨利，你的化石呢，让我看看！"亨利还想睡，抱着妻子不松手。达尔文拉他的手，他不松。达尔文："你算什么探险家，我走了。"亨利突然从梦中惊醒，一丝光亮从上面照下来，亨利发现自己抱着大蟒蛇的身体，阿米拉在身边拉他，吓得他马上松开手，滚到一边。

亨利看着身旁的蟒蛇，惊恐得不知所措。阿米拉平静地说："不怕，它不会轻易伤人。"蟒蛇张开眼望了一下，又闭上眼睛。

亨利看到上面是原始森林，接下来是百米深的天坑，他们如同在深井底部，依然潮湿阴暗，身旁还有一条大蟒蛇。

阿米拉跟亨利商量，两个办法：一个是自己先爬上去，再想办法接他；还有一个就是两个人一起攀岩。

亨利可不敢一个人陪着巨蟒，哪怕离它稍微远一点。他坚决要和阿米拉一起攀爬。阿米拉笑了笑，然后叮嘱他，一定要跟紧，自己踩哪块石头，他就要抓住哪块，否则就会有危险。

讲解完毕，亨利扔掉木棍准备攀登。阿米拉捡起木棍，想了想，把洞里的蟒蛇皮捡起来一节，把木棍捆绑在背后，然后率先开始攀爬。

阿米拉在前，亨利紧随其后。爬着爬着，亨利就开始浑身发软，不仅是陡壁的危险，更多的还是饥饿难耐。在洞中也不知道过了几天，只知道粒米未进,这时候他才进一步感受到阿米拉说的话——省点劲吧,不然的话,死得更快。

咬牙爬了30米左右,终于遇到洞壁上的一个小洞穴。

两人爬了进去之后,亨利趴在地上大口喘着粗气。他几次都感觉不行了,不如摔死算了,可抬头看到上方的阿米拉,还是坚持下来,觉得自己不能死,也没有什么道理,别人能坚持,自己也行。

"你休息一下,我进去看看。"说完,阿米拉往洞里爬去。

洞子有近百米长,然后向斜上方刺去,非常狭窄,但石质坚硬,便于踩登和攀爬。阿米拉审视了一番,石头缝里有昆虫和蚂蚁。她把昆虫放在嘴里吃了。

阿米拉探到洞底,转回来对亨利说:"你跟我来。前面有好吃的。"

一听有东西吃,亨利马上来精神了。

阿米拉带亨利爬进洞里,让他看这条石缝。

"能出去吗?"亨利问。

"不知道。"阿米拉干脆地说。

亨利思考了一下,说:"听你的。"

阿米拉抓了一条虫子,递过去:"吃下去。"

亨利看了一下,闭上眼睛放进嘴里,稍微咬了一下,就咽了进去。

"记住,这种虫子都能吃。"阿米拉平静地说。

亨利点点头,他知道作为一个探险家,苦、累、脏、吃仅仅是一道小门槛,野外生存就是嗜血食生。

第二十四章

鹰击渊深

阿米拉转头就开始新的攀登，在石缝中向上钻。有些地方只有一人宽，两人都没穿更多衣服，皮肤在石缝中摩擦，划出一道道血印。遇见虫子，亨利抓住就咽，想都不想。

阿米拉爬到尽头，看到的是一条石缝通往外面。她探头往外看去，这是一个天窗，天窗左侧被石壁堵死，只有右侧通往外面。爬出天窗，脚下的贴壁石路只有30厘米，约5米长，需要背贴石壁挪过去，这是最危险的。走过去后，就是凸出来的一块巨大的石头，只要爬上巨石，就脱离了苦海。

阿米拉把情况向亨利说明，然后鼓劲说："挺住！"阿米拉把捆在身上的棍子拿到手上，自己先挤出石缝，侧身上了石窗。

就在这时，她听到头顶有小鸟的叫声。她知道情况不妙，上面一定是个鹰巢，但愿老鹰不在，只有小鹰。她加快了挪动速度，跳到了巨石上，然后马上招呼亨利从石缝中出来。

亨利站到石缝出口，看看窗外的情景，心惊肉跳。石窗实在太窄了，一旦掉下去就是万丈深渊，必死无疑，然而退是不可能的。

"快！"阿米拉在催，她的声音坚定而无情。

亨利一愣，阿米拉从来没有这样说过话，这让他不再犹豫，踏上了石窗，背靠石壁，开始挪步。

就在这时，阿米拉最害怕的事情终于发生了。

天上，那只老鹰出现了，小鹰狂叫，老鹰加速飞过来。

亨利抬头看见了那只狂飞的老鹰，他一下惊呆了。

天亮之后，郎哥、马可出发去找狐蝠飞出来的洞口，接应亨利和阿米拉，因为在喀斯特地貌的热带雨林中，有些洞口可能在高山顶上，或者密林深处，成为鸟兽最集中的栖息地，充满了各种想象不到的危情。他们在密林中艰难地前行，不停地砍伐藤草、灌木丛，开辟道路，但这还不是最难的，最难的是定位，这个被藤草掩盖了的洞口究竟在哪里呢？

阿泰已经下山去照顾营地了，那里还有十几头大象，它们不能长时间离开主人。

凭空中的蝙蝠可以大致确定方位，但是在没有路的原始山林中要想找到一个小洞口，犹如大海捞针。可能你走到了洞口边上，由于植被覆盖，还是无法发现。郎哥、马可还在密林中寻找那个洞口。他们并不在一个方向，一个在山的向阳面，一个在山的背阴面。

小鹰的头伸出巢穴外，拼命地嘶叫，老鹰风驰电掣般地往回飞。亨利看到了巨大的苍鹰，惊恐万状，一下子停住了脚下的挪动。

"跳过来！快！"阿米拉带着哭音嘶喊。

亨利没有动，这里距离石块虽然只有两米左右，但他没有把握跳过去，如果跳不到位置，就会落入万丈深渊，他不知所措。

老鹰已经对着亨利冲过来，它展开的双翼竟然如此巨大，亨利已经看到了那双恐怖的鹰眼。

"快跳！"阿米拉惊恐地大叫。

拼了，就在老鹰直冲过来的那一刻，亨利跳了出去。

老鹰的直刺扑空了，竟然撞到了石壁上。老鹰摔了下去，但是在下落过程中，又重新翻转拉升。

亨利跳到了阿米拉的身边，阿米拉一把没有拉住，亨利竟然滑了下去。他全身腾空，只有双手扒住了边沿。

这时，老鹰又一次俯冲过来，这回它的目标不是亨利，而是挥舞着棍子的阿米拉。

"坚持住！"阿米拉边喊，边迎接着老鹰的攻击。老鹰冲过来的那一刻，阿米拉一棍子打了出去，老鹰抬头拉升，躲开了这致命的一击。

在老鹰重新向天空拉升的时候，阿米拉伸手把亨利拉了上来。

"别动！"阿米拉让亨利趴好，自己迎战老鹰，她迎头痛击，再一次将老鹰打跑。

就在老鹰拉升的时候，阿米拉拽起亨利就跑，两人跳下几块巨大的山顶石，朝着密林狂奔。

阿米拉清楚，老鹰是不愿意钻入密林的。的确，就在老鹰又一次俯冲下来的时候，两人冲进了森林。

老鹰悻悻掉头，飞回巢穴，毕竟保护孩子是最重要的。

烈日下，郎哥和马可仍然在树林里寻找着蝙蝠飞出来的洞口。他们先是被一只熊挡住了去路，好不容易摆脱，又遭遇了豹子。

阿米拉采摘了一些蘑菇和野果，两个人几天没有进食了，现在终于从洞里跑了出来，要是没有蝙蝠哨，他们就真的会等死了。现在回到了森林，对于阿米拉来说，就是回到了家，她知道郎哥一定会在附近找他们，但是即使找到了，也还是取食于森林。

第二十四章 鹰击渊深

其实，阿米拉心中清楚，自己就是生活在野外的人，她对密林的熟悉程度远远高于城市，就如同她对野兽的熟悉程度远远高于人类。物竞天择，适者生存，她就是这样在密林中生活的。在这片家园里，她无所畏惧，自由快乐。她知道，在这里她是主角，不用看谁的脸色。她完全可以到城市里去当奴婢，过另外一种生活。但是，她不愿意，因为那种生活会让她失去自由、失去自尊。在这里她的确像一只动物，充满野性，但是她有独立自主的人格。但是到了城里，她只是会说他们的语言，而不再是人，是奴是婢。所以，她庆幸自己还是个人，尽管野一点。

太阳落山了，蝙蝠又开始盘旋，带着哨音在洞穴里飞翔，冲出洞穴，飞向果林。

郎哥和马可听到哨音，观察自己的位置，离洞口已经不远了。他们要上到更高的位置，等待蝙蝠回洞的时刻。

在山的另一个方向，阿米拉和亨利准备用餐了。他们面对的是月亮，恰恰与郎哥背靠背，所以互相之间看不到。阿米拉把用树叶包着的食物递给亨利，有蘑菇、野果和多种昆虫。亨利眉头都不皱一下，接过来就大口大口吞咽。

看到这儿，阿米拉开心地一笑。

亨利已经是满脸胡须，他抬起头，看着阿米拉的笑容，忽然醒悟过来，说："我也变成野人了。"

月亮升起在天空，山顶的两面各有一堆火光，远处也有一堆火光。

东方露出了晨曦，郎哥和马可带着猎犬查尔斯终于找到了蝙蝠洞口。看着深不见底的天坑，只见繁茂草木长在洞壁上，整个洞壁既陡又险，而且长满荆棘，根本无法攀登。

他们拼命喊了一会儿，没有回音。

等待了大半天，还是没有任何动静，无奈之下，郎哥对马可说："这里上不去下不来，他俩不可能从这儿爬上来，只有先回吧。"马可看看也没有办法，两人只好留下记号，返回营地。

亨利在鸟叫声中醒来，阿米拉已经准备好了早餐，还是一些山中的野果和昆虫，但是阿米拉用树枝穿起来放在火上烤，吃起来很香。阿米拉居然还捉到一条蛇，也放在火上烤得焦黄，亨利还是第一次吃蛇。

吃完早餐，阿米拉爬到树上，判定好方向，又折断一根树干，两人一人挂着一根棍子上路。一路上，阿米拉在前面开路，她不停用木棍拨打草丛，警惕行进，密林中毕竟到处都隐藏着危险，时不时会有蛇和其他小兽出没，猴子会在头上发布警告。

路上，碰到一个水坑，阿米拉爬在坑边观察，发现水中有沙虫游动，就双手捧着喝了几口。她转身问亨利喝不喝，亨利说，你能喝我就能喝，反正都是野人。说完之后，就要趴下去喝。

阿米拉拦着，用树叶做了一个小碗，轻轻地从水坑中舀起来递过去，亨利看都不看就一口喝完，说好香啊！

阿米拉说："只要有虫子就不怕，就怕没有虫子了，才会死人。"

亨利又喝了一碗，接下来用水洗了洗脸，说真舒服呀！

阿米拉也洗了一下，休息片刻之后，两人又接着前进。

突然，草丛里发出轻微的声响，"嘘！"阿米拉做出手势，让亨利不要发出声音，两人猫下身子，静静地观察。阿米拉没有动，又等了一会儿，又从草丛中传来了声响。

亨利非常紧张，他不知道是什么动物，是否有危险。他也不敢问，因为阿米拉全神贯注盯着草丛里发出声响的位置。

突然，草丛里的动物蹿出来了，并迅速跑起来。说时迟，那时快，只见阿米拉像闪电一般飞身向前，把手中的木棍刺向那只动物。早上找树干的时候，亨利就注意到阿米拉把树干做成了尖头，如同一支枪，现在她果然把枪刺了过去，扎在动物的身上。

亨利看清了，那是一只小野猪。小野猪拼命嘶叫和挣扎，带着木枪就逃跑，阿米拉紧追不舍。亨利见状，也跟着一起追。

小野猪边逃边叫，高亢的叫声惊动了森林，附近的鸟儿纷纷飞起，猿猴盲目地在树上乱跳，鹿、麂子四处逃窜。

亨利在后面追，阿米拉绕到了前面，小野猪被堵住，小野猪回过头来，对着亨利冲了过去，亨利举棍就打，小野猪对着他硬冲上去，一下子把亨利撞了个四脚朝天，冲了过去。

阿米拉跑过来拉起亨利继续追，两人追上去，竟不见了小野猪的踪影。她想了想，重新寻找地上的血迹，没走多远就停下脚步，对着亨利笑了笑，指了指路边的草丛，原来小野猪钻在草丛里，但是屁股上插着的棍子还立在外面。

阿米拉和亨利各拿一块石头，轻轻走到草丛边，举起石头一起砸下去，小野猪嗷地惨叫一声，站起来又想跑，两人抡起棍子和石头连打带砸，一会儿就把小野猪打死了。

阿米拉用藤索捆起小野猪四个蹄子，用棍子穿起来，两人抬起来就走。

第二十五章

麻风阿米

翻过一座小山坡,在林间竟然发现有一块空地,还有一个竹棚子,旁边有一洼泉眼,空地上种了一些薯类。

两人抬着小猪疾步走到竹屋外面,阿米拉轻轻地问:"有人吗?"很久才传出一声微弱的答应声。

亨利纳闷,在这密林野岭,怎么会有农户呢?

他突然看到了周神仙,周神仙轻声跟他咬耳朵说了三个字:"麻风病。"

亨利想起周神仙在《真腊风土记》中有记载:真腊有很多麻风病人,满街都可以见到,这里的人不讲卫生,做完男女的事一块下池洗澡,互相传染,十有八九会死的,你们离远点。在中国秦朝,得了这个病的人是要被干掉的。

亨利知道,麻风病是一种非常恐怖的传染病,在欧洲12至14世纪,也曾经有过大流行。周神仙也是在这一时期到了吴哥,他在《真腊风土记》中专门记载了这种病,认为这种病会影响吴哥的国力。现在这种病人已经很少了,但染上的人会被单独隔离,住在郊外,面前不是麻风病人还能是什么人?

想到这儿,亨利害怕起来,他想让阿米拉赶紧离开。

第二十五章 麻风阿米

"不要进来,你们要用的东西都在泉水边,洗干净后你们自己用就行了。地里的番薯你们自己摘了吃。"里面一个年岁不小的女人声音,非常虚弱。

阿米拉道谢之后,到泉边看到一些厨具餐具,她舀了一桶水重新洗干净,然后处理了野猪,烧的烧,烤的烤,很快就做成了菜。又到地里摘了几个番薯,放在火里烤熟。她用芭蕉叶包了一些烤肉,对亨利说:"你先吃,我送些给老人。"

亨利刚要拦着,阿米拉已经起身走过去了。

只见阿米拉轻轻地推开门,走了进去。

"不让你进来,你怎么进来了,出去!"竹棚里传出老人不高兴的声音。

"米,我给您送点猪肉。"阿米拉温和地说。

老人躲在角落里,背朝着门口,脸上、身上都覆盖着纱布,惊讶地说:"猪肉、猪肉,怪不得这么香啊,很久很久没闻到了,谢谢你。放下吧。"

阿米拉把用芭蕉叶包的烤肉放在老人身边:"还有煮的,我去给你盛来。"

阿米拉出去盛肉,老人伸手抓肉送进纱布盖着的嘴巴里,手已经烂得只剩下两三根不完整的骨头了。阿米拉在泉水坑里拿出木碗木勺,在瓦罐里盛了一碗肥猪肉,端进来给老人,可老人不敢伸手去接。

"还是我喂您吧!"阿米拉端着碗走近身旁。

"你……你不怕吗?"老人颤抖地问。

"不怕,有什么好怕的?有木勺。"阿米拉用木勺挑起一块肉,掀起面纱喂给老人。这是什么样的脸啊,已经烂得不成样了,鼻子已经没有了,牙齿也没有了,整个人散发着腐臭的气味。

阿米拉面不改色,用嘴吹气,等肉凉些,喂给老人。

亨利站在门口看着这一幕,阳光透过竹屋里的阿米拉美丽的笑容,不正是教堂里圣母玛利亚的笑容吗?

"十几年没有吃到鲜猪肉了,都忘记味道了,好香啊。"老人激动地说。

"姑娘,你多大了?"老人问。

阿米拉："16岁了。"

老人："噢。16岁，叫什么名字？"

"阿米拉。"

老人："阿米拉，你家里还有什么人？"

阿米拉："巴驼、邦。"

老人："邦有多大了？"

阿米拉："18岁。"

老人："什么名字？"

阿米拉："郎哥。"

老人："巴驼叫什么？"

阿米拉："阿泰。"

老人突然转过身来，浑身抽搐，死死盯着阿米拉，一言不发。

阿米拉还在为老人舀肉，并没有注意到老人表情的变化。

"吃不下了，你先吃吧。"老人拼命控制着自己，轻声说。

"那我先去吃东西了。"阿米拉轻声说完，退了出来。

两人狼吞虎咽吃完饭，阿米拉把吃不完的东西都端进了竹屋。

"米，这些煮好的东西留给您，谢谢您了，我们要赶路了。"阿米拉礼貌地双手合十告辞。

"阿米拉，孩子，过来，让我再看看你。"老人颤抖地说。

"好！"阿米拉平静地走近老人。

老人深情地端详着，眼睛里充满了泪花："这个东西你拿去吧。"

阿米拉看到在老人身边小桌子上，放着一串琥珀项链，在阳光照耀下闪闪发光。"我不能要。"

"拿去吧，我用不着了，就算是你给我最幸福的酬谢吧。戴上，让我看看。"

阿米拉戴上项链，面向老人。

老人张开眼睛死死注视着，然后闭上眼睛说："去吧，菩萨保佑你！求你一件事，把外面剩下的火放在盆里拿进来，我冷！"

阿米拉把火盆安放好，告别离开。

当离开约一里的时候，两人回头望去，竹屋已经升腾着浓烟烈火，阿米拉哭着要冲回去，亨利紧紧抱着她。

夕阳落山的时候，伴着蝙蝠飞翔的哨声，阿米拉和亨利终于回来了，营地里一片欢乐。

见到马可、郎哥平安，亨利也非常高兴，大家都是死里逃生，相互交流了逃生的经历，无不感慨万分，特别赞叹阿泰蝙蝠引路的奇思妙想。

亨利、阿米拉在溪水中好好洗浴一番，然后全体人员围着火堆用餐，阿泰像是知道他们的归营时间，提前做好了准备似的，晚餐格外丰盛，有烤鹿腿、烤麂子、烤鲫鱼、烧野鸡、烧野鸭，还有椰子汁、各种山果。大家边吃边聊。

郎哥见阿米拉戴了一串项链，觉得好奇，要过来看看，边看边嘀咕，问阿米拉从哪里得来的。

阿米拉没有回答，只是落泪。

亨利暗想，自从见到阿米拉以来，无论遇到多么大的危险和困难，都没有见过这个姑娘流眼泪，甚至都没有见过她皱眉头，今天竟然两次落泪，这是一种什么样的感情啊！

郎哥看了一会儿说，这个项链好眼熟啊，好像见过。然后递给阿泰。阿泰没有抬头，亨利接了过去。

亨利认真看了一番，只觉得是一件珍贵的宝贝。这串琥珀每一颗里面都有一粒花种，一共有12颗，每颗用银包裹，然后穿结而成。这些花种有上百万年了，能够有一颗就不容易，然而这里是12颗，代表了花开四季、长长久久、永不变心，所以应当是定情之物。但是，亨利只是心里琢磨，并没有说出来，转手又交给阿米拉。

化境吴哥

夜深人静了，在熊熊的火堆旁，阿泰慈爱地看着睡着了的阿米拉，火光映红了阿米拉美丽的脸庞，脖子上的琥珀项链闪着金色的光芒。往事历历在目：

泼水节中，洞里萨湖欢乐的男女青年互相泼水，年轻的阿泰往美丽的姑娘阿美身上泼水，姑娘也把水泼到了小伙子身上。绿草如茵，孔雀开屏，年轻的阿泰向心仪的姑娘求爱，把琥珀项链戴到姑娘的身上，姑娘把编织的围巾戴在小伙子身上。明亮的圆月，年轻的阿泰和自己的爱人坐在月光下，相拥相抱，窃窃私语，如醉如痴。竹屋里，年轻的阿泰抱着新生的婴儿，美丽的妻子初为人母，躺在竹床上露出了甜蜜的笑容。电闪雷鸣，床上婴儿哭叫，地下三岁的儿子死死抱着母亲的腿不放，年轻的阿泰拉开儿子的手，母亲哭着跑出了家门。密林中的那座竹屋，阿泰把粮食放在门前，三步一回头地离开，竹屋里戴着围布的妇人从门缝里看着远去的阿泰……

夜空中，云雾缥缈，慢慢地遮盖住了月亮。森林里，一只老象离开了象群，独自朝着森林深处走去，其他象注视着它，发出阵阵哀鸣，远去的大象来到一个山谷，回头张望，然后义无反顾地朝着山谷走去，直至消失。

天亮了，当众人醒来的时候，发现阿泰不见了。

值班的象工告诉郎哥，天快亮的时候，阿泰来看了一下，然后说他今天到林子里去打猎，晚些时候回来，让他们把象看好。郎哥闻言，也没有在意，在山林里，这种事情经常会发生，大家对于野外生存环境都已经熟悉了，有时候独自出去几天也是有的。

用完早餐，阿米拉也要出去，郎哥问她做什么，她也不说，郎哥让她当心点。亨利见状说我陪你去吧，阿米拉没有说什么，但他知道她有心事。

阿美的竹楼已经焚毁，阿泰默默地双手合十。然后，用土把整个地方覆盖上。他挥汗如雨。阳光照射下，汗流满面的阿泰一阵头晕目眩。

光线下，年轻美丽的阿美戴着项链走过来，他一阵恍惚："阿美！是你吗？"阿泰仿佛又回到了过去美好的时光。

"巴驼（父亲）！"阿米拉的叫声，把阿泰带回了现实世界。

阿米拉扑进父亲的怀抱，两人泪流满面。这是个苦命的孩子，生下来没多久母亲就染病离家，躲进了远离人居的地方。阿泰自己把两个孩子带大。令人欣慰的是她们母女见面了，这是菩萨的安排。阿泰带阿米拉把山林环境整治干净，在阿米拉脑门上剪掉铜钱大小一块头发，然后两人双手合十，向天祈祷。

周神仙站在亨利身旁："高棉人死后要用布或席包裹起来入土，有条件的要出丧，还要抛撒炒米。他们不会用棺木，抬至城外，弃掷而去，会有老鹰乌鸦野兽来打扫干净，这是一种福气。"

亨利、马可走过来对阿泰问候、行礼，帮助一起把后事做好。阿米拉采摘了一些鲜花铺撒在地上。忙完之后，阿泰、阿米拉从地里挖出几个番薯，又摘了一些山果，在泉水里洗干净，招待大家吃。简单充饥之后，大家往回走。傍晚时刻，回到了营地。

第二十六章

狐蝠藏宝

晚上,众人围坐在火堆旁吃饭,天上又响起蝙蝠飞翔传来的哨声,大家无不赞叹阿泰的智慧,在伸手不见五指的洞穴中用蝙蝠哨声传递信息,指明道路,的确是奇思妙想。

马可告诉亨利,阿泰还抓住两只狐蝠交给了他,这两天一直忙着救人,放在袋子里一直没管,不知道死了没有。亨利说明天再看吧。

第二天早餐后,亨利和马可打开袋子,只见这两只蝙蝠,体长超过五十厘米,翼展达到两米多,体重达到了两千克,长得很像狐狸,大眼睛,无尾,耳朵结构简单,口鼻部较长,头骨愈合程度很高,牙齿尖锐,颈部较长,头部和皮膜呈深棕色,颈部及腹部呈浅棕色……亨利把两只蝙蝠做了解剖,看到它们喜爱食用花蜜和榴梿。

亨利让马可告诉阿泰,希望找时间再进洞抓几只,顺便也再找一下化石。

几天后,大家又一次上山,通过猴子洞时,猴王很高兴,阿米拉带来了酒肉,很快就将猴王灌醉了,大家顺利进入蝙蝠洞。

这一次,阿泰教给阿米拉用吹烟抓狐蝠的方法,阿米拉攀上洞顶,吹了几

第二十六章 狐蝠藏宝

只狐蝠下来，马可装进袋里。准备往回走时，亨利说等一下，看看救命哨是怎么吹起来的。于是大家安静地在洞中角落里坐下等待。傍晚时分，蝙蝠到了进食时间，亨利亲眼看见了救命哨音吹起来的动人场面。

密密麻麻的巨大狐蝠离开洞穴之后，大家高举火炬庆祝阿泰的奇妙蝙蝠哨成功施救亨利、阿米拉，亨利突然发现洞顶布满了奇异的图案，他举起火炬仔细观察，不禁大喜过望，这不正是自己千辛万苦，冒着生命危险连日来寻找的化石吗？他叫大家一同举起火把来看，果然与阿泰那块化石相同。

亨利介绍说，这是一种叫作本内苏铁的植物化石，本内苏铁是苏铁的一种，如今已经灭绝。在一亿九千万年前，本内苏铁的花呈开放的样子，与现在的苏铁完全不同。眼前的化石洞距今至少有三亿年时间。这批化石对达尔文的进化论将是最大的支持。

亨利指导大家抓紧时间敲打卸下了几块化石，高高兴兴地抬下山运回到营地。

几天后，亨利带着整个探险队撤离密林，回到暹粒城休整。

一路上，幸亏有阿泰的大象运输队，十几头大象驮着各种标本，又雇了十几辆马车，浩浩荡荡回到了暹粒城，仍然住在唐人李老板的驿站里。

见到探险队带着丰厚的成果凯旋，李老板领着店里所有的奴婢敲锣打鼓热烈迎接，一起帮着把标本放到库房。

当晚，一个人影闪进了基督教堂。

同时，在金边王宫里，国王问宰相："那个洋人的探险队有什么情况吗？"

宰相回答说："在街上采风画画，到林子里抓动物、找石头，没干什么出格的事。"

国王："让你的人好好盯着，要保证安全，别出人命。"

宰相："遵命，我会安排的。"

化境吴哥

为了庆祝亨利凯旋，李老板又把王老板等华人请来，隆重设宴，接风洗尘。

周神仙在宴席上不断地向亨利推荐好酒好菜，李老板亲自下厨料理。

月光下，大家不停地交杯碰盏，加上各家精选的奴婢表演歌舞，这顿饭足足吃了四五个小时。

宴席中间，亨利不断地向大家介绍探险中有趣惊险刺激的情景，听得大家都是掌声不断，连声称赞，纷纷给阿泰、郎哥和阿米拉敬酒，倒把阿泰当场灌醉，抬了下去。

"老弟，什么感觉啊？"周神仙站在亨利肩膀上问。

"什么什么感觉？"亨利不解。

"有没有一种回家的感觉？"周神仙笑嘻嘻地问。

亨利："那当然，宾至如归嘛。"

周神仙："那你觉得自己是哪个国家的人呢？"

是啊，自己现在身在柬埔寨，和一帮华人在一起饮酒欢宴；自己是一个法国人，娶了一个英国妻子；为了捍卫达尔文进化论学说，受英国岳父影响，捧着中国人周达观写的书，花着英国探险家协会募捐来的经费，深入暹罗、老挝、柬埔寨和越南探秘地球，一次次遇上险情都是高棉野人救的自己，自己究竟是哪个国家的人呢？换个角度，自己的身心定位究竟如何确定坐标系呢？是根据血缘、居住地、事业、学术观点、爱情、婚姻、友谊、信仰、宗教、情感等哪一个因素来决定的呢？似乎这些因素都非常重要，都会影响自己的心理定位，而绝不是一个地球上的国境线。国家是什么呢？是一个生存空间、生存环境，按照达尔文物竞天择的理论，如同所有动物一样，生存空间是竞争来的，是用暴力和战争争夺来的。历史上的国家主权必须用现实的武力来捍卫，在坚船利炮面前，几千年的皇天后土可能瞬间就改旗易帜、更名换姓。如同工业革命以来的全球大探险，欧洲大陆的法兰西与奥匈帝国等联军的战争，眼前波斯帝国、古埃及、古印度、大清帝国被西方列强所瓜分,这些人类社会前所未有的国家关系的大争夺,能够用"物竞天择"来当作合理存在的注脚吗?真理向前一步可能就是谬误。面对周神仙这个问题,自己真的很难回答。此时此刻,就是有关自己的所有问题,诸如血脉、国籍、信仰、情感等,都无法简单界定是什么。

想到这,亨利看着周神仙,苦笑着摇摇头:"你呢?"

周神仙:"我也是,出生时是大宋,后来是大元,现在是大清,真是江山易改……"两人会心一笑。

"停一下,停一下再喝。"亨利对大家的闹酒叫停。

"我问大家一个问题,你们都是哪国人?"亨利突然问出这样一个问题。

宴席瞬间安静下来。

"怎么问这个问题?"有人反问。

"只是突然想到这儿了,不为什么。"亨利说。

李老板:"我现在是哪国人自己也说不清楚。祖上是宋朝末年来的,应该怎么算呢?"

王老板:"我祖上是明末清初来的,我算大明还是大清?"

大家一时七嘴八舌,说不清楚具体的,只知道是华人,没有入柬籍,但也说不清楚具体的归属。

"再问一个问题啊,你们讲什么语言?"亨利又问。

"在哪儿生活就讲哪里的话。我讲高棉语,在家说几句华语,不然都不会说了。"王老板说。

绝大多数都是这样,李老板甚至会讲五六个国家的语言。

"最后一个问题,你最爱的人是谁,哪个国家的人?这个问题可以不回答。"

片刻安静之后，开始回答，但都是有前提的造句：

"如果是婆娘的话，我婆娘是当地人。"

"我的小儿子最听话，最讨我欢喜。"

"儿子都讨人嫌，我还是喜欢女儿。"

"老王刚讨的小，他喜新厌旧吧。"

众人一片哄笑。

"你们洋人开放，你说说自己吧！"众人一起把球踢回给亨利。

亨利笑了："可以不回答吗？"他下意识地看了一眼阿米拉。

"你让我们都说了，你自己不说，不行。"

"不说可以，罚酒三杯。"

"我看老亨要留在暹粒了。"

"老亨是喜欢上阿米拉了吧？"

"那就娶了算了。"

酒喝到这个分上，玩笑逗趣就没边了。

一边窃窃私聊的马可和郎哥突然抬起头。

阿米拉抬起身离席跑开。

"老亨，你是说，还是罚酒！"有人抓住不放。

"我说我说，我的最爱是——达尔文。"

"达尔文是谁？"有人问。

"达尔文是个男的，老亨的老师。"有人说。

"男的，扯淡，不行，罚酒！"有人提着酒壶过来拧耳朵要灌酒。

"我喝我喝，我喝还不行吗？"亨利张开嘴任凭大家闹，这个局是他自己设的，闹酒是世界性的语言。

亨利被灌得大醉，抬回房间，澡都没洗就睡了。

睡到半夜酒劲上来，起身就吐，旁边有人照顾料理，用盆接，用热毛巾擦，一看不是旁人，正是阿米拉。吐酒之后，胃里舒服多了，亨利就让阿米拉

第二十六章 狐蝠藏宝

赶快去休息，转身很快又入睡了。不知什么时候开始做梦：

丛林里，两只雄壮的公鹿在疯狂地拼斗，它们用自己的长角拼命地刺向对方，打得难解难分，最终一只鹿把另一只鹿刺得鲜血淋漓，仓皇逃窜，而一旁的母鹿竟然是阿米拉；草原上，两只健壮的雄狮在摆开架势决斗，它们互相怒视着，一声怒吼冲向对方，撕咬缠斗在一起，双方互不相让，咬得对方伤口裂开，最终一只打败了的雄狮一瘸一拐地逃跑，而一旁的母狮竟然是阿米拉；树林里，两只雄雉互相对峙，转来转去，突然跳起来攻击对方，两只鸟从地上打到天上，互相用喙攻击，羽毛被啄得漫天飞舞，最后一只被打败的鸟儿飞跑了，而一旁的雌鸟竟然是阿米拉；庭院里，两个戴着面罩的人手执利剑，双方怒视，移动步伐，展开利剑，双方不顾死活地刺向对方，你一剑我一剑，打得遍体鳞伤，最后，一方被刺倒在地，鲜血直流，倒地的是自己，胜利者竟然是周神仙，而一旁的美丽姑娘竟然是阿米拉……

亨利梦中惊醒，自己为什么做这样的梦，自己为什么喝醉了？自己为什么提出这样一个问题——最爱的人是谁？难道自己又有爱了？他实在不愿相信，但又不能否认，因为他的感觉很甜蜜。他开心地笑了。可为什么是自己战败了呢？而胜利者竟是周神仙，我们差了有500年啊！他想不明白。但也不值得担心……就这样胡乱想下去。

月光下，马可和郎哥还在水池中泡澡。自从在洞穴中马可掉进水中，郎哥奋不顾身跳入水中施救，两人就成了过命的兄弟，什么时候都聚在一起，无话不说。宴席结束后，两人又来到浴池中泡澡，促膝谈心。

马可："你剃了光头？"

郎哥："我们高棉人，父母死了，也没有特别的服装，男子就剃光头，女子就在脑门上剪掉铜钱大的头发，用这样的方式守孝。"

马可："怪不得我看阿米拉也剪了头发。"

郎哥："那天，你们怎么没叫上我就跑了？"

化境吴哥

马可:"我也没搞清楚去干什么,只见阿米拉走了,老师跟着,我也赶紧带着查尔斯追上。开始以为是阿米拉有什么事,后来到了地方,看到阿泰先到那里了,正在整理一片土地,是一座烧毁的房子。阿泰见到阿米拉好像并不奇怪,倒是阿米拉见到阿泰十分惊讶,我们一起安葬了一个人,显然和阿泰有关系。我后来问老师,前一天他和阿米拉途经这里,住的是一位患有重症的老婆婆,阿米拉不嫌弃,反而细心喂她吃饭,老婆婆问完阿米拉家庭情况以后,很激动,就把项链给了阿米拉。他们离开后,竹楼就起火了。"

郎哥:"那是我的米(母亲),怪不得我看着那串项链觉得眼熟呢。"郎哥说不下去了,擦起眼泪。

"有件事情我想告诉你。"马可严肃地说。

郎哥抬起头,看着马可:"什么事?"

"我准备向阿米拉求婚!"马可一本正经地说。

郎哥瞪大了眼睛:"真的吗?"

马可:"那还能假吗?"

郎哥:"为什么?什么时候?"

马可:"我很喜欢你们,也喜欢这个地方……找机会吧。"

郎哥:"我们可是野人啊。"

马可:"那是老师说的,我不会这样想。"

第二十七章

暗 渡 沧 海

第二天开始,亨利领着众人将标本打包,李老板按照亨利设计的尺寸准备木箱,亨利和马可分门别类包装好,然后写上标签,运到湄公河码头装船。每一箱,亨利都必须亲自押运到码头,看着装船。

李老板"唐人精舍"大门对面,一家餐馆,每天有两个人坐在靠窗的位置,盯着李老板的大门。在湄公河码头上,也有人用望远镜观察,记录着亨利装船的情况。

亨利、李老板、马可、郎哥四辆马车出了院子,通过暹粒城开往湄公河码头。在经过王老板的杂货铺时,李老板的马车在车队的最后,突然拐进了王老板的院子,很快又出来,追上了队伍,一起到达码头。

货物装船后,亨利带着马可、郎哥、阿米拉一起登船,他们要押运这批标本先沿着湄公河到暹罗,再转到新加坡,最后装上前往英国的远洋轮船。

这是一艘大木船,船上有几十名水手划桨,岸上还需要几十个纤夫来拉纤。几天来,从柬埔寨进入老挝,一路上都很安全,然而在老挝和暹罗交界的地方,却遇到了情况。这天晚上,月暗星稀,船停靠在老挝岸边,河对面就是暹罗。看到两岸距离很近，亨利布置了值班，提醒大家要提高警惕，船员轮流在甲板上拿着武器放哨。郎哥和马可在上半夜值班，亨利和阿米拉在下半夜值班。到了下半夜，亨利和阿米拉接班不久，两人坐在船头的位置，只见阿米拉突然眉头紧锁，怒目圆睁。就在亨利还没反应过来的时候，四五个人同时从靠水手的一侧飞身上船，举刀就砍。说时迟那时快，只见阿米拉抬手举枪就射，瞬间放倒两人，并喊亨利敲锣报警，三个强人见状举刀扑向他俩，阿米拉拿起标枪迎战。就在这时，船舱里的郎哥和马可带着船夫拿着兵器冲了出来。强人见自己人少，边互相掩护，边点火烧船，然后一起跳船逃命。亨利指挥大家不要追赶，迅速扑灭火焰，清点物资人员。幸亏阿米拉发现及时、处置得当，没有造成大的损失。几天后到了暹罗，货物转换大的海船到新加坡，再将货物转到开往英国的轮船上，亨利才算放下心来了。

亨利带着众人在新加坡港休息数日，阿米拉和郎哥从来没有离开过暹粒古城，到了繁华的城市，觉得处处新鲜。

亨利专门带阿米拉到服装店，让阿米拉自己挑选，阿米拉说什么也不要，没办法亨利只好自己做主，帮她挑选了几套适合年轻人的时装。换上现代时装的阿米拉，戴着古朴的琥珀项链，显得格外美丽动人。

在一家商铺，马可悄悄买了一枚红宝石戒指。

中午，购物之后，亨利找了一家西餐厅请阿米拉和郎哥，亨利教阿米拉用西式餐具，可是面包黄油上来了，阿米拉还是用手抹，牛扒上来了，还是用手抓，引得旁边的洋人都捂鼻子，亨利哈哈大笑。

在新加坡住了几天后，亨利一行沿陆路经暹罗、老挝回到了柬埔寨金边。

到达金边时，正赶上御耕节，这是柬埔寨一个十分隆重的传统节日，时间在每年柬历比萨月下弦初四（公历4月5月间）。应国王的邀请，亨利带着马可、阿米拉、郎哥出席了金边的盛典。仪式在特定的圣田里进行，圣田周围设有五座亭子，每个亭子里有一尊佛像。圣田前方设置礼坛，礼坛上摆放七个大银盘，分别装着稻谷、青豆、玉米、芝麻、青草、水和酒。文武百官和各国使

第二十七章 | 暗渡沧海

节就位后，国王、王后进入现场。仪式开始，国王、王后率领大家首先到西北角的亭子，向佛像礼拜后，吹起海螺，表示耕作开始。国王亲自扶犁，带领耕作队伍来到东边的亭子把披着五色彩衣的神牛解开，将神水洒在牛身上，然后由神牛拖着木犁，绕着圣田做象征性的犁耙。王后和一些宫女紧随其后，从银盘上抓起五谷种子撒播在圣田里，象征着播种。最后把神牛牵到礼坛前，让它自由选食，以预卜来年庄稼收成的好坏。若是牛吃稻谷、玉米，就预示着这年粮食会有大丰收；要是牛吃了芝麻、青豆，可能意味着水果会有好收成。

仪式中，周神仙坐在亨利身边说，这个节中国也有，在大都先农坛举行，东方农业国都要搞。

仪式结束后，国王单独接见了亨利一行。国王问亨利探险情况怎么样，亨利说收获很大，贵国资源丰富、山川美丽，发现了许多珍稀野生动物和植物，采集了一些，制成标本，已经发回国内。并一再感谢高棉人民的友好，特别是郎哥和阿米拉，多次舍身相救。国王闻言很高兴，说这是他们应该做的，并让阿米拉、郎哥跪坐身前，为二人摸顶祈福。国王告诉亨利，雨季很快就要来临，一定要注意安全和身体。

回到宾馆，阿米拉和郎哥激动万分。因为，在柬埔寨，自从公元1世纪以来，就从印度引入了婆罗门教，其影响一直深入柬埔寨人民的生活中。国王又是婆罗门教的教主，大臣向国王宣誓效忠才能得到国王的摸顶，这是至高无上的荣誉，所以阿米拉和郎哥都不停地感谢亨利，表示效忠国王。

利用这次运送标本的机会，亨利带着几个人沿着湄公河游历了柬埔寨、暹罗、老挝和越南，他走一路看一路，边记边画，同时也不停地与周神仙交流。

前后差不多三个月，他们终于下船回到了暹粒。李老板设宴为亨利一行的凯旋接风洗尘，仍然是王老板等华族朋友，加上阿泰一家。

席间，亨利介绍了一路上的趣事，当介绍到御耕节受到国王、王后接见，并为阿米拉、郎哥摸顶祈福的时候，大家赞叹不已，酒宴进入高潮。

当地传教士修建的小教堂　亨利·穆奥作

就在敬酒兴头上的时候，马可出人意料地起身，对大家说："请大家静一下，允许我宣布一件事。我想让亨利老师和大家见证。"

说到这里，马可走到阿米拉面前，单膝下跪，从口袋里取出盒子打开，露出了戒指说："阿米拉小姐，我正式向你求婚，不知你是否愿意嫁给我？"

众人正想鼓掌，阿米拉正欲起身的时刻，只听亨利怒吼一声："不，我不同意！"接着挥拳击中马可面门，顿时马可鼻子出血，倒身在地。

众人还没有反应过来，亨利已离席而去。

当晚，亨利在梦中不停地与人用剑决斗，决斗的对象则由周神仙换成了马可。

第二十八章

何方神圣

翌日早上,亨利醒来后,头晕眼花,只觉得一夜噩梦不断,没有休息好。

阿米拉敲门进来,和往日一样,问候早安,照顾洗漱。

亨利让阿米拉把早餐拿到房间里来用,自己不想去餐厅和大家一起吃了。

阿米拉去准备早餐,马可敲门进来。

让亨利没想到的是,他是来道歉的。马可进房间后,谦卑地说:"老师,早安!实在对不起,我不该没有先和您报告,就冒昧地向阿米拉小姐求婚。我现在的唯一任务,是担任您的助手,全心全意地为探险工作服务,如果我利用这次工作的机会,掺杂个人的欲望和私事,就会影响您的正常工作。况且,阿米拉小姐也是您的工作人员,她也不应该分散精力。所以,我向您真诚地道歉!并请求您让我继续留在您的探险队,为您服务。我非常热爱探险工作!我保证决不再向阿米拉小姐求婚。"说完,马可从衣袋里取出盒子,拿出戒指,连同盒子一起从窗口扔到窗外。窗外是个大坡,坡下就是湄公河的支流。

亨利抬头看了他一眼,说:"安排一下今后几天的工作,主要是采集蝴蝶和昆虫的标本。"说完,摆手让他离开。

第二十八章 何方神圣

阿米拉把早餐端进来,放在桌上,然后对他微微一笑,走出房间。

整整一天,亨利都没有出屋。他头昏脑涨,没有任何情绪。他实在理不出个头绪。至于马可,没有什么原谅,也没有什么不原谅,因为这是他不应该奢望的问题。不应该就是不应该,对于他来说,这就是非分之想。因为,阿米拉只属于他一个人,只许他想,这就是优胜劣汰。本来想了一个晚上,准备让他回英国。既然他有自知之明,自己目前也找不到其他可用之人,那就让他继续留下来当助手。好在阿米拉并没有表态,也不知道阿米拉怎么想……

李老板来看了他,问他想吃什么、有什么要办的事。至于昨天晚上的事情,他一句话也没问,这就是华人文化:事不关己,高高挂起,少说为佳,但求无过。

马可和郎哥商量,选择了一个没有去过的郊外,陪着亨利去抓蝴蝶。然后叫来阿米拉,安排她做了几个抓蝴蝶的大网兜。

进入雨季了,热带雨林万物滋生,百花盛开,一派生机盎然。

有阿米拉陪着,亨利仍然情绪高涨。抓蝴蝶虽然算不上是探险家的大项目,但是由于蝴蝶种类繁多、色彩斑斓,做成标本收藏展示,和邮票一样,在上流社会是一件非常时尚的事情,尤其在欧洲有身份的人群中,特别是夫人小姐社交圈子里蝴蝶收藏争奇斗妍,甚至带有身份的象征。尤其是蝴蝶中的珍品、孤品,可以卖出很高的价格。所以,知道他来亚洲中南半岛探险,又是在赤道地带,出发前有不少朋友委托他抓蝴蝶的任务,前不久接到的家信中,还有人提出这个请求。

在雨季,差不多每天下午都会下场雨,大雨过后正是蝴蝶狂舞的时候。短短几天时间,亨利就已经发现和捕捉了不少非常珍贵的蝴蝶。

此时,他又发现了一个极其珍贵的品种——霸王蝶。亨利轻轻地跟着这只蝴蝶,马可也拿着网跟着,结果马可一动,蝴蝶又飞了,气得亨利直骂他,让他离远一点。

化境吴哥

亨利自己追上去，马可、阿米拉和郎哥远远地跟在后面。亨利眼睛盯着霸王蝶，没有注意刚刚下完雨，到处都是水坑，结果脚下一滑，摔到水坑里，四脚朝天，眼镜也飞到水里，半天都爬不起来。

阿米拉哈哈大笑，马可和郎哥是想笑也不敢笑，大家赶紧把他从水坑里拉起来，又摸了半天眼镜。

亨利却无所谓，依然兴趣不减，戴上眼镜，马上问马可，霸王蝶呢？马可指着前方的一片小树林，亨利让他带路，大家又往前追赶。

霸王蝶越飞越高，飞进了一排茂密的藤树林，要想通过必须从藤条中间开出一条路，才能追上这只珍贵的蝴蝶。

马可赶快过来用砍刀砍藤条，亨利嫌他砍得慢，抢过砍刀自己砍。他一刀砍下去，当的一声，砍到藤条后面的一个硬物上，他用手扒开藤条一看，吓得坐在了地上。

马可、阿米拉和郎哥见状扒开藤条往里一看，只见一个巨大的绿人，光头，怒目圆睁，生气地看着他们，几个人也唬得倒退几步，这是什么人啊，铁臂铜头，人高马大，浑身上下长满了绿毛。

郎哥和阿米拉虽说在山林里长大，什么野兽都不怕，但是独独害怕妖魔鬼怪，见到这个凶神恶煞般的绿鬼，都吓得不敢上前。还是亨利先上去，想弄个究竟。

亨利站在藤树前，转身叫马可、郎哥、阿米拉一起上来，几个人胆战心惊地走上来，站在亨利的身边。

这些人都怎么了？自从那天之后，都变了样，一下子都变成了胆小鬼，故意和自己过不去。亨利心里想。其实并非这样，绿色妖怪，真的令人毛骨悚然。

亨利指挥大家站成一排，同时拉开藤条，这下子更吓人的场面出现了，绿巨人也不是一个了，而是好几个，甚至前前后后很多个，高低大小坐卧在丛林里，像是从地狱里出来的恶煞鬼，阿米拉、郎哥吓得转身就逃，马可也跑了很远。

只有亨利站在原地没动,因为在这群绿魔当中,他看到了一个人——周神仙。

只见周神仙嘻嘻哈哈地站在绿魔头顶上跳来跳去,说:"看把你们吓的,胆小鬼,还是什么科学家、无神论者,仔细看看,这是什么,这是石头的菩萨。"

亨利这才回过神来,定睛一看,果然是一群菩萨石像,只是因为年代久远,在潮湿阴暗的环境里,全都被植被侵蚀了,并且在外表生长了一层绿苔,就像真人长了绿毛似的,所以就像是群绿人。看清楚后,亨利几刀砍断藤条,钻了进去。这一钻可就是跨入了历史的一座大门,因为五百多年来,已经很少有人踏进这片土地了。

看到亨利迈进了藤树林,马可赶快招呼郎哥和阿米拉也跟上,就在他们胆战心惊地钻进去的瞬间,一声炸雷,惊天动地,顿时电闪雷鸣,天昏地暗,周围绿巨人时隐时现,奇形怪状,或哭或笑,地下蛇虫在厚厚的腐叶中乱跑,树上猿猴嘶吼,刹那间几个人如同进入了阴曹地府。

阿米拉、郎哥倒地对着绿巨人磕头不已。亨利也惊得不敢动弹,只有周达观在装神弄鬼开着玩笑。

这就是热带雨季,天象无常,随云舞鹤,几分钟后,雷暴雨平息,一切又恢复平静。

马可招呼郎哥、阿米拉不要再拜了,赶紧站起来,只见亨利已经走得很远了。

马可叮嘱阿米拉注意蛇兽,不要伤害了亨利。

亨利走进这几百年没有人踏进的丛林,很快就发现,除了长了绿苔的石菩萨,这里还有许多残垣断壁,当他们走出残破的石像群中,钻出这片小树林,站在这片小高地的边缘时,又被另一番景象惊得跪倒在地。

只见对面视野之中,在雨后夕阳的映衬下,彩虹横跨天穹,霞光万丈,祥

吴哥窟正面,发表在图文并茂的游记《暹罗柬埔寨老挝诸王国旅行记》亨利·穆奥作

第二十八章 何方神圣

云瑞彩当空,蓝天清澈如洗,绿草鲜花绽放,千年古树青翠,孔雀开屏,白鹤飞舞,百鸟争鸣,虎豹雀跃,在这一派生机盎然之中,几百座绿色的寺庙置于其中,层峦叠嶂,与天地融为一体。

"海市蜃楼,这是天上的奇幻,不是真实的。"亨利对大家说。

是的,此景只可天上有,亨利作为探险家,在世界上也已经走了许多地方,他走遍了欧洲、大洋洲、南美洲、北美洲、非洲,此时此刻,面对眼前的亚洲画面,他竟然分不清楚是真实的还是虚幻的,就如同刚才进入藤树林的那一刻,从人间进入了地狱,现在又看到了天堂。

然而,再静静地欣赏,亨利发现视觉上的变化,云彩在动,而那些宏伟的建筑、那些寺庙宫宇为什么一动不动,难道它们是真实的存在?的确,它们就是真实的存在,而不是海市蜃楼。

"老师,这是真的,不是海市蜃楼。"马可轻声说。

"这、这怎么可能呢?"亨利自言自语。

这是在哪儿?在罗马还是米兰,在玛雅还是埃及,在印度还是中国?它属于哪一个文化?哪一个帝国?哪一种宗教?亚洲,东南亚,一个小国,怎么可能创造出如此伟大的文明,明明是在一个洪荒的原始森林里,怎么可能有如此宏伟的建筑群呢?亨利有一种时空错乱的感觉,他搞不清自己是在梦里还是在现实世界中,他不知道自己是先进文明的绅士还是坐井观天的孩子。他慢慢地坐在了草地上,凝视着眼前这张不可思议又不敢相信的图画,以至于都忘了掏出本子将眼前的美景画下来。因为他不愿意让任何事情夺走自己的目光,哪怕只有一秒。他知道自己简单的素描根本无法记录下来这美轮美奂的景象。

有人在哭泣,他听到了,身后有人在哭泣,是阿米拉在哭泣,因为她被眼前的景象感动得不知所以,就如同她见到了国王大主教,甚至被国王摸顶也没有到痛哭的地步。

亨利去过意大利的梵蒂冈,去过欧洲和世界上的那些宗教圣地,他深知人的内心深处有一种自卑和渺小,所以面对伟大的宗教建筑的时候,会不由自主地臣服和跪拜。其实，自己又何尝不是如此呢？这个东西不是自然的，不是达尔文的进化论，那是一种更直接的简单的精神暴力，面对美丽得不能更美丽的圣境，你化入其中的心理是对美丽的恐惧，而此时没有人给你任何的压力，哭泣是发自内心的震撼与幸福，而绝不是恐惧。但同样是巨大的压力，只是它来自精神，而不是肉体。

亨利清楚地知道，这就是宗教艺术的力量。它以一种至高无上的气势和超越时空的力量，运用天人合一的手法，让人们产生一种无限卑微懦弱的心理，制造出绝对臣服甚至希望献出自己最宝贵的生命而仅仅化作它面前的一缕轻烟、一堆尘土，而无视自我……

"想什么呢？我不是都写在书里了吗？你没看啊。"周神仙在旁边问。

亨利此时才开始愧疚，在周达观的《真腊风土记》中，最被他忽略的就是这一部分。因为，他内心有一种文化、种族、宗教的傲慢。虽然他一再告诫自己这是不对的，不应该，但是，他依然认为西方文明是人类文明的顶峰，他可以骄傲地俯视一切。直到这一刻，他才开始对自己产生了怀疑。自己的这种文化优越感是不是太盲目了？同时，被怀疑的还有达尔文的理论与衍生品。在西方，在白种人中间，达尔文的物竞天择、优胜劣汰的自然科学理论，已经被斯宾塞等人歪曲篡改为社会学理论，并公然命名为"社会达尔文主义"，成为他们推行种族歧视的理论基石。尽管亨利有不同的认识，但是，从感情上，他依然不想承认眼前的这些属于东方文明。长期以来，他被自己的傲慢所蒙蔽，他一定要亲自走进这幅图画，看看它究竟是什么水平，才能从根本上颠覆自己的狭隘与偏见。

"这是什么地方？"亨利轻声问周神仙。

"这就是500年前真腊王国的首都——吴哥。"周神仙平静地说。

500年前，欧洲在哪儿？想到这儿，亨利突然有一种冲动，他仿佛看到无数的鲜花和掌声，是献给他，而不是达尔文。

第二十九章

古城遗堞

远眺夕阳下吴哥的壮丽景观,一扫这几天亨利心中的阴霾,令他激动不已。

他知道这一重大发现的深刻影响,将会远远超过所有的野生动物和化石,给自己带来更大的收获,对于这一点他无比激动。

接下来的时间,他已经完全失去了抓小蝴蝶的兴趣。他急于进到吴哥图画之中,对这只东方大蝴蝶一探究竟。今天,虽然只是远远地一窥,就已经难以释怀。下一步必须深入进行考察,才能拿出能够震惊世界的报告。亨利知道达尔文和所有的西方学术界都是这样做学问的,正如中国宋代诗人苏东坡的诗作:"横看成岭侧成峰,远近高低各不同。不识庐山真面目,只缘身在此山中。"

回到暹粒的当夜,他亲自安排了进入吴哥探秘的计划。

第二天一早,亨利就迫不及待地率领探险队一行原班人"象"出发,向消失了500年的吴哥古都进发。

他和阿米拉骑在一只大象上,马可和查尔斯一只大象,郎哥带路,阿泰在后押尾。他们从昨日的藤树林进入,很快就走上了周神仙指的那条古都官道。

化境吴哥

一路上，所有的道路都覆盖着厚厚的腐烂的植被，和新的雨水混合在一起，散发出一种浓郁的味道。除了探险队的脚印，这条路上显然很久没有人走过了，至少有500年，许多野生动物在古道的两旁惊奇地看着这群陌生的旅客，发出充满敌意的吼叫声，有时能见到快速通过的蛇、鼠和猴子。

"想看看我们当年走在路上的仪仗吗？"周神仙站在象背上问。

"当然！"亨利说。

转眼间，《真腊风土记》描述的画面浮现在了亨利的眼前：

周达观和元朝使节一行近百人，乘象、骑马、乘车浩浩荡荡行进在这条进入王宫的宫道上。

道路宽阔笔直，路面平整，路基坚实，路的右侧是护城河，左侧是美丽的草地，树木离得很远，护城河宽度超过百米，河水清澈地涌动，护城河桥外都建有大桥通向各座城门。

吴哥城周长20公里，共有五个城门，每个城门有内外两层门，只有城东有两个城门，道路两旁、护城河两岸、城墙上每隔几十米就站着威武的持刀的兵士。

通往城门的大桥两侧各有54座石雕神像，如石雕武士一样，形制巨大，面目狰狞。五座城门的桥边都是相同的威武石雕神像，桥的栏杆都是石头造的，凿刻成蛇的形状，蛇有九个头。

54座神像都做拔蛇状。

城门的上方是石雕的三个大佛头，都是面向四方。中间的佛头用黄金装饰。

大门的两侧有石头凿刻的大象。

城墙都是用石头垒成，有两丈高，城墙用石头砌得严密坚固，没有一根杂草，但也没有修建射剑防御用的墙垛。城头上有些地方种有棕榈树，也有许多军士住的空屋。城墙内侧有斜坡，坡有十来丈厚。坡上都有大门。

第二十九章 古城遗堞

亨利看到了周神仙在仪仗队列中，骑在一头大象上向他招手，身旁并列坐着一个身着宫女服装的高棉美女，这个美女一路上和他调笑，怎么这个美女就是阿米拉啊？她什么时候和周神仙搞到一起去了？正在纳闷，就见周神仙的队伍通过大桥，正在进入城门。

城楼上奏起了鼓乐。

不知什么时候，周神仙又跳回到亨利的大象上，神秘地说：

"我告诉你，你千万不要告诉其他人，这可是军事秘密。城上的大门，晚上都要关闭，早上才开门。有很多兵士护卫，狗是不允许进城的。进入大门后，国都广场为方形，四方都建有一座石塔。因罪被砍了脚趾的犯人也不得入内，你好好查查你的队伍，有没有狗，有没有被砍了脚趾的犯人。"

亨利想着，你周神仙管得还挺宽的。突然间一想，自己还有条猎犬查尔斯呢？这可怎么办？再一看，阿米拉就坐在身边，哎，她的脚趾怎么没了？自己再一看脚下，怎么脚趾也没了？回头看马可，正在对自己挥拳。

就在这时，雷暴雨降临，电闪雷鸣，狂风大作，昏天黑地。队伍上了桥，桥上两边54座石雕神像全都动了起来，恶魔一般，眼睛和鼻子、嘴都在喷出火焰，火焰射向自己，桥栏杆上的九头蛇全都变成了活动的真蛇，九个头都喷出毒液来，毒液全是暗绿色，无数的九头蛇扑向自己。

城楼上，周神仙在挥舞旗帜，高喊："他的大象上带狗了，他们有没有脚趾的人，把他们拿下。"从城门里冲出虎豹熊黑，空中还有老鹰，一起朝着自己来了。他推开阿米拉，高喊："你快跑！不要管我！"阿米拉紧握着他的手不放，高喊："要跑一块跑，要死一起死！"

突然间，雷暴雨结束，天气放晴，前面就要上桥了。而一道彩虹在天空中把整个大桥环绕在中间，他还紧紧握住阿米拉的手。

通过了大桥，便进入城门。亨利看到周神仙已经在门口迎接。走到周神仙身边时，大象停了下来，亨利想从大象身上下来，守城军士用长枪一指，对他喝阻："不许下！"不知为何，他便不敢贸然动作。

化境吴哥

只见阿米拉一身盛装从大象上下来，周神仙在象前搀扶，然后两人手挽手进入了城内的方形广场。

亨利看到了四方广场各个方向都建有一座汉白玉的石塔。通过了四方广场，再通过一个甬道便进入王宫另一个场院，比前面的更加宏伟壮观，这里便是国都广场。

国都广场的中心有一座金塔，金塔周围有二十余座玉塔，地上铺着整齐的方砖，所有的砖用金线镶嵌，金塔周围铺有红色地毯。

四周有石屋一百多间，是专供国王接见外宾休息和办公使用的。

这时，皇家舞蹈团出场演习，上百位高棉美女翩翩起舞，中央领舞的美女举的是一把金伞，其他美女各举一把红伞。中央领舞女子跳着跳着从伞中露面，原来是阿米拉。

舞毕，国王、王后接见了阿米拉，并且为她摸顶祝福。

然后，阿米拉在众人的注视下跑向了亨利，亨利刚想打招呼，阿米拉从他身边跑向后面的周神仙，周神仙和阿米拉进了一所石屋。

亨利眼睛冒火，口干舌燥，只想喝水压一压。

"喝水吗？"阿米拉问。

喝完水，一看怎么是阿米拉倒水给他喝？

再一转身，国都广场已经成为另一番景象，红毯也没了，金塔也不见了，石塔也砸坏了，满地狼藉，到处是树叶和各种野兽的粪便，除了探险队，什么人也没有。

这时候，亨利又看到周神仙在他身边。他生气地对周神仙说："你和阿米拉是怎么回事？"

周神仙嘻哈说："你有你的阿米拉，我有我的阿米拉，我的阿米拉是你的阿米拉的奶奶的奶奶的奶奶的奶奶……你还吃我的醋，我把她唤来陪你……"

亨利一想，是啊，差着几百年呢。我能见到周神仙，马可和其他人都见不到，同样，我进入周神仙的世界，他那里的人同样看不到我，我们这是"神交"。他马上对周神仙说:"千万别,我可不想见你那个老奶奶。"

亨利探险队骑着象在吴哥古城中穿梭。

500年过去了,战争留下的破坏从来就没有被人清理,亨利眼前的所有建筑都是疮痍满目,残破不堪。木质材料已经被烧毁和腐蚀掉了,连个渣滓和灰烬都看不见,早被埋在了深深的地下,和几百年的落叶一起腐烂沤成了泥土。石质建筑全部倒塌,无法使用。当然,也有一些巨石垒成的高大建筑只是顶部装饰被盗毁。

经过战争破坏之后,在500年无人管理的环境下,大自然便一步一步蚕食了人们从它们那里夺去的本来是属于它们的生存空间,造就了大树吞城的景观。

吴哥当地生长着两种树:一种是卡波拉树,中国叫作木棉树,它插枝即活,生长迅速,但木质疏松,高大苍劲,有着粗壮的根系,不停地和巨石抢夺宝贵的土壤,伸进地下破坏石建筑的基础,用三四十米的身高,像榕树一样把建筑物揽入怀中。

还有一种藤状根部较小的树,叫作绞杀无花果树,也被人称作蛇树。幼年时期的绞杀无花果树靠吸收根系周围植物残骸的营养为生,和其他藤类植物毫无区别,看不出会有危险。一旦绞杀无花果树落在地面,吸收土地的营养,野蛮生长,缠绕在树干和巨石上,它的根系会越来越巨大,直至对方窒息而死。现在,吴哥城几乎所有的建筑都被木棉树从顶部和底部所控制,被绞杀无花果的粗壮根系紧紧搂住。

另外,在城墙上和有石顶的建筑上,还生长着大量芭蕉树。所有的墙壁全部都长满了绿色的苔藓,所以,亨利昨日从远处看到的便是一座宏伟的绿色城市。

当一座城市被人类放弃之后,除了植物会卷土重来夺回土地之外,野生动物也会蜂拥而至,争夺和占领人类的建筑,当作自己遮风挡雨的庇护所。

亨利几次从大象上下来,试图走入这些宫殿、寺庙和石室去欣赏它们美丽的艺术，可是他却根本无法靠近，几乎所有的建筑都已经有了新的住户，除了没有人，其他虎豹豺狼、熊罴猿狐，应有尽有，其种类远远超过伦敦、巴黎的动物园。这些动物早早会迎在舍外，龇牙咧嘴地拒绝人类的靠近。

然而，尽管眼前的一切令人失望，可它依然令亨利内心充满了喜悦和激动。因为，此时此刻他才刚刚迈入了周神仙所记述的那座辉煌的历史名城。虽然它经过战乱已面目全非，然而其规模和基础还依稀可见，在那些残垣破壁上仍然留下了无数的艺术痕迹，许多细节都还完好。

毕竟，这座城市曾经是中南半岛的城市之光，就是今天，也很难找到能够与之匹敌的都会，更无法填补那一段历史的痕迹。然而，还有一个更为重要的原因令他激动，就是500年来他是第一个走进这座城市的人，这意味着什么？意味着这座城市是属于他的，今后说起来，是因为他，人们才知道并走进这座城市，这座城市将会与亨利·穆奥联系在一起。亨利·穆奥就是吴哥，吴哥就是亨利·穆奥，一种无法形容的骄傲情感油然而生。

突然，他看到周神仙站在此地，正藐视着他。亨利惭愧地一笑："还有你的名字。"《吴哥—周达观—亨利·穆奥》。这时，对周神仙的羡慕妒忌之情也油然而生，毕竟他看到的是真迹，而自己看到的是遗迹。

接下来短暂几天骑象看花，更令亨利激动不已。探险家看问题的角度，永远与一般人不同。普通人是两耳不闻窗外事，一心只读圣贤书。而探险家却是明知山有虎，偏向虎山行，越是危险越向前。

人与人之间的差距，其实就是一个看问题的角度或者是高度。大多数人看问题，0就是0，1就是1。但探险家不同，负数可以是正数，无可以是有，腐朽中存在着神奇。

第三十章

九头蛇精

当天晚上，探险队在吴哥城王宫里休息，以便于翌日的考察。马可和阿米拉选择了一座最好最大的塔让亨利休息，本来马可应该和亨利住在一起，但是亨利并没有说让他也进来，这样马可就在塔外，和郎哥住在附近石屋。

晚饭吃得很不错，郎哥和阿米拉狩猎，抓住一头小野猪、一只山羊，还在护城河钓到几条鱼，烤的烤，煮的煮，吃饱喝足之后，天降大雨，大家又在雨里洗了一个天浴，便各自睡觉了。

亨利睡到半夜，突然被一阵嘈杂声惊醒。他睡在塔的上层，从塔上望下去，看到下面广场上有数百名宫女手持宫灯，把广场照得如同白昼。这时一乘轿子从远方抬来，轿子是金色的装饰，金色的帐幔，由四个宫女抬着朝塔走来。轿子抬到了塔门口，下来一个男子，亨利一看，正是白天见到的国王。只见国王穿着紧身黄色衣裤，右肩袒露，穿着金丝编织的拖鞋，稍事逗留，便走入塔内。

亨利再往下层塔看去，不看还好，一看吓了一跳。只见下面各层塔从黑暗刹那间变成光明，室内全部是黄金的装饰，铺着华丽的波斯地毯，点燃了高大的蜡烛，烛台也是黄金做的，黄金小桌上早已摆上了各色小吃，还有一壶酒水。一个女人穿着长裙睡衣，站在旋转楼梯口迎着国王。亨利只能看到这个女人的背影，让亨利恐怖的是这个女人的脚是蛇尾，而她的头竟是九头蛇头。随着国王脚步声的临近，这个女人的身形也在发生着变化，在国王出现的一刻，这个女人完全变化成了人形，头上挂满金银首饰，脚下穿上了珍珠宝石镶嵌的拖鞋，一身青绿色的丝绸睡衣。她把国王带到小桌子前，两人交杯碰盏，其乐融融。当女人回过头来的时候，亨利一看，这个女子不是别人，竟然是阿米拉。两人喝了几杯酒之后，便相拥着进入黄金打造的卧榻，挂上帷幔，熄灭了灯光。看到这一幕，亨利由恐怖转为疑惑与不解，这阿米拉怎么就变成个蛇精了呢？他怎么也想不明白。就在这时，一只小虫子不知怎么钻到了他的鼻孔里，他没忍住，竟然打了一个大大的喷嚏。这下子可惹出了麻烦，塔内灯光一下子亮了起来，国王高喊："来人，抓刺客！"亨利看到自己处在塔的内部，是个死角，躲没地方躲，跑没地方跑，跳塔也没有一个大窗口。紧接着就被人紧紧抱住，亨利回头看去，不是别人，正是九头蛇精阿米拉，他拼命地想要挣脱，却根本无济于事，吓得他连忙解释说自己不是刺客。

　　就在这时，亨利从梦中惊醒。亨利满头大汗，一看自己的确是睡在塔里，外面满天星斗，蛙叫虫鸣，自己睡在蚊帐里，回味着刚才的梦境。

　　"你怎么敢睡在这里？"周神仙问道。

　　亨利说："怎么了？"

　　周神仙说："你没看到我写的《真腊风土记》里有这样一段吗？"

　　亨利想起了周神仙关于九头蛇的记载：皇宫中有一座金塔（空中宫殿），国王每晚都会来这里休息。当地人都说塔内有一只九头蛇精，是吴哥帝国的守护女神。她每晚化作女人之身，国王与之同寝，即使是国王的妻子也不敢擅自闯入。到了二更的时候，国王才能从塔中出来，与妻妾成眠。如果蛇精一夜不在金塔中出现，那么国王的死期就到了，如果国王一夜不去金塔过夜，就一定会有灾祸降临。

第三十章 | 九头蛇精

亨利:"这段我看了啊。与我的梦有什么关系?"

周神仙:"这里就是那座金塔,你怎么敢睡在这里?"

亨利:"怪不得呢,我怎么会做这种梦?这九头蛇精究竟是怎么一回事?为什么会有这样的故事?"

周神仙:"这个问题很重要,应该说是整个真腊文化和风俗的根基。根据中国古籍的记载,真腊早先的名称叫作扶南国,国王是一个女子,名叫柳叶。扶南的南方有一个国家,有位王子,名叫混填,他在庙里敬鬼神,一天在庙里的一棵树下睡着了,梦中神告诉了他,在树下有一张神弓,让他取出神弓,乘船到扶南国会有好的事情。梦醒后,他果然在树下找到了这把神弓。之后,就乘船漂洋过海来到扶南。柳叶见有外国的船只入侵,便亲自率领兵士驾船迎战。混填见状,随即用宝弓张弓射向柳叶的战船,结果一箭就射穿了船板,把柳叶的侍从也射死了。柳叶大惊,随即投降。于是混填娶了柳叶为妻,当上了扶南的国王。"

亨利问道:"这两个故事有什么联系吗?"

周神仙说:"从这两则故事可以知道,女性是真腊原住民的后代,而国王是外来人。女性是这片土地的主人,外来国王通过与她的婚姻获取对这片土地的统治权。九头蛇是真腊原生的所有者,如果有一天晚上,她没有出现,那么这就是国王死去的时刻。在国王与她的结合中,象征国王每晚都重温第一个高棉王朝扶南的起源。在这个国家,古往今来,女性通过对土地的占有维系自身的地位。而男人只有通过娶一位继承自家土地的贵族女孩子,才能获得这片土地的统治权。例如,吴哥王朝的开国之君阇耶跋摩二世娶了六位妻子,这六个女人分别拥有六块不同的领地,阇耶跋摩二世通过与她们的婚姻关系攫取了这些领地的统治权,并最终把它们合并,建立起了统一的吴哥王国。这种关系也一直渗透到这个国家的家庭,也就是说婚姻和家庭是以男方嫁给女方来作为基础的。"

亨利:"那么九头蛇和国王的每晚性媾反映了什么呢?"

化境吴哥

周神仙:"我在真腊时还听到一个故事,说外来的印度国王和蛇精在海上相遇,他们彼此爱上了对方。蛇王女儿要带这位国王去见她父亲,她父亲住在水底下,国王无法自己潜入水中,蛇王女儿让他握着她的裙摆。当国王到达水下后,蛇王和他的手下都失去了魔力,因为这位印度国王太强大了。蛇王说,你们不能留在这里,因为这里的士兵不能战胜你的魔力,我会给你一块地方住。蛇王出水看见有个岛,觉得很好,就吸干了这个岛周围的水,为女儿和女婿造了这片陆地。这个岛就是真腊这片土地。当然,也很像这个塔。这个故事告诉我们,国王的土地是来自蛇王的。"

亨利:"这个越来越像了,似乎象征着国王的执政对象和基础,都来自原住民。"

聊着聊着,亨利又入睡了。

清晨,亨利醒来之后,想到昨晚上的梦,不禁想看看这九头蛇精和国王每晚欢聚的场所究竟是什么样子的建筑。他走出塔门,阳光正好从东方照射过来,把这座周神仙在《真腊风土记》中重点介绍的"金塔"照耀得格外清晰。

虽然当年塔身上的金箔已经完全消失了,但整个建筑仍然比较完整,应当是皇宫内现存的较完整的建筑。这是一栋三层加高金字塔造型建筑,四面有石阶可以攀登,东西长35米,南北约28米,12米高,因为角度关系,看起来非常陡峭。

周神仙介绍说:"怎么样?这也叫'天宫',是罗贞陀罗跋摩二世在位时建造的,时间在宋朝开国时期(960)左右。当时这座建筑非常神秘,只有国王可以上去。国王在夜晚独自登上天宫,与代表神、天、土地或者生殖的女蛇交媾,这使得国王可以从蛇精这里得到精力的补充,说到底是当地原住民的力量,也就是土地、粮食、财富、人力资源的不断支持,这就是他执政的力量源泉。其实,在家庭中,母亲担负着在家种地、做饭的重担,这又何尝不是家庭能量精力?"

亨利听了觉得很有一些道理,说:"我觉得这里可以称为空中宫殿。"

第三十章 九头蛇精

在端详了一番"空中宫殿"之后,亨利顿时觉得精力倍增,他叫上马可,牵上查尔斯,开始在周围广场上跑步晨练。

亨利非常注意身体锻炼,作为一个探险家,健康的体魄是非常重要的,前一段时间在沼泽、密林、洞穴里遇到的一次又一次危难,如果没有很好的体质是坚持不下来的。

亨利在跑步时,围绕着广场上的一处建筑在转,这就是那座"象台"。昨天,周神仙使团觐见国王的地方就是这里,只不过当时的建筑已经不见了,只剩下宫殿的底座石基了,然而它依然精美。

这座建筑宽约350米,面对正东一片大广场。石砌的基座高两三米,面东的墙面部分雕刻成大象的形状。巨象只是雕出了三个立体头部,头上戴宝冠,象牙向外凸出,身体的部分以平面浮雕技法来表现。象鼻下垂着地,如同一根一根的列柱,既威严又壮观。亨利看了,觉得整个建筑的雕刻风格,应当是非常前卫活泼的,充满了动感,在结构功能要求下,兼具了写实和抽象的手法,混用了浮雕和立体雕刻两种技巧,堪称一绝。

"象台"四周的雕刻不仅有象,也有"飞狮"和"神鸟"造型,高举双翅,挺胸站立,厚实雄壮,的确是国王朝觐和阅兵的气势。"象台"的后方就是皇宫,前方的"象台"兼具了防卫警备的功能。因此,周神仙在书中写道:"内中多有奇处,防禁甚严,不可得见。"

亨利跑步到了"象台"的东北端,这里是一处高七米左右的台基,台基四周的雕刻也非常精美。这里有印度教冥界负责审判的大神"牙麻"的象,因为年代久远,石材变质,身上长出了苔藓,就仿佛人得了皮肤病。

周神仙:"这是耶输跋摩一世时代修建的,他就是最早创建吴哥城的国王,后来得麻风病死去,所以这里俗称'癞王台'。"

跑过癞王台,穿过广场,对面有12座三层石塔,安静地站在小坡上,在朝霞的映衬下,显得格外可爱。靠近这些建筑,亨利看到,虽然年代久远,石塔的结构残缺不全,从外形上看,的确与中国的十二生肖很像。

他记得周神仙的《真腊风土记》上记载："国人亦有通天文者，日月薄蚀皆能推算……十二生肖亦与中国同，但所呼之名异耳，如以马为'卜赛'、呼鸡之声为'蛮'、呼猪为'直卢'、呼牛为'个'之类也。"

"这是你说的十二生肖塔吗？"亨利问周神仙。

"正是。"周回答。

亨利："这十二生肖文化应当是从中国传来，不是印度传来的吧。"

周："对于真腊的十二生肖风俗，有两种说法，一种是来自中国，经由安南传入。还有人认为，四大文明古国都有生肖纪年的历史，相比中国，高棉王朝受印度的影响大，吴哥的十二生肖源起古印度。眼前的吴哥通城是阇耶跋摩七世修建的，这座广场是他阅兵仪式的场地，此时他与安南的关系走得近，共同对抗占婆，所以这里建十二生肖塔应当有一种借助安南、中国方面力量的寓意。"

亨利："噢，印度十二生肖文化有什么特别之处？"

周："同属于亚洲文化，有许多共同之处，其实中国的佛教文化也是源于印度的，成为中国现在儒道释三大文化的结合。在大乘佛教中五部经之一的《大集经》也有论述：'是十二兽，昼夜常行阎浮提内。'"

亨利："怎么理解？"

周："'大王派我来巡山，我把人间转一转。'十二位神兽昼夜轮流当值，巡游守护人间，神兽日夜守护的'阎浮提'就是印度教和佛教中宇宙中心的须弥山周围四大洲的南部洲，也称南赡部洲，另三洲包括东胜神洲、西牛贺洲和北俱芦洲。所以，十二生肖、十二神兽也是印度神话中的内容，也会传入真腊。另外，包括中国的十二生肖文化也可能是从印度传过来的。"

亨利："怎么，中国的十二生肖也是印度传入的？"

周神仙："秦朝时期印度孔雀王朝阿育王统一印度后，大力提倡佛教，此时，十二神兽轮流值岁巡行阎浮提的故事传入了中亚，被包括匈奴在内的游牧民族所接受，逐渐演化为匈奴十二兽纪年的风俗。秦汉之际，汉匈往来频繁，

吴哥寺庙 亨利·穆奥作

化境吴哥

十二生肖风俗传入中原而盛行于东汉初年，并与传统的干支纪年合而为一。"

亨利："是啊，文化这个东西是人类共同的宝贵精神财富，谁发明的固然很重要，但更重要的是要大家都喜欢，相互交流，相互学习，成为人类生活的动力，并促进大家的友谊，这个最好不过。"

这时，亨利突然看到有个人出现在一座塔旁边，他忙走过去，见是一个高棉中年男子，坐在塔门口的阴凉处。亨利问道："你在这里做什么？"那人也不说话，用手指了指塔里面。亨利往塔里看去，只见里面一个青年人蹲在地上，垂着头，也不言语。

亨利突然间想起周神仙《真腊风土记》中记叙的《争讼》中有这么一段："两家争讼，莫辨曲直。国宫之对岸有小石塔十二座，令二人各坐一塔中，其外，两家自以亲属互相提防。或坐一二日，或三四日，其无理者必获症候而出，或身上长疮疖，或咳嗽发热之类；有理者略无纤事。以此剖判曲直，谓之'天狱'。"

亨利转头看到周神仙就坐在塔尖上冲他挥手，让他往远处看。亨利顺着手看去，他现在的位置这个塔是牛塔，前方隔着几个塔的猴塔下面，也蹲着一个人，他便朝那边跑去。只见塔外也蹲着一位年轻人，而塔里面的却是一位老人。他问外面的年轻人是怎么回事，外面的人还没说话，里面的老者就忍不住了，抢着说，那个牛塔里关着的年轻人是他的邻居，总是好吃懒做，不务正业，时常到他家偷鸡摸狗，他实在忍无可忍，便报了官。结果，被带到国王这里，国王问也不问，把两人都关进了塔里。自己是原告，实在想不明白为什么也被关起来。

亨利看到，小塔里面有小蛇、老鼠相互追逐，蚊子乱飞，蚂蚁成群，天气炎热时如同坐在火炉里烤，天要下雨了也是非常阴冷，这样一来，身体不好的一方肯定顶不住，这位老人怕是凶多吉少。

这时，周神仙招手让他往象台看，只见国王正坐在象台上，在华盖下面与妃子饮酒作乐，等着看塔里的结局。再细看，原来是年迈的阇耶跋摩七世国王。

亨利想到，老国王性格温和，采用这种刑罚制度，恐怕与大乘佛教的宽容态度和度世哲学有关，邻居间的一点小事，相互理解，根本用不着打官司，只当是你时常接济他一下就好了，打什么官司啊，把命搭上也划不来，大家一笑而过。想到这儿，就见塔里的老人对门外的看守说，我不告了，你去告诉国王。这个看守马上向国王招手，国王见到，起身坐上轿子回宫了。这边两对人，也相互携手离去。

亨利见状，不禁失笑，觉得有趣。他又想起，不仅在高棉王朝，就是欧洲也有这种"天狱"。在蒙昧的欧洲中世纪，人的罪责往往会交付神明来裁决。例如，有的被告得从滚烫的开水中取出石头，待三天后，教会的牧师会检查被告烫伤的地方，伤口愈合了，无罪开释，要是水泡溃烂，那就是神明认为你有罪，就会判刑服法。除了沸水审判，也有冷水审判，这也是教会发明的，被告嫌疑人被五花大绑扔到河里，没有河就扔到井里。教会牧师用长杆子来回捅，要是漂浮不沉，就会无罪释放，如果沉下去了，就等于直接宣判死刑了。除了水判，还有"火判""撑死审判"，"撑死审判"就是牧师用面包奶酪让嫌疑人吞食，没有噎死就释放，噎死了就结案了。

想到这些，亨利直摇头，人类文明的历史究竟是一个多么奇怪的进程。他又想到，不知道现在在欧洲自己的亲人们与教会之间的关于"物种起源"的这场斗争进行得怎么样了，听说，已经有人被教会焚烧了。

就在这时，亨利远远看到阿米拉带着一个人急匆匆地跑了过来，说是官府派来的，让亨利到官府问话。就这样，早饭之后，大家急忙返回了暹粒。

从吴哥古城回来之后，亨利先回到了李老板的"唐人精舍"，把队伍安顿下来。李老板告诉他，有人向暹粒市官府告了他们，说看到有外国人，未经批准，擅闯禁地。所以，他们被叫回来，需要亨利到官府去见官。亨利听了，知道是有人又在故意害他，只好让李老板陪着去官府。他们兴冲冲地跑去见了地方官员。见他们这么快就来了，当地的官员很意外，也很高兴，双方的谈话也很友好。

　　官员："宰相对你们很关心，让我们了解你们有什么困难，让我们帮助解决。"

　　亨利："谢谢国王和宰相，前不久在金边见了他们，他们很关心，我们很感谢。你们叫我们来就是为了告诉我这些吗？"

　　官员："是这样的，我们接到了举报，说有人非法进入禁地，一了解是你们，按照国家法令，你们的确进入了禁区，所以，只好先把你们请回来问问情况。"

　　亨利："我也正想向您报告，我在森林中发现了伟大的奇迹。"

　　官员："是吗？什么奇迹？"

　　亨利："就是森林中的古城。"

　　官员："你跑到古城去了？那里可是禁地，任何人不准进入，也是不祥之地啊。你没有碰到鬼吧！"

　　亨利："没有鬼，有许多宝贵的文化。"

　　官员："是吗？那是个废城，被暹罗人烧毁几百年了，里面有鬼，有许多死去人的鬼魂，还有许多猛兽，几百年没人敢去了。首都搬走了以后，人们就不再去了。"

　　亨利："废而不废，仍然有价值。"

　　官员："听不懂你说什么。"

　　亨利："我想进去考察，想得到你们官府的同意和支持。"

　　官员："这个我们可没权力同意，必须上报金边，出了危险你自己负责。"

　　亨利："那你们赶快报告。另外，你们有那里的地图吗？我还需要一些人和运输工具。"

　　官员："旧城的地图我们没有，不知道金边有没有。人和运输工具可以帮你联系，但要等到官府批下来，你需要付费。"

亨利："谢谢。请帮我和金边联系地图。人和运输工具一周后用，我付费。"

离开当地官员，回到馆舍，亨利又和李老板聊了一会儿。

李老板："这么快回来了，进古城看得怎么样？"

亨利："很好，非常有价值。就是许多东西看不懂，我回来再准备一下，准备充分了，再进去好好考察。"

李老板："噢，我们都不敢去，那里是皇家用地，旧都、废都，首都搬走了，房屋毁坏了，当地官员禁止进入。你们洋人可以。你说有价值，是什么价值？"

亨利："文化艺术的价值。现在欧洲人很愿意旅行，就喜欢看古老的有文化的地方，这样就会产生经济价值，你的旅店就会赚钱。你买一件宝贝卖出去，赚一点点。你买一个建筑呢，大赚。你买一个城市呢？全世界的人都来看……我不赚，你赚，你的酒店就大发了。"

李老板："明白，明白了，有点意思。废物利用，变废为宝。"

亨利："是的。你很聪明，不愧是生意人。不过，对于我来说，更看中的并不是钱，而是文化的价值。"

李老板："怎么讲？"

亨利："人类发展到今天，真正能够达到一定文化艺术水平的建筑并不多见，因为它需要投入巨大的金钱、人力、物力，与此同时，还需要有众多的艺术积累和艺术人才，才能达到超越时代的历史价值。因此，这些建筑往往都是皇家建筑，而且是历史上的大国也就是帝国的创造，一般的小国君主也不具有这种能力。这些伟大的建筑，除了使用功能之外，更大程度的意义是国力的炫耀和地位的彰显。所以，一个伟大的建筑，又往往是无数人的尸骨与汗水堆积起来的，巨大的投入和消耗必然带来国力的衰减和民心的丧失，有许多建筑没有完成，国家就灭亡了。"

化境吴哥

　　李老板："你说得对,我想起来中国有个孟姜女哭长城的故事,讲的就是这个道理。其实吴哥王朝的兴衰也是一样。不过,您现在的探险考察是为了什么?"

　　亨利:"学习,这些古代建筑中,蕴藏着无数伟大艺术家的智慧和心血,值得我们敬仰、学习和借鉴,我们可能一生都没有机会参与这种伟大的建设,能够目睹,也是三生有幸。"

　　亨利的一番话让李老板受益匪浅,同时也对亨利的人格有了新的认识。

第三十一章

真 腊 王 子

与李老板聊完,亨利回到房间,马可进来请示下一步工作。

亨利问:"你这几天看了,感觉怎么样?"

马可:"挺好的。"

亨利:"挺好的是什么意思?"

马可:"在中南半岛和柬埔寨,吴哥是最大规模的古建筑群,非常有文化艺术的研究价值。"

亨利:"不仅仅是中南半岛和柬埔寨,就是全亚洲、全欧洲、全世界都是很有规模的。民族的就是世界的。一个废都,从使用上是没有价值的,但是从文化艺术上,它的价值是永恒的。"

马可:"老师说得对。我从小在英国长大,跟随父母周游欧洲列国,看过很多文明古迹,但都跟我们在这里见到的截然不同。那么,我们下一步应当怎么办?"

亨利:"马上转入对吴哥古迹的考察。"

马可:"达尔文教授的任务怎么办?"

化境吴哥

亨利想了想,说:"对外不要说,绝对保密。这项考察的意义和价值,远远超出前面的事情,况且,我们已经为达尔文先生的进化理论提供了最有力的支持,短时间内很难有新的更有价值的发现。而眼前吴哥的考察发掘,不仅是科学研究,更是一个文明的发现,也是一个巨大的艺术文化宝库,类似马可·波罗发现了中国,一定会引起西方的轰动。如果提前泄露出去,我们就会遇到很多竞争对手,所以必须保密。你和谁都不要说,给欧洲写信更不能提,和郎哥、阿泰也不要议论太多。看得出来,柬埔寨国王对西方人是有戒心的。另外,在我们的身边,一定有一个秘密组织,从出发以来就跟着我们,他们来者不善,一块化石都能置我们于死地,如果知道我们发现了阿里巴巴宝库,一定会采取更大的行动。好在我们有阿泰和李老板的保护,只要警惕,就有可能安然无恙。咱们将计就计,让他们以为我们是在继续考察动植物,时不时往库房里放些标本,他们就不会受到刺激。在离开这个国家以前,绝对不能把文物艺术品先运回来。对于下一步的考察行动,要起一个代号(这时他忽然看见周神仙坐在身边),就叫'老神仙'吧。这几天,我们要好好做做功课,把柬埔寨的故事搞清楚,不然就是身在其中,也不明就里。好在有周神仙啊。"

亨利的这一番话,听得马可是毛骨悚然、心惊肉跳。他万万想不到,亨利看着书生气十足,还有如此城府和胆识,令他佩服得五体投地;而亨利对于吴哥可以比肩"马可·波罗发现中国"的判断同样也让他的内心涌起波澜,欧洲如此文明繁盛,这个蛮荒之地的寺庙群也可以相提并论吗?

亨利不准备等金边官员了,他还是更相信自己的野人探险队。而下一阶段,这支野人探险队将变成震惊世界的"老神仙"考察队。从现在开始,一个属于自己的而不是达尔文的探险阶段开始了。

他突然想起中国古代诗人屈原的一句诗:"路漫漫其修远兮,吾将上下而求索。"

晚上,亨利热得睡不着觉,从床上爬起来,走到院子里的浴池泡澡。刚刚入池,就看见周神仙也来了。

"你也来了？"周神仙主动打招呼。

"是啊，睡不着。天太热了。你们家乡有这么热吗？"亨利说。

周神仙："没这儿热，这里靠近热带。"

亨利："我问你，你觉得吴哥与你们中国的建筑相比怎么样？"

周神仙："问得好，中国只有长城能和吴哥一比。"

亨利："长城我知道，是全世界最大的军事工程。哎，你们有长城，为什么没能挡住蒙古铁骑啊？"

周神仙："中国是一个多民族国家，汉族很早就发展成为农耕民族，但北方游牧民族一直保持着强悍的尚武精神。实际上在北宋时期，汉族统治者就被另一个北方游牧民族金国打败，从黄河流域退守到了长江流域。后来，蒙古族在成吉思汗的领导下，发展成为一个强大的草原军事集团，它先战胜了金国，占领了长城以北，然后到黄河流域地区，最后又向南灭亡了南宋汉族统治，实现了中华版图的又一次统一。"

亨利："你还是没有回答我的问题，就是一个拥有长城的强大的农耕民族，为什么打不过在文化上落后于自己的草原民族？"

周神仙："我明白你说的意思。其实，世界上任何国家和民族都需要探寻生存之道。胜利各有不同的取胜之道，但是失败却有着同样的失败之因。胜利属于强大的一方，但是一时的强大源于长时间的积累，而保持强大又需要一如既往地坚持。中国春秋战国时代，出现了百家争鸣，探索富国强兵之道。"

亨利："怎么理解？"

周神仙："就是要不断进取，保持富国强兵，不能躺在长城上睡大觉，吃老本。"

亨利："有道理。"

周神仙："哎，当时蒙古军团也打到了欧洲，听说成吉思汗的大儿子担任西方军团的可汗，他一直打到中欧，指挥所就设在克里米亚半岛上塞瓦斯托波尔的一个山沟里。当时，欧亚大陆没有能挡住蒙古铁骑的军队。"

亨利："这你怎么知道？"

周神仙："我们团长也是亲王，他们之间互相联系，我为他管理文书，所以可以看到书信往来。"

亨利："你去过北京，当时的元大都和吴哥相比怎么样？"

周神仙："从真腊回国后，我也进了京，写这次出使的报告。蒙古人连年征战，其心在军事上，并不在这方面，并且以往生活在蒙古大草原，不在蓟州，他们进大都时间并不长。不像吴哥，从宋朝算起建都快500年了，所以，建筑达不到吴哥的水平。世界上你跑的地方多，还有哪里能和吴哥相比？"

亨利："我觉得能和吴哥相比的还有埃及的胡夫金字塔、巴比伦空中花园、古希腊阿尔忒弥斯神庙、奥林匹亚宙斯巨像、摩索拉斯陵墓、罗德岛太阳神巨像、亚历山大灯塔……"

周神仙："这些我都没见过。"

亨利："请教一下，你当时写《真腊风土记》是如何展开考察的？"

周神仙："怎么考察？我问你，你认为吴哥和你的探险有什么不同？"

亨利："前一阶段的探险主要是科学考察，对象是自然界的动物和植物。"

周神仙："那么吴哥呢？"

亨利："吴哥是另一种科学考察，应该算是考古发掘吧。对象是古迹、古代建筑、古代艺术。"

周神仙："你说得很对，但是，我当时调查的是一个国家，吴哥是这个国家的都城，你说呢？"

亨利："对，我也是这样想。尽管它是一个废都，而如你所说，它却是大国的都城。"

周神仙："废而不废，因为它并不是谁都可以建的，不是哪个国家都可以建，也不是哪一个国王都可以建。"

亨利："明白，我要先学习它的历史，了解它是从什么时候、由谁开始建的，中间有哪些精品之作。只有弄清了这些，才知道应该怎么考察。那么，你说说，吴哥王朝是怎样建立的？"

周神仙："好的，吴哥王朝几百年的历史，不是一个晚上就能说清楚的。然而，真腊的崛起又不是凭空而来的，我就先给你讲个故事吧：

"话说公元8世纪末，爪哇夏连特拉王朝攻陷了真腊，逼迫当时的真腊女王签署了协议，真腊被分为水真腊和陆真腊两个部分，并把幼年的真腊王子带回到爪哇当人质。

"幼小的真腊王子在爪哇过着爪哇皇子一般的生活，衣食无忧，每日就是读书学习。一天他参加了爪哇婆罗浮屠落成盛典活动，受到了极大的震动。'浮屠'是梵语'山顶上的佛寺'之意。当时，爪哇夏连特拉王国曾经在印度尼西亚中部兴建了许多佛塔，最为宏伟的就是这座修筑于岩石山上的建筑，也称千佛塔。它由30万块石头紧紧砌合而成，最大的石头有一吨多重，塔坛为实心。它的外形是呈阶梯状的锥体，总高35米，共分九层，下面的六层是正方形，上面的三层是圆形。塔基是一个边长为110米的四方形的台，下面六层为折角方形，象征茫茫大地；上面三层变为柔润的圆形，象征着恢宏广宇。底部40层石级道直通其上。上面三层圆台基上还设有许多小塔（其中第七层32座、第八层24座、第九层16座），共72座环绕着大塔，这些小塔上都刻有一个个透光的孔洞，形似竹篓，所以又有人叫这个婆罗浮屠为'爪哇佛篓'。锥体的顶端是一个大佛塔，直径约有10米。这一天，真腊王子和爪哇皇子们一起参加这座宏大佛寺的落成，在阳光的辉映下，这座建筑既庄重典雅又活力四射，阳光透过一个个孔洞放射出万道光芒。爪哇无数臣民匍匐在地，号鼓声中，佛幡飘扬，数百名僧人齐声诵经，夏连特拉国王缓缓拾级而上，在众僧的拥戴下以天神的名义为浮屠开光加持，而这座伟大的佛寺就是他的王国的象征。

"面对这一宏大的场面，真腊小王子虽然从来没有经历过，但是在他的内心中却有着另一种感悟：爪哇为什么会比自己的真腊更加强大？自己为什么要做人质？如果自己有朝一日回家当了王，是否需要效仿这里学到的东西？他在问：此时的臣民匍匐在地，他们的内心究竟在哪里？他们知不知道自己崇拜的

化境吴哥

是什么？是神还是王？那么，这是否是这座浮屠建筑的意义和价值？

"以后做人质的几年，他经常到这座浮屠来学习。这座石塔每层都设有回廊，左右壁面上均刻有精美的浮雕，内容有'佛传''本生事''华严五十三参之图'等故事，一幅接一幅，情节曲折动人，形象生动逼真，雕刻技法细腻精准（他问过，这些画师雕刻工匠都专门到印度学习过，回来之后效力于王国，世代为奴，不得出宫）。全塔两千多面浮雕，够他学习很长时间了。小王子在婆罗浮屠认真刻苦学习，使爪哇人深受感动，认为这个孩子已经皈依了神教，成为爪哇忠实的臣民。

"终于有一天，他以爪哇使臣的身份回到了水真腊。他渊博的学识和智慧，使他很快就受到臣民的拥戴，帮助他战胜了真腊内部的敌人。在人民的支持下，他把自己的政治中心选定在洞里萨湖。这里风水极佳，荔枝山的制高点可以修庙筑城，湄公河流域最大的淡水湖——洞里萨湖的湖水中有无数的鱼虾，湖水肆意泛滥的平原，提供了一年粮食多到三熟的沃土，这些多得无法吃完的粮食和鱼虾，使人口激增。公元802年，这位虔诚的小王子在吴哥东北不远的考伦山上，修建了属于自己的浮屠，自立为转轮王，即宇宙之王，成为独立于爪哇的阇耶跋摩二世。与此同时，和爪哇王一样，他也以湿婆教为国教，实行政教合一的统治。水真腊在他的领导下日益强大，并最终战胜了陆真腊，重新实现了真腊的统一，从此，开启了以吴哥为中心的高棉王朝。"

这一晚，亨利整整一夜做梦出现的都是周神仙讲述的小王子的故事。强大也绝非偶然，统治之术，天下归心。没有一个伟大的精神力量作为支撑，就没有万众归心的理由。此时，他又想到另一个问题，伦敦正在进行的这场进化论和上帝之间的较量，战斗才刚刚开始，是人造就了神，还是神造就了人呢？随着科学的发展，政治也将变得越来越复杂了。而自己下一步重点要研究的正是人与神的关系。

几天下来，亨利还在想另一个问题：他们为什么要向官府告状呢？他们究竟想要干什么？

因为他在枕头下面，又收到了一张基督明信片。

第三十二章

第 一 尊 神

几天来，亨利带着马可、郎哥、阿米拉一起，在李老板的陪同下，在暹粒城采购下一步考察时需要的物资。进入雨季了，各种瘟疫流行，古城内的环境也十分恶劣，野生动物比山里还多，所以需要准备大量的食品、药品、防雨器材。

路过一家店铺，门口摆放了一些木雕，雕刻的是男人和女人的生殖器。

亨利问李老板："这家是印度人开的卖神器的店吧？"

李老板说："是的，要进去看看吗？"

亨利说："进去看看吧，下一步到吴哥古城中考察，得学点知识，不然的话，什么都看不懂。"

说着，几个人就进了店。

老板是一位留着大胡子的中年印度人，身旁站着他的夫人，是一位丰满的女人。

李老板和他相识，说明了来意，印度老板很高兴，忙请几个人在里面地毯上坐下，又让夫人拿来印度冰奶茶和茶点心。然后，结合墙上的壁画介绍了印

化境吴哥

度宗教的一些常识：

"印度宗教传入柬埔寨，最早传入了婆罗门教。它信奉三大神就是梵天、毗湿奴和湿婆。婆罗门教发端于古代印度的神话故事，主要讲述梵天创造了世界，三大神主宰世界。故事最初，宇宙一片混沌，虽然一切浑然难分，但是已经有了'梵'的存在，也就是自存自有的至高精神业已存在。'梵'决意使得世界诞生，万物形成。于是从无中产生了有，先创造出水，然后在水中放入一粒种子，这粒种子变成一个金色的卵，像光芒万丈的太阳一样耀眼，至高精神'梵'于是以创造之神'梵天'的面貌出现在金卵里。梵天用思想的力量使金卵一分为二，上为天，下为地，中间为大气，宇宙因此而形成了。接下来智慧、意识和感觉顺次产生。再下来构成物质的五大元素空、风、水、火、地也诞生了，这五种元素构成了宇宙万物。五大元素又生成了星宿、行星、江河、海洋、山岳、平原和起伏的大地。接着众神得以诞生，这是梵天从心中生出的六个儿子，他们居住在天国的宫殿里，身着华丽的服饰，头戴王冠，司掌不同的自然现象和职能，在美丽的天神花园里游乐。在所有的天神中，创造者梵天、维持之神毗湿奴和毁灭之神湿婆是最古老、最强大、最有力的，被称为三神之体，因为他们都是至高精神'梵'的不同侧面，他们的地位高于一切神灵，被尊为神中之神。人类同样诞生在梵天身上。梵天用双唇产生了婆罗门，让他分别保有知识和掌管着祭祀的祭司，又用双手产生了刹帝利，他成为持剑保家卫国的武士和国王。用大腿产生了吠舍，就是从事生产和创造财富的农夫和商人。双脚产生了首陀罗，他是为上述三种人服务的劳动者。"

亨利问："我知道公元9世纪，吴哥王朝创始人阇耶跋摩二世宣称自己是湿婆的化身，您能重点说说湿婆神吗？"

印度老板重点讲述了湿婆的故事："湿婆是三大神中的毁灭者。他既善良又可怕，既冷漠又热情，既是智慧的象征也是愚昧者的偶像，既是破坏者也是创造者，既是愤怒的复仇者也是慈悲的庇护者，既是理想的精力旺盛的居家男子又是清心寡欲的苦行者。面对恶魔时，他大开杀戒，但他亦是恶魔及幽魂之主。湿婆同时也是时间（迦罗）本身，因为时间就是世界万物的征服者。他是创造神梵天在须弥山顶峰坐着思考时，在布满思绪荫翳的额头上诞生的一位新的神祇，一出生就背着黑色的弓箭，梳着披肩的发辫，肤色白皙。他不喜欢宫殿，喜欢独自一个人在荒野和山岳游逛。他既是所有动物的兽主，又会为大地生长带来雨水，熟悉各种草木的药性，为人和动物治疗，人们称呼他为'湿婆'，意即'仁慈'或'吉祥'。湿婆掌管世界的毁灭行为不是一种消灭，而是使已经紊乱的宇宙秩序得以恢复和重建。所以湿婆带来的毁灭，实际上意味着重振和新生。当一劫末来到的时候，湿婆放出一千个太阳，将一切劫难吞噬。因此，湿婆将蛇当作圣线来装饰身体。虽然是破坏之神，但湿婆的象征却是寓意丰饶生殖力的林伽。为了劝阻梵天想要占有自己的女儿莎维德丽，湿婆以苦行者的形象流浪在世间，他和奇形怪状的魔神和精灵们来到火葬场，把骷髅和蛇作为自己的装饰，将骨灰抹在自己身上，以此来探讨生存和死亡的界限，思索轮回和毁灭的意义。"

听完印度老板的介绍，亨利表示感谢，同时，又购买了一些书籍和画片。

接下来几天，他非常认真地阅读了这些资料，对于阇耶跋摩二世为什么要自封为湿婆，有了一些理解。

暹粒官员来到"唐人精舍"，告诉亨利金边官府已经批复下来了，同意他们进入古城，并帮助解决运输和劳力，钱要他们自己付。亨利很高兴，大家一起商量下一步的行动计划。亨利告诉官员，他们到古城是继续考察珍稀的植物和动物，还想学习和考察东方宗教文化。亨利知道，告状的人一定会向官府过问这件事情。

按照周神仙的路数，亨利把"老神仙"行动的第一个考察点，就放在了洞里萨湖的荔枝山附近，因为这里是吴哥王朝的发祥地。

荔枝山原名考伦山，位于吴哥东北，从西北到东南连绵，是高约四百米的砂岩群山，满山种满了荔枝，风景秀丽。这里不仅是洞里萨湖的发源地，更是

化境吴哥

吴哥王朝的开端。公元804年,阇耶跋摩二世在这座山上宣告成为神王,因此这座山被视为"天神因陀罗神的山"。山上的寺庙皆为前吴哥时代过渡到吴哥时代的建筑,也是为其后长达600年吴哥王朝揭开序幕的地方。所以,亨利按照周神仙的意见,对吴哥王朝的考察从这里开始。

一边爬山,周神仙一边问亨利:"你知道这座山为什么叫荔枝山吗?"

亨利:"不是因为荔枝树多吧?"

周神仙:"因为荔枝树是一个神仙种的。"

亨利:"哪个神仙?"

周神仙指着自己:"周老神仙。"

亨利:"吹牛吧。"

周神仙:"是真的,但谁起的名我不知道。"

亨利:"从前有座山,山里有个庙,庙里有个和尚讲故事,说的也是你吗?"

周神仙:"你也听过这个故事啊,这可是我打小听到的第一个故事,而且对你的考察非常重要。"

亨利:"怎么重要?说说。"

周神仙:"'从前有座山',讲的是环境,这个选址是非常有讲究的,占山为王,但必须是风水好的山;'山里有个庙',什么庙?建筑风格、形式、材料、水平怎么样;'庙里有个和尚',这个和尚是建庙的和尚啊,可不是守庙吃庙的和尚,因为只有这个和尚与这座庙有关,也就是说这座庙是属于他的庙;'讲故事',讲的什么故事呢?你说?"

亨利:"庙的故事?山的故事?和尚的故事?"

周神仙:"都不对,是庙里供奉的那尊佛像的神话故事。庙是供奉佛像的,佛像是和尚选的,庙和山都是根据佛像来决定的。"

亨利:"高啊!不愧是神仙,这是我有生以来听到的最受教的一句话。结合今天的考察说点具体的。"

周神仙："今天的考察非常重要，因为万事开头难，整个吴哥王朝、吴哥建筑群，都是从这里开始的。公元804年，吴哥王朝的创始人在这座山上宣布独立建国，自封为神王，举国信奉婆罗门教，立湿婆为主神，替天行道，斩妖除魔，普度众生，胜利以后，人们才会建庙立塔供奉神像……"

说话间就到了山上，周神仙站在山顶，结合地形介绍说：

"吴哥王朝的运转和王城设计，是建立在山水图式之上的神王信仰，即国家的繁荣、土地的肥沃和收获、雨水的丰沛等基础上的。这些都与林伽即湿婆化身的神王密切相连。林伽，通常是蛇或男根的形象，从土著的信仰来看，他们是蛇王女儿的后代，蛇精既是土地神，又掌管着雨水和灌溉。在印度教信仰里，湿婆神是创造和毁灭之神，林伽是湿婆最基本的形象之一。神王信仰把国王神化为湿婆的真身，王与神合为一体，作为湿婆基本象征的林伽成了神王的化身。吴哥的国王把林伽供奉在神庙之内，神庙建筑在高高的庙山之上，庙山是王都的中心，也是宇宙的轴心。"

亨利、马可、阿米拉和郎哥站在荔枝山，眺望着东南亚最大的淡水湖——洞里萨湖。

"除了庙山，构成吴哥王城及其宇宙观的另一个元素是水。世间的一切财富、生机等均源自围绕须弥山的水里。因此吴哥王朝的国王们从两方面营造自身的神性和他们的王城：一是修建山庙，二是水利工程。"

亨利擦着汗，听着周神仙的介绍。周神仙站在身边得意地笑着说："看到了吧，这几棵老荔枝树就是我种的，这山就改名叫作荔枝山了。"

第三十三章

神王品质

山下洞里萨湖里,有无数的柬埔寨男女正在沐浴净身。亨利这几天通过学习印度教的知识,知道由于受印度婆罗门教文化的影响,水崇拜又加了净化的含义。从吴哥时代开始,人们多在暹粒河沐浴净身。遵照印度恒河圣水下凡的传说,柬埔寨人也在暹粒河的发源地——荔枝山开创了属于自己的吴哥文明。

亨利看到,在荔枝山的河床上雕刻了象征湿婆的千百个林伽浮雕群,河水流经林伽石雕,便净化成了带有灵性的圣水。

亨利边看边听,边画边写:荔枝山海拔487米,河流从山上直泻而下,并因地势落差形成两道瀑布,河床底还雕刻着超过1000个象征女性生殖器的优尼和男性生殖器林伽的浮雕。这里的砂岩也是庞大的吴哥寺庙群的建筑材料来源地。

亨利知道了,林伽是湿婆的象征,寓意着生育及生命的来源,在这座河流的源头刻满林伽与优尼,期盼象征着湿婆的庇护之水能广播福泽。这些林伽具有各种造型,有的是多个林伽在一个优尼上,有的则是一个优尼上雕着一个林伽,优尼的形状也有不同的样式,有简单圆形,也有磨台形,雕刻的尺寸也有不同，排列的方式也不尽相同。

亨利继续沿着水底浮雕的路一直往前走，看到一个非常奇妙的水池，外形像一片叶子，池中央有一个白色的心形，中间有泉水涌出，时强时弱，涌出的水量还会受声音的震动影响，震动越大，泉口更加腾涌。池底的水喷涌而出，但水池表面却平静得像一面镜子。

水池上面有两个瀑布，一上一下，上面的瀑布高四到五米，落差较小；第二个瀑布高20米，水流急速下落，瀑布下形成一块一米深的水池。

亨利脱光了衣服跳进瀑布，接受圣水的沐浴。在瀑布冲洗的时候，亨利叫马可、阿米拉、郎哥一起来冲洗，这时，他突然看到了周神仙也在水中浸泡。

周神仙对亨利说："你改变信仰了吗？"

亨利："洗个澡就改变信仰了？那么你改变信仰了吗？"

周神仙："我嘛，没什么信仰。"

亨利："为什么？"

周神仙："因为中国没有真正意义上的宗教，所以我也就没有什么宗教信仰。"

亨利："噢。我嘛，开始信仰基督教，但是自从信仰进化论之后，也就成了教堂的敌人，所以现在的处境很尴尬。"

周神仙："不说你了，我想问你一个问题。神王，就是在这里宣布自己是湿婆的那个人，你说他在这里宣布自立为王的时候，他究竟想什么呢？他是想着神呢，还是想着这里的人民呢？"

亨利："这个嘛，你说说？"

周神仙："如果他是个人，就是人民中的一员，那么他想的是神，可如果他是王了，那他就不是人了，而是神，既然他已经是神了，那么他也就不需要去想神的事，他一定是想人，想人民的事。他要像神一样去拯救受苦受难的人民。这是一种责任。我不入地狱谁入地狱，我不上天堂谁上天堂，二者同一意义。"

化境吴哥

亨利深思:"这就是政教合一吧。"

周神仙:"中国有句老话,叫作'为了打鬼,借助钟馗'。如果你自己足够强大,还需要借助谁吗?"

亨利:"是的。"

周神仙:"其实,他的敌人和他一样,都信奉着同一个宗教,甚至都信奉同一个神祇,这样,当他在婆罗浮屠学习的时候,他就知道湿婆只是一个神话故事,当他把自己定位成了湿婆的时候,首先要能够把天神的故事讲好,然而更重要的是,他要做得更像故事里的天神。"

是的,在他的国度里,没有人会讲两千个关于婆罗门的故事,然而仅仅会讲故事还不够,年轻的阇耶跋摩二世更加明白,这些故事不是说给别人的,而是说给自己的,他在讲故事之前,一定要问自己:你能做到吗?!

亨利仿佛看到:这个年轻的真腊的开国领袖,需要经常把他的神带到他的梦中,去激励自己拥有天神的品德。一个身着爪哇长袖的文质彬彬的十五六岁的青年,站在一幅壁画前思索,突然他化入画中,成为画中的那个青年。这是一位肢体强健、动作敏捷的年轻人,他梳着披肩的发辫,白皙的皮肤,背着黑色的弓箭,哇哇吵闹,天神梵天在高高的天上说:"你这么能吵闹,干脆就叫你'鲁奈罗'吧。"年轻人高兴地跑到荒郊野岭,发现一对男女正在草丛里欢爱,他悄悄地钻到他们身旁,两人受到惊吓后,给了他一把宝剑,让他以二人儿子的名义统摄一切动物,从此他走到哪里,所有的动物一见宝剑就伏地称臣。他在山中怒吼时,就降下暴雨狂风,生灵受到摧残。他高兴时,为大地播洒下丰饶之雨,万物昌盛丰茂。他为老人们送去草药,老人们药到病除,称呼他为"湿婆"。突然有一天,他被强大的梵天抓走,说他犯了罪,要受到惩罚,他甘愿受罚,成了苦行者,他就此摆脱了烦琐的仪式和祭祀,自由自在地在三界漫游,有时候化装成乞丐,在供奉自己的神庙前行乞;有时候化装成穷苦的猎人,在山林中徜徉。当夜幕降临,他和那些形体骇人、奇形怪状的魔神及精灵聚在火葬场,把骷髅和蛇作为自己的装饰,把骨灰抹在身上,大家一起跳舞，这时天上最美丽的仙女和污秽的恶灵、僵尸鬼都拍手叫好。终于有一天，他修成正果，成为一个四臂的神祇，披散长发，以新月装饰发髻，以毒蛇作为项链，额头上长着能够喷出摧毁世界烈焰的第三只眼，手持三叉戟，骑着大白牛，对敌人放出一千个太阳，将其吞噬。他站在荔枝山上，头上是上千个太阳，背后是巨大的林伽，洞里萨湖站满了臣民，大家一起拥戴着这个神王。

"天将降大任于斯人也，必先苦其心志，劳其筋骨，饿其体肤，空乏其身，行拂乱其所为，所以动心忍性，增益其所不能。"亨利突然听到周神仙的朗读声。然后见到周神仙站在对面说："其实在我们东方历史中，不少伟大的王者都要经历这种人生最初的磨难。我的祖先是中国古代越国人，在一场战争中被强大的吴国打败，君王勾践被抓到吴国当人质十五年，他卧薪尝胆，忍辱负重，后来被放回国，励精图治，富国强兵，最终战胜了强大的吴国，实现了复仇。高棉王国的开创者阇耶跋摩二世也是这样的经历。他是在印度婆罗门教中学到的湿婆精神，处处事事仿效湿婆。作为一个君王，就是要能够以天下为己任，以民为本，轻车简从，微服私访，体恤百姓，惩恶扬善，才能得到民众拥戴，其实是王是神都是一样的感觉。阇耶跋摩二世以婆罗门教开国立业，说是一种宗教，倒不如说是一种文化。因为，印度神话中的神，其实是对君王的要求，是用宗教文化阐述统御文化。"

亨利："有意思，你对印度婆罗门教的理解很深刻。天主教似乎只讲了前半部分，上帝创造世界和人类，基督教中的基督有点像湿婆了。但也都不如婆罗门教中的湿婆那么可爱，我很喜欢湿婆这个神，他一出现就非常纯真，又喊又叫，又哭又闹，他父亲给他取的名字叫'咆哮者'。接着他不爱宫殿，背个小弓箭满山遍野到处玩，非常平民。他虽然淘气，但他的率真得到了回报，掌管了天下的万物生灵，他用草药造福人类和动物，得到'湿婆'的荣称。他像太阳一样明辨是非、惩恶扬善。就是自己的父亲——最高的王犯了错误，他也绝不会放过，以至于受到惩罚他也不在乎。被放逐到最苦的人间，他也怡然自得，和最底层的人、痛苦的人、亡灵在一起探讨人生，娱乐歌舞。这样的人当君王，以这样的神要求自己，民众怎么能不拥戴呢！荔枝山寺庙都是砖砌，那些林伽也非常简单。这样的传承，让我对这位高棉王国的开国者有非常好的印象。哎，你们儒家文化怎么样呢？"

周神仙："我们的传统中没有神教，只有儒教。最初孔子时期的儒学和老子时期的道学，也都是对君王治国而言的，强调治国要以民为本，要仁者爱人，不要奢华缺德。后来，被不断篡改，把君王变成天子，对君王要无条件臣服，把所谓礼制秩序摆在第一位。社会就开始脱节了，以至于汉族被蒙古族所打败。老百姓不看你怎么说，更重要的是看你怎么做。"

"是啊，这就是所谓'救人一命，胜造七级浮屠'。现在他还没有开始建自己的浮屠，可是，他可以先去……"

亨利突然明白了，救人和浮屠的关系。

从荔枝山下来，他们竟然来到了阿泰的家。让亨利大吃一惊的是，阿泰不仅有家，而且还是个很不错的家。这是一个很大的村庄，阿泰有宽敞的房子、院子，后院还有象房。亨利发现自己犯了一个很大的错误，就是误判了阿泰一家的身世，先入为主地以为最初是在山上见的，所以想当然地认为他们是山里的野人。难怪阿米拉一直对此耿耿于怀，极为不满。阿泰一家究竟是什么来历？为什么见到自己之后，不计报酬多少，有家不回，陪了自己近一年？从阿泰多次遇险不惊、临危不惧、大智大勇、举重若轻的风范来看，他绝不是一个等闲之辈。难道他们是……他不禁心中有一种震慑。

众人和大象回到家，自然有一番特别的喜悦。郎哥、阿米拉、马可一起忙着料理大象，阿泰安排人准备晚餐，回到自己家了，总要安排一些好酒好菜。

在准备饭菜的时候，买节来了，他是阿泰请来陪亨利吃饭的。相见之后，大家都非常高兴。亨利利用这个机会，向买节请教关于婆罗门教政教合一的问题。

买节介绍说,公元9世纪,吴哥王朝创始人阇耶跋摩二世宣称自己是湿婆的化身,把对湿婆的信仰与帝王崇拜结合在一起,在柬埔寨大力推崇婆罗门教。吴哥时代的婆罗门祭司分为两个层面:留存于王宫中为国王和王室服务的称为婆罗门祭司,在民间主持仪式的则叫作"阿加"。王室的重大庆典活动,例如国王登基、王子剃度、王室成员结婚或丧葬、大臣向国王宣誓效忠等,都要由婆罗门教的祭司来主持庆典仪式。国王被称为婆罗门教教主,国王尊婆罗门教祭司为国师。国王的王冕、金屐、掌扇、罗伞、宝剑是传国之宝,这些重要物品也由国师保管。过去以来,印度教传统通过阿加这群人依然活在社会生活中,由阿加这群人主持仪式,有时在印度教的神殿,有时也在佛寺。我们村里就供奉被称为纳达的地域神庙,与佛寺根据佛历安排节庆不同,村里对地域神的祭祀更多依照农时变化,如公历4月新年时旱季结束,村民们期待雨水降临以开耕庄稼,此时从王宫到村落都会举行与求雨有关的地域神祭祀仪式。公历11月雨季结束,水稻已趋成熟,全国上下再次举行象征性的送水仪式。对掌管雨水多寡从而影响庄稼丰歉的地域神祭祀,主要由宫廷中的婆罗门祭司与散布在民间的阿加负责。家庭的周期运转与佛历相配,其成员生老病死、人生转折点通过一系列仪式过渡。如为初生婴儿剃去"野"头发,青春期女孩在家隐居,男孩去庙里当一段时间和尚,成年人有病痛时需要驱邪,老人去世后举行丧礼并火化,最终将骨灰移入佛寺,这些与人生命有关的仪式同样离不开阿加与和尚一起,阿加做印度教仪式,和尚做超度。

说到这儿,阿米拉进来说饭做好了,请大家过来吃饭。

亨利和买节一起站起来,到了院子里,饭桌摆在院子当中。阿泰准备了丰盛的一席,现在是雨季,鱼虾很多,有烤鲫鱼、烤鲤鱼、烤草鱼,一斤以上的虾,有烧蛤、蚬、螺蛳,有烧四脚绝类龙,有大如合苎的龟,有烧野羊腿、烧野牛排,青菜有生菜、苦瓜、菠菜、萝卜、苋菜,还有西瓜、木瓜等水果,还上了自己酿的甜酒。大家已经是患难与共的朋友了,所以吃得很高兴。

吃饭间,阿米拉叫郎哥出去,大家以为她要把小象牵出来表演,没想到

化境吴哥

她竟牵出来两只老虎,吓得大家一动不动,脸色都变了。阿米拉和郎哥一人牵一头,围着桌子转圈,在每个人面前让老虎嗅一下,大家真是吓得半死。阿米拉边转边对老虎介绍每一个人,说:"这是亨利,这是马可,你们两个对他们要好一点啊!这两个小猫,现在是大猫了,一个叫乖乖,一个叫宝宝,是我两年前从山里抱回来的,它们的妈妈被猎人打死了,我看它俩很可怜,就抱回家养。过几天咱们去王城,需要它俩帮助咱们。"

亨利问:"怎么帮助?"

阿米拉诡异地做了个表情,说:"到时候你们就知道了。"两只老虎乖乖地坐在阿米拉身边。

吃完晚饭后,买节临走时,告诉亨利明天村里有几个阿加主持的活动,他们可以去看看,亨利听了很高兴。送走了买节,大家就到后院泡澡冲凉,然后各回各屋休息。

第三十四章

降妖驱邪

第二天上午，买节接亨利一行到村里参加乡村的宗教仪式。

路上看到一座小山，山上立着塔。周神仙边走边向亨利介绍说，真腊在推动印度婆罗门教的过程中，有些本土化改变，例如国王通过婆罗门祭司利用天然或者人工的山，确立对某一印度神祇的崇拜，这种风俗是土著诸神崇拜，在高地上修建祭司场所的延续，在印度本土并不存在。

买节带亨利参观的是一个驱邪仪式。这个村里的阿加，一般每天要去四五家替人做这种驱邪仪式，一个月会做七八十家，同时还要给村里的婚礼做马哈。

驱邪仪式是让神灵附体，以神力驱除病人体内的邪祟。仪式开始后，阿加自己会被前辈的灵魂附体，同时邀请印度教大神进入他体内，一起把病人体内的恶魔驱走。所以，真正驱邪的并不是他本人，而是逝去阿加们的灵魂和印度教神灵。

做仪式前，阿加先向前辈献祭。主人家准备了一个大瓷盘，瓷盘里面放着两杯水、两碗生米、两个象征男女生殖器的林伽形蜡烛、一捆香蕉、一个小碟子。碟子里面有五种东西：五支香、五支蜡烛、五支烟、五个槟榔烟卷、五颗槟榔。这五种东西代表人体的五部分，分别是头、脸颊、胸膛、手、脚。此外还有一个垫在白布上的生米碗，米碗四角各放着五片菱叶和五支蜡烛，米碗正中插着一支蜡烛，碗底下还有五颗槟榔。

周神仙告诉亨利，这个生米碗既是印度教中宇宙观的象征，也是佛教中须弥山的模型。

接下来，阿加点燃象征男女生殖器的林伽形蜡烛，双手把大瓷盘托起，朝它念了一段经文。周达观说：他现在是向他的老师以及老师的老师们表示敬意，请求他们保佑，让他顺利做好仪式，并把这些东西先献祭给他们，自己才能在仪式结束后拿回家。

仪式开始，阿加念了一段经文，再次向老师们祈祷：请给我更多力量和魔力，给我好运，保护我，让我得到成功。我再邀请更多印度教神灵，邀请控制整个世界的三大主神——梵天、毗湿奴和湿婆，让印度教的神灵杀死病人身体里的恶魔，或是让他身体里的恶魔离开，保护他不受恶魔侵害。最后我也邀请住在森林、河水、土地、寺庙以及周围的神灵，请来到这里，让这个仪式成功进行。

仪式内容主要是"给食物"，如提前准备的食物、酒水，越多越好，用来安抚阿加老师的灵魂。有时需要邀请让祭司老师灵魂附体的灵媒，无论男女都打扮成男人的样子，因为阿加是男人。这时，邀请的乐队演奏音乐，用好听的音乐吸引阿加老师的灵魂进入灵媒内，灵媒慢慢摇动身体，站起来，挥舞着剑，以显示他的力量。因为经常跟神鬼打交道，每位阿加都有一把只属于自己的刀，这把刀是他们跟一些邪物做斗争时的武器。一个人从开始做阿加直至去世都会随身携带这把刀，通常不会传给别人，哪怕是自己的学生。仪式中，祭司用这把刀雕刻、塑造各种取自自然的仪式物品。

周神仙说："如果哪个阿加不能战胜魔鬼，就是病魔，人们以后就不会再找他。"

第三十四章 | 降妖驱邪

看了给病人驱邪的仪式后，买节又带亨利一行参加了一个婚礼活动。

在这两个活动中，亨利见到阿加和和尚都到场，互相之间共同作法，相互支持。亨利知道在柬埔寨印度教和佛教同时存在，都得到尊重。同时买节带亨利去观看一场婚礼仪式。仪式开始之前，周神仙先把柬埔寨的婚姻与宗教仪式做了一个介绍。

今天要"搬演"古老的神话故事。这两则神话故事的重要内容反映了从百姓到国王、从家到国都必须遵守的一个原则：扶南由混填建立，他是从印度航海来到柬埔寨的一个婆罗门，带着众多财富和一件有魔力的武器，他用箭或者长矛惊吓了蛇精——土著蛇王的女儿，让她缴械投降。在吴哥，国王在与自己妻子睡觉之前，他必须先宣告自己的君权，即对从土地中生出来的统治者的权位的篡位——与之相反，他是从上而来的，在一个金塔上，拥有巨大财富的天国来客。就是说陌生的男人是王，他是会带来雨露的人。

还有一种说法是，国王阇耶跋摩二世确立神王信仰时，得到过一位婆罗门的帮助，国王把他从隐居之地请进宫中，后者把一些婆罗门经典以及一套与之相符的典礼仪式传授给印度教的最高祭司。因此，国王的神性不能直接获得，必须通过婆罗门祭司的传授和宗教仪式才能实现与神合一。婆罗门祭司是国王化身，为湿婆的桥梁。吴哥王朝自建立起，国王们便在与土地所有权连在一起的母系权威做斗争，这也正是国王赋予宫廷婆罗门祭司极高地位的原因。国王们试图通过婆罗门祭司的知识和仪式，战胜以女性为代表的原生权威，宣告自身的神圣性不是来自土地，而是源自天上。

印度教在历史上通过婆罗门祭司，现今通过阿加这群人的仪式，使以蛇精为意象的女性原生性力量与外来国王即男性的力量得以整合。佛教将社会分为家庭和寺庙两部分，把家庭划为女性的领地，寺庙则成为男人的出路，通过出家当和尚，成为佛祖教诲的化身。寺庙为那些出身寒微的男人提供了改变自己命运的方式，哪怕出身再贫贱，只要当了和尚，他还俗后便成为当地最有权势家庭竞争的结婚对象。佛教和寺院为男人们提供了超越以女人为主导的家庭的途径。在柬埔寨，女的比男的重要，只有一种情况例外，那就是这个男的有知识、有道德、好名声，当了和尚，富裕家庭会主动把女儿嫁给和尚，所以当和尚是男人们最好的选择。因此，婚礼中会突出这种宗教教义。

路上，买节告诉亨利，阿加在婚姻中的地位，他们不仅是主持，还是媒人。

买节一路上边走边说：在柬埔寨，如果男女青年谈恋爱有感觉，女孩子就会对男孩说，如果你想要娶我，去跟我的母亲说。因为母亲是家里最有权威的人。同样，母亲的名声对女儿的影响也很大。婚前，男方家庭考察这家女儿，他的父母会到女方村里到处打听，主要看女方的母亲怎么样。如果母亲做了些不好的事，那么男方家庭会说看看她的母亲，她的女儿会模仿她。男方家庭考察完女方后，如果觉得满意，就会找到村里的阿加，委托阿加代表男方去女方家里提亲。因为男方家长不知道提亲的说话规矩和表达方式，这些知识掌握在阿加们手里，该如何开口跟女方家长对话，有一种固定的说话模式。一名能说会道、能言善辩的阿加，对女方同意这门亲事非常重要。

阿加替男方家通过第一关后，双方开始商量聘礼。女方家庭不给男方任何东西，男方的聘礼叫母亲的乳汁，女儿是被母亲的乳汁养大的，男方必须给女方的母亲礼物。如果别人知道男方家只给了很少的聘礼，那么女方家会很丢人。婚礼之后，要举行一个小的仪式，把聘礼的一部分给和尚，这是为祖先献上好的功德。

聘礼谈妥后，女方父母会问清男孩的生日、名字等，然后去问懂这方面知识的人，通常也是阿加，他们有专门的手抄本，记录着如何根据新郎、新娘的五行、属相，算出他们是否相克，根据月相决定结婚日子等。男方一一通过这些步骤，双方家庭才正式开始筹备婚礼。

婚礼在新娘家里举行前半部分，后半部分是新婚夫妇前往佛寺，为庙里和尚献上三件重要的仪式象征物。前半部分由阿加与和尚交错配合进行。

第三十四章 | 降妖驱邪

阿加主持婚礼仪式，他们利用自然界的树叶、花草制作出各种仪式物品。第一类是象征男女生殖器的林伽形蜡烛。用一截香蕉茎圆柱代表男性生殖器，在上面插着一支卷着槟榔的菱叶卷，表示女性生殖器，整支蜡烛象征男女交媾之状。第二类仪式物品是一个献祭的大瓷盘，里面有四堆菱叶，每堆五片，代表四方神灵，每堆树叶上压着一支蜡烛。盘的正中心放着一小碗生米，米上插着一支蜡烛，生米下放着五颗槟榔，生米碗旁放着五支香及一张钱。盘里还有一个小盘，里面放了香、蜡烛、花、槟榔和裹着槟榔的菱叶卷，每种都是五个。这些东西会分别给乐队、厨房和为新娘打伴的人。阿加通过布置，使整个仪式场地充满受邀的神灵，在这个过程中建立起他们的神圣权威。

说着就来到寺庙，这里开始了婚礼的后半部分。

婚礼的第一部分是新人象征性地剪去头发。阿加请来一男一女两位歌舞者，代表下凡的神仙，唱着、跳着进入仪式场地。他们首先为新人剪去几缕头发，放在一个树叶编织的小筐里，头发会给女方父母，女方父母把这些头发扔到丛林里。两位"神仙"之后，主持婚礼的阿加为新人剪去几缕头发，之后是女方父母、男方父母以及亲戚们为新人剪头发。

亨利也被请上台为新人剪发祈福。

婚礼仪式第二个重要环节，是邀请和尚们来念经。

第三项是送走和尚后，阿加坐到和尚之前的位置上，给祖先、地域神等神灵献祭食物，并和众人为新人手腕上套上红绳。阿加先把红绳拿在手里，往外晃七圈，再向内晃十九圈，往外晃是让不好的事情出去，往内是让好的东西进来。之所以是十九，因为它是人体内的灵魂数目。

看完在寺庙里举办的婚礼仪式，买节带亨利来到了寺庙旁一处房间，告诉亨利，明天凌晨在这里还要举行婚礼第四个仪式，就是睡米床和凿齿。新郎如果在婚前没做过和尚，那么他在此时需要补做。如果在婚前已经做过了，就只为新娘做这个仪式。阿加们更看重新娘的凿齿。这要追溯到关于蛇精的传说：蛇精是蛇王的女儿，当她和外来王子混填结婚的时候，混填怕被蛇精咬死。蛇

175

化境吴哥

精说，你找一个最好的阿加，让他凿去我的毒牙，这样即使我咬了你，你也不会死。混填于是找到最好的阿加凿去妻子的毒齿。所以婚礼上还象征性地保留这个仪式。

第三十五章

火 中 救 仙

晚上，天气炎热，亨利睡不着觉，又来到浴池泡凉水。他刚入池，就见到周神仙。

周神仙："怎么，睡不着觉想我了？"

亨利："天太热了，出来再泡一下凉水降温。我想问一下，你对柬埔寨的宗教怎么认识？"

周："最初佛教与婆罗门教同时从印度传入柬埔寨，在相当长的时间内，婆罗门教占据着主要宗教的地位，从中国宋朝开始算起，吴哥王朝进入极盛时期，这一时期持续了一百多年，柬埔寨是中南半岛甚至是整个东南亚最为强盛的国家，其以印度教和大乘佛教为主导的思想文化也发展到了顶峰。在苏利耶跋摩一世在位期间皈依大乘佛教。两百多年后大乘佛教和婆罗门教一并衰落，小乘佛教最终在柬埔寨取得了主导地位。"

亨利："大乘佛教和小乘佛教有什么差别？"

周神仙说，小乘佛教并不是把佛看作是神，而是一位指点迷津的导师，他要信徒超尘脱俗，过简朴平等的生活，崇尚俭朴，宣传生死轮回，自我解脱，容易为柬埔寨普通民众所接受。现在几乎每个村庄都有一座寺庙。

亨利想到，村庄里的寺庙。这里不仅是宗教活动中心，也是主要社会活动场所，还承担着地方教育的职责。寺庙常住着和尚，拥有一定数量的图书。和尚分为两极：7到20岁的小和尚称"沙弥"，年龄在20岁以上的和尚称"比丘"。每座寺庙有一名由上级僧长任命的长老全权负责各种事务，还有一些居士和临时工。僧侣除了诵经拜佛，也负责教儿童识字、宣传卫生常识、给村民们看病送药。当天是个教日，佛教徒都云集寺庙，聆听僧侣诵经说教。

亨利不禁想起了自己小时候在父母的带领下，全家人到教堂里参加礼拜仪式的场景：听神父讲经，男女青年唱着圣歌，然后领圣餐。这是一种同样的感受。无论自己今天是怎样的信仰，这种小时候宗教文化仪式留在内心深处的记忆，却是那么甜蜜和纯洁！全家人手拉手、心连心，父母对孩子们的谆谆教诲，都潜移默化地融入其中，点点滴滴的记忆如同心灵的纽带，把所有的亲情全都紧紧地联系在一起。其实这种内心深处的记忆，对亲人的记忆，远远超过了对佛像、雕塑和教堂建筑的印象。当然，两者之间又是连在一起的，如果没有这样一个神圣而又美丽的场所，以及这些仪式，人们也无法从事这种活动。

亨利突然想到了白天婚礼仪式上周神仙介绍的那两个字——"搬演"。在现实生活中"搬演"神话的境界，才能够使人们留下一种刻骨铭心的永恒温馨的记忆。如果从这个角度上来认识，宗教的确是有着一种超越了神秘主义的世俗化的功效，所以人们对它才有着那么长久的追随，不需要理论，更不需要解读，因为不是"为我"，而是"忘我"。

他忽然理解了，母亲在仪式中的每一次祈祷，恐怕都不是为了她自己的长生，而是为了亲人们的平安。她那么执着地去坚持参加这种仪式，与她对亲人们永恒的眷恋和热爱是一致的。一想到这儿，他不禁热泪盈眶。

亨利在寺庙里转悠的时候，发现僧侣生活也是非常简朴而清苦的。他们必须严格遵守教规戒律，不仅要独身，而且要剃发、剃眉、剃须，身披黄色袈裟，左肩袒露，下身穿黄色纱笼，出门时撑黄伞。每天清晨起床沐浴后，便两

第三十五章 火中救仙

人一组，走村串户去化缘，接受布施回到寺庙之后就开始念经。僧人每天只吃两餐，从午后到次日早餐前是不能进食的。小乘佛教可以吃荤，不可饮酒，荤食不是自己宰杀的。

这里的家长都鼓励子孙削发为僧，一个家庭里有人出家当和尚是非常荣耀的，亲朋好友、街坊邻居都会敲锣打鼓结队相送。只要穿上袈裟就被视为不可侵犯的人。不受拘捕，不服兵役，也不纳税，经过剃度当过和尚的人，还俗后在就业、婚姻上还有优越性。即使僧侣违法犯罪，也必须先由宗教组织令其还俗，才能受到起诉并被追究法律责任。

亨利睡到半夜，被阿米拉推醒。他睁开眼睛看到，大火已经将房子烧了起来，他跟着阿米拉正要往外跑，突然想到还有日记和许多资料，随即返回去拿皮箱，阿米拉帮他拿，一阵大乱之中，马可也跑进来帮助拿东西。大火越烧越大，其他人都跑出去了，亨利忽然想到周神仙还在床头，他转身又跑回到床头，一看《真腊风土记》静静地躺在床头还没烧着，他一把抓起书就往外跑，刚跑出门外，大火就将房子烧塌了，大家都埋怨他，亨利手握着书，连说："好险，好险。"亨利无意中打开书一看，不禁大惊失色，原来书里不知什么时候夹了一张基督的明信片，他清楚地记得，睡觉前他还与周神仙讨教宗教的问题。这个内鬼一定就在自己身边，他是谁呢？

清晨，迎着朝霞，亨利一行告别了买节，离开了阿泰的村落，前往吴哥古城继续考察。

一路上考察队浩浩荡荡，有乘象的，有骑马的，还有骑老虎的，阿米拉和郎哥一人骑着一只老虎在前面开路，远远的虎啸声震动密林，惊得各种动物奔逃四方，树上的猿猴发出惊恐的叫声，连鸟儿也飞上天空，躲得远远的。

亨利坐在大象上看书，他手捧《真腊风土记》阅读着，思考着下一步的行动安排。

"想什么呢？"周神仙站在象镫上问。

亨利："你怎么知道我想你了？"

周神仙："看你手里捧着书，又不说话，还不是想我啦。"

亨利："是啊，昨晚要是把你烧了，咱们就再也见不着了。"

周神仙："不会的，只要心中有佛，佛在心中，比在书里更为灵验。"

亨利："是啊，应当是这个道理。书和人是两个载体，买书看书，都是为了把书中的道理装到人的头脑里，只有头脑中装进了书中的道理，才能把神仙永远留在自己的头脑中，将他神变成我神。"

周神仙："这里的建筑都和历史有关，都值得看看。"

亨利："这两天在乡村看了寺庙和阿加、和尚，了解了不少东西，但是对于高层、朝廷应当怎么认识呢？"

周神仙："小人质，就是阇耶跋摩二世在爪哇时，最大的收获就是在婆罗浮屠学到了如何利用宗教、利用天神、利用寺庙来实行政教合一的统治。真腊把爪哇这一套完整地搬了过来。阇耶跋摩二世在荔枝山宣布开国纲领的时候，以印度婆罗门教为国教，自封为湿婆天神的化身，以神王自居。对于一个没有文字的小国，这样的统治可能会更加简单直接一些。"

亨利："为什么呢？"

周神仙："君权与神权合一，君王也就代表了天神在人间的统治，人民可以怀疑君王，但不会怀疑神。只要没有经过文明教化，不懂得没有神只有人这个道理，那么神王崇拜就是绝对的权力，奴隶只有服从。但是有了文化就不一样，像皇亲国戚以及官僚阶层学习了文字，知道根本就没有什么天神，他们就会当面一套背后一套，甚至策划推翻神王的政变。"

亨利："对啊！国王的兄弟就不会相信这一套。"

周神仙："中国古代皇帝称自己为'真命天子''奉天承运'，都想把君权恢复到神权，但是已经来不及了，因为中国古代知识分子成熟较早，中国的文字、天文、历法、农业等也都比较发达，这就导致中国古代官僚制度比较完整。他们一方面强调将忠君的礼制作为统治最大的事情，与此同时，礼数的背后也要求帝王必须通过各级官府部门和官员来治理国家，这实际上是分散了君王的权力，这对于知识分子和官僚机构也是一个保护。中国太大了，没有文字和官僚机构，仅凭神话故事来建立统治是不可能的。"

亨利："我看你在《真腊风土记》里描述：'为儒者呼为班诘，为僧者呼为宁姑，为道者呼为八姑……'不是相同的吗？"

周神仙："这是一种比喻，是讲给蒙古人的，实际上差别很大。"

亨利："有道理。你对于这么多的寺庙怎么认识呢？"

周神仙："吴哥王朝建了几百座寺庙，这些寺庙一方面敬奉神明，另一方面也常常是国王的陵寝，这样在信仰仪式上，也把君主的身份与天神合而为一。因此，每个国王即位，都会为自己修建'国庙'，同时祭拜自己，也祭拜自己属于天神的身份了。"

亨利："我能不能这样理解，吴哥王朝所有的文化都建立在'神王合一'的基础上，它是我们解读此地的寺庙建筑、雕刻艺术、仪式空间的哲学背景？"

周神仙："对，否则我们就不知道这座山、这座庙、这个和尚，建的什么庙，拜的什么神像，这个神有什么神奇的故事，这就是宗教，也是政治。"

"就聊到这儿，我想休息一下。"亨利闭上了眼，但是他并没有睡着，而是在想另一个问题，就是昨晚的大火。在阿泰的家里，只烧了自己的房间，还放了明信片，阿泰是什么人，永远都是睁一只眼闭一只眼，还有猎犬查尔斯，这个人是怎么靠近自己的呢？如果他不是始终跟在身边，对自己和团队了如指掌，他就不可能也没有机会，一定要想办法把他挖出来。

第三十六章

至高浮屠

在阇耶跋摩二世去世大约40年后,吴哥王国终于有了第一座真正意义上的寺庙。在这之前,尽管神王宣布了自己的宗教信仰,供奉的主神,但是这个国家还没有财力为自己的信仰之神建造一座寺庙和神像,他们只能用林伽这种原始的图腾形式,来寄托自己的一种追求和信仰,点燃心中已经燃起的星星之火。

亨利在从洞里萨湖荔枝山通向吴哥城的路上,专程探访了吴哥王朝的第一座寺庙——神牛寺。在高高的台阶上,有两层围墙和六座红砖式建筑,又是六座塔形的建筑。穿过崩塌的门楼,亨利看到了并排在基座上的这六座殿堂,由东西楼门连接的围墙将中央殿堂环绕其中。以东西轴为核心,相互对称的两座藏经阁是参拜道围墙的附属建筑,而藏经阁的入口面向殿堂。亨利通过后,进入南面与北面的两对主要建筑。

周神仙在一旁边走边介绍说:"这是由因陀罗跋摩一世建造的第一座寺庙,塔中供奉的不再是林伽,而是国王的父母、外祖父母、阇耶跋摩二世及其王后的神像,前面的三座塔供奉湿婆和国王男性的祖先,后面三座供奉的是女神和女性祖先。神牛寺的得名，源于它中央庙塔前面的三座砂岩公牛雕像，这些雕像的主人公是南迪，就是身为湿婆坐骑的白色公牛。"

看着这简朴的寺庙，亨利看到了已经开始燃烧的吴哥王朝的星星之火，它将点燃高棉人辉煌的建国大业，因为一切都是简单和质朴的，正如林伽和公牛，明确的精神主旨和无须消耗国力的事业。亨利非常庄重地向所有的神像上香，很快他们就又上路了。

吴哥周边的大平原内部有三座凸起的山峰，耶输跋摩一世在每座山顶建了一座神庙，一处是博克山的博克山神庙，另外两座分别是巴肯寺和格罗姆寺。亨利通过漫长的踏道登上博克山顶，俯瞰广袤的吴哥平原，他从山上看到，当年阇耶跋摩二世正是看到这片平原能够产生农业文明，才造就了吴哥强盛的奇迹。

神庙建在山顶最高处，东向主体的三座石塔，分别供奉着印度教的三大主神：湿婆、毗湿奴和梵天。三座塔都已坍塌，中央主塔只剩下下部塔身，两侧的石塔正面坍塌，只有山塔还在矗立，既危险又美丽。塔的对面也有两座藏经阁样式的建筑，每座屋顶上都长出了一株大树。亨利和阿泰商量，当天就在博克山顶休息了，远处日落的美景，给他留下了深刻的印象。然而，第二天早上的日出，却是更加美好的景色。

阿米拉和马可选择了一处安全的地方，为亨利在两棵松树之间拉开了吊床，望着满天星斗、一轮明月，亨利躺在吊床上听周神仙在耳边唠叨："在开国领袖阇耶跋摩二世去世后，其子阇耶跋摩三世继位，他虽作为不大，但是保持了繁荣稳定的局面。阇耶跋摩三世无子嗣，死后由其堂弟因陀罗跋摩一世继位，就是神牛寺的建造者。因陀罗跋摩一世在吴哥历史上是一个非常重要的国王，他在吴哥周围建造了一个庞大的水利灌溉系统，极大地促进了稻作农业的发展，为吴哥后来的兴盛积累了丰厚的人力和物力。在国力增强的基础上，他开始建造真正具有一定规模和艺术性的巴肯石寺和波列戈石寺。标志着以砖石

化境吴哥

结构为主体的高棉建筑艺术开始了,后来的吴哥建筑就是在此基础上发展起来的。因陀罗跋摩一世死后,其子耶输跋摩一世继位。他也是吴哥历史上最重要的国王之一。即位后,他在吴哥地区兴修水利工程,建造了一个大型水库,这样大规模的水利工程为下一个时期吴哥的极盛打下了基础。就在公元890年,耶输跋摩一世开始营造吴哥第一座真正意义上的都城——耶输陀罗补罗。与此同时,以新的都城为中心修建大型宗教建筑的工程也同步开启了。在强大财力的支持下,耶输跋摩一世开疆拓土,其疆域赶上了极盛时期的扶南。"

亨利突然间领悟到什么,耕牛和土地,不辞劳苦,辛勤耕耘,必有所获,这不就是神牛精神吗!

第二天的目标是巴肯寺,一早出发,"一步一步,到达山顶,享受如此美丽而丰富的景色。巴肯山是吴哥主要遗迹群中的一座小山,高约67米,位于吴哥寺西北约1.5公里。山的西边是开阔的西池,东南方丛林中是小吴哥,从巴肯山顶可以居高临下俯瞰小吴哥。在日落前登临巴肯山的顶峰,可以欣赏夕阳西下的金色光辉……"在第二天的下午,亨利带着考察队登上了巴肯山,在当天晚上日记中他这样记着自己愉悦的心情。

从荔枝山阁耶跋摩二世宣布建国,经历了100年的艰辛历程,真腊终于有了自己的首都——吴哥城。在营造这座城市的时候,饮水思源,他们首先想到的是在首都周边所有的制高点上,建造自己的"吴哥浮屠",而其中最重要的就是巴肯山上的巴肯寺,因为它位于王城的中心位置,从这里可以居高临下地俯览吴哥全貌。

亨利可以骑着大象上山,但是他没有,为了表示敬意,他一步一步走到山顶,当然67米的小山也并不算高,可是在500年没有人登临的情况下,原有的道路早已掩没在厚厚的植被之中,郎哥带领十几个象工,用了半天多的时间才开出了一条新路。在金色的阳光照耀下,亨利登上了高棉王朝移都吴哥建造的第一座国庙,虽然早已破败。

接下来的几天,亨利开始了真正意义上的考古研究。他和马可在郎哥、阿米拉的帮助下,用卷尺测量着:巴肯寺外有长650米、宽436米的长方形壕沟,它象征着印度神话中环绕位于世界中心的须弥山的咸海,巴肯寺则建立于平坦的山顶。

这座象征着整个宇宙的建筑,设计上已经充满了象征符号:七层平台代表七重天,最上层的高塔代表宇宙中心;108座塔除中央高塔外,下面六层共有108座小塔,代表四个月相的108天;从每一面的中轴线上看巴肯寺,都只能看到33座塔,代表须弥山上的33位神祇。整个建筑设计的几何图案计算精确,恰到好处。108座宝塔按照严格的几何图案对称布置:顶层的五座宝塔,一在正中,四角各一,如五点梅花,共20座角塔;四道五层阶梯的每一道每一层,各有一对宝塔侍立左右,共有阶梯宝塔40座;另有44座宝塔环立庙山四周。建在巴肯山上的巴肯寺,体现了高棉民族对山的崇拜。亨利边记边画。

亨利发现,这座建筑已经形成了自己独特的建筑风格。庙山为陡峭的五级台基,正方形,逐层缩小。陡峭的庙山象征须弥山,庙山顶部的五座宝塔,象征须弥山的五座山峰。台基四边中央,各有陡峭的五层石阶,每层十级,直通寺顶平台,每层石阶的左右,守护着一对坐狮,虽然有些石狮已经破损得不成样子。

周神仙在身边说道,他当年来到巴肯寺时,108座宝塔全部都放射着金色的光芒。可以想象,在阳光的映照下,从山下吴哥城向西北巴肯山望去,与夕阳融为一体,金光灿烂,是何等壮观。

而所有这一切的设计和建造,都是为了一件事情:在寺庙的顶层中央大殿中,供奉属于真腊立国的主神——湿婆的神像。这是在开国时候的誓言,经历了100年的努力,在耶输跋摩一世的任上,终于实现了。从荔枝山到巴肯山,这个民族终于有了自己的婆罗浮屠。

亨利站在吴哥的制高点,俯瞰吴哥全貌,对吴哥王朝有了更深的认识。吴哥王朝的建立与发展,经历了一个艰苦的起步阶段,而这个过程正是在巴肯山附近完成的。公元802年,阇耶跋摩二世在洞里萨湖荔枝山宣布独立,此后几百

化境吴哥

年间真腊国都一直在吴哥附近。在随后几十年里,阇耶跋摩二世先是统一了水真腊,并在他去世前一年(849)完成了水陆真腊的统一,从而奠定了建立吴哥王朝的基石。

离开巴肯山,亨利一行又来到巴肯石寺和波利戈石寺,他需要了解吴哥建筑早期的风格。他最先考察了荔枝山,阇耶跋摩二世统治时期注重修建山形的寺庙,或者将寺庙修建在山顶上,以便举行由其创立的"天王仪式",而当时的都城就建立在荔枝山上。这是高棉人的文艺复兴时期,阇耶跋摩二世为自己的民族选择了宗教、政体和复兴目标,也选择了文化艺术的战略方向。然而这一时期的一切举措都处在启蒙阶段,具有自然和纯朴的特点。从爪哇学习回来的王子,基本上照搬移用了爪哇的治国方略,综合借用中华文明的儒道文化和来自印度婆罗门教的政教合一。给亨利留下更深印象的却是那些巨大的象征年轻人生殖能力的林伽。经过半个世纪的努力,统一的真腊在建立吴哥王朝的道路上终于有了自己的浮屠——巴肯石寺,这是兴修水利的积累,雄壮的林伽已经产生出三代人口,巴肯石寺就建立在这个基础上。

亨利的笔下已经出现了雄壮的圣牛和用石块修建的寺庙,高棉人在第一级台阶上修建多个锥形高塔,来祭祀国王的祖先。修建在巴宫寺第四层台阶上的12座朱砂岩石的小塔,门梁上精美的浮雕已经具有艺术的雏形,为后世的吴哥窟迈出了艺术的第一步。

从水利到水库,从荔枝山到巴肯山,在迁都的同时,高棉人终于有了自己的婆罗浮屠——巴肯寺。这时的建筑已经迥异于前期的风格了。

吴哥王朝新的都城和新的寺庙,标志着那尊天神已经从鲁奈多成长为湿婆了,或者即将放射出1000个太阳了。在吴哥周边的制高点巴肯山顶,修建了108尊塔的巴肯寺,在其顶峰的大塔里,摆放了自己的金尊——湿婆像。这里已经开始使用砂岩石修建大型的寺庙,形似阶段式的金字塔有很多层,这里附近的山顶已经全部都设计了寺庙,而门梁上的装饰少了,设计师的着力点已经放在了更大的方面,特别是多重曲线的顶式第一次出现,倒"U"形和三角形的顶

吴哥窟景观

式相继出现，高棉建筑已经出现了特色风格。而此时的一切，似乎都预示着一个新的更大的目标：一个更大的王国即将到来。

　　艺术是与财富相匹配的，财富是需要逐步积累的，但更需要强大的政权和稳定的秩序。这一时期的国王，心中的榜样都是那尊如同苦行僧一般的天神——湿婆。亨利此时清晰地看到了那巨大的林伽和巴肯山的湿婆，但他更清晰地看到了那个被爪哇带走当人质的孩子和这个孩子心中装着的复国统一真腊的梦。

　　晚餐后，亨利和阿米拉单独坐在草地上欣赏着美丽的晚霞，亨利若无其事地问阿米拉，你们家的象工都是一个村庄的吗？阿米拉说，怎么可能呢，到处招的都有，也有自己找来的。亨利问，你都熟悉吧？阿米拉说有的熟悉，有的不很熟悉，都是阿泰自己招人。亨利问，最久的干了多久了？阿米拉说，很多年了，有两个比我年纪还大。亨利又问，短的呢，最短的干了多久？阿米拉说，快半年了吧，就在看到你们之前不久，该不是为你们招的吧？亨利问，怎么回事？阿米拉说，招来两三天，你们就来了。亨利问，你们到山林里干什么？我们怎么这么好运气？阿米拉说，是啊，好像就是为了救你们，这么巧，早不碰晚不碰，偏巧那个时候。亨利问，你们怎么跑进山里去了？阿米拉似乎有了感觉，不悦地说，老天安排我救你去啊，不然怎么遇到了。亨利没敢再问下去。但是他又进一步增强了自己的认识，世间的事情，没有那么多偶然，多次偶然联系起来，就成了必然。那两个象工一定有问题，阿泰不可能什么都不知道，只是自己糊涂，察觉得太晚了。现在的问题是，究竟谁是敌人、谁是朋友？如果阿泰也是敌人，那自己可就一点活路都没有了。阿泰这一家，不是野人，也不种田，究竟是什么来路？他们一次又一次地救自己，为什么还要害自己？

第三十七章

城中之城

郎哥带着五六个象工拼命地砍伐着灌木丛和杂草,他们要在这座荒芜了500年的山上重新开辟出一条道路,然后使亨利能够登上罗洛斯遗址的普科寺、洛雷寺和喀拉凡寺。这是一项非常艰巨的任务,热带雨林茂密的植被中覆盖着无限的危机,各种虫蛇以及其他动物随时可能出现,还有炎热的天气以及雷暴雨。这条通往喀拉凡寺的山间小道已经整整干了三天了,实际上这座山也只有几十米高,郎哥和几个象工晒得更黑了,但是眼白却显得更加明亮,再加上微微向上翘的圆鼻子和厚嘴唇,使郎哥显得更加可爱。

"怎么样了?"亨利等不及自己爬上来了,后面跟着马可和阿米拉。

"快了,还有十几米。"郎哥说。

"我来干一会儿,你休息一下。"亨利抢过砍刀亲自上阵,马可也接过一柄砍斧上来干,一会儿他们身上就被灌木丛的刺划出了血痕。

吴哥王朝在公元9世纪末从罗洛斯遗址迁都,在暹粒河边的巴肯山上建立新的寺庙。吴哥文化的雕刻也就分成两个不同的时期,大约以公元1000年为分界,之前的浮雕以砖雕做底,上敷灰泥,公元1000年之后改为石雕。巴肯寺是石雕艺术,亨利站在巴肯山上用望远镜观察对面的几座寺庙,发现都是砖塔。

化境吴哥

因此，亨利从艺术的角度，他希望对罗洛斯遗址有一定的考察，因为这里的建筑是公元9世纪的古迹，也就是从荔枝山到吴哥城之间的过渡阶段，他在巴肯山上考察时，就希望能登上对面山上的这几座寺庙，所以，提前让郎哥带人来开路。终于，在正午的时候，他们把路开通了。

亨利看到，这些年代久远的砖雕，材质不如岩石坚硬，保存也不易，上面敷盖的灰泥是用黏土加糯米糊成，已经开始剥落。然而，这座在公元921年修建的砖造建筑，其结构及砖雕艺术两方面，都值得作为吴哥早期典型风格来欣赏。

郎哥带着几个象工在寺庙避开阳光直射下来的阴地上休息，有的靠着，有的躺着，阿米拉牵着两只老虎也找到树荫下打盹。只有亨利兴致勃勃地转来转去，四处欣赏，马可跟在身边，毕竟寺庙里杂草丛生，充满了危险。

周神仙："这座寺庙是哈沙跋摩一世在位时修建的，当时高阶贵族共同修建了喀拉凡寺，用来供奉毗湿奴大神。"

亨利："这么早就供奉毗湿奴了，对面巴肯山上供奉的可是湿婆，比这座寺庙要晚。"

周神仙："是啊，看来在贵族中间，对于湿婆和毗湿奴这两尊神的信仰，一直是有选择的。"

亨利："这也是印度教和佛教的区别，如果是佛教，就只有释迦牟尼一尊佛了。"

周神仙："也不尽然，在中国没有婆罗门教，只有佛教，但是许多女信徒更加追捧观世音菩萨，而不是佛祖，直至唐代以后把菩萨改变为女像，反映了这些人更希望宗教贴近下层民众的生活和心理。"

亨利："是啊，你这么一说我倒醒悟了，基督教堂的基督在十字架上的圣像和圣母玛利亚抱着婴儿的圣像就都是这种形象，看来大多数人还是希望得到上帝怜悯和关心的。"

亨利边说边看。喀拉凡寺已经不完整了，五座一字排开的砖塔，其中三座的上部已经坍塌，只剩底座。红砖的结构，因为外部灰泥已经全部剥落，露出了非常美的红砖色泽，以及严谨的砖砌结构。寺庙朝向东方，地面上引道的砖石还在，部分塔门也还残存着。五座塔中央的一座特别大，有主体意义。寺庙塔门及门楣的部分用石材打造，遍布雕花，原来红砖外敷灰泥部分的雕花，已经看不出来，但是更加显出红砖结构的素朴庄严。

亨利看到废弃的庭院中有一棵大树，树干交错杂乱，但是绿叶浓荫，如同一把巨大的伞盖，树下的草非常茂盛，有一米多高了。

绕过中间草地走进中央砖塔，亨利一下子惊呆了，他没有预料会看到这样美丽的浮雕，刻在密合的红砖之上，形成特别的韵味。供奉大神毗湿奴的主殿，空间虽然不大，中央有一座祭台，祭台后方是毗湿奴神的浮雕立像，八只手臂，各持法器。外围一圈雕花神龛，神龛两侧四周围绕六排侍者，皆双手合十敬立，表示出虔诚的样子，护卫大神。两侧墙壁上也都有浮雕，距离大概只有四米。浮雕都以毗湿奴神为主题，外围是精细雕花的神龛，神龛上垂挂珠串璎珞流苏，流苏仿佛在风中飞舞，充满动感。

面对祭台，左侧上浮雕是两米高的毗湿奴像。此处大神为矮身的瓦马那化身，正在渡过海洋。海洋用几根在砖上的曲线波浪代表，线条优美，极具动感。毗湿奴神头戴宝冠，下身围短裙，裙带垂下飘扬。大神四只手臂，各持法器，左手是金刚杵、海螺，右手是代表生生不息的莲花，以及圆盘状的日轮，象征太阳。整个喀拉凡寺的浮雕，采取阳刻的雕法，也就是剔除轮廓线以外背景的部分，凸显人物的主体地位。

亨利来到毗湿奴渡海浮雕的对面，墙上浮雕保存得更为完整。只见毗湿奴神头戴宝冠，手持四种法器，蹲坐在神鸟迦鲁达的肩膀上，神鸟亦作人形，只有小腿部分略微细瘦作鸟爪形。神鸟下身围有羽状垂布，两手后面肩背处生有羽状翅膀，腰部以下至小腿处也饰有羽毛。最北端的神殿也有浮雕作品，作品内容是毗湿奴神的妻子吉祥天女。站立的吉祥天女有两米高，上身赤裸，体态雍容饱满，腰部以下围着长裙，庄严而华美，能媲美西方的维纳斯女神，其两

化境吴哥

旁有单膝跪地的侍女，双手合十敬拜，构成完美的一主三尊配置。

亨利静静地伫立在浮雕前，他为眼前的作品所深深吸引和打动。他告诉身边同样感到震撼的马可，虽然他早就在欧洲各大艺术馆也看到过许多雕刻作品，然而红砖雕刻能够达到这般水准，的确是绝无仅有，况且在时间上也相差了几百年。整个考察才刚刚开始，这也仅是吴哥王朝早期的作品，就达到这般水准，后面岂不是更加惊艳，他再一次为自己的决定感到骄傲。

接下来的几天，他在此地对几座寺庙都做了考察，用心把每一个寺庙的外观和内部艺术作品进行了绘制。然而，他的一个举动，却惹来了麻烦。他在一个坍塌的神殿，把一幅红砖浮雕让郎哥和马可拆了，他的解释是更有利于保护，还可以复原。他内心里是想将这幅作品运回欧洲展览。可是，这个举动引起了阿泰的不满，他内心对天神充满了敬畏，自然是一砖一瓦都冒犯不得的。

离开了巴肯山和喀拉凡寺，完成了对吴哥王朝早期寺庙的考察，亨利带着探险队出发，按计划对吴哥王朝鼎盛时期的辉煌成就进行考察。一路上，他与周神仙边欣赏美景，边交谈着。

亨利："听说吴哥城有一座'城中之城'？"

周神仙："是的，就是吴哥寺。"

亨利："既然吴哥寺也叫作寺，为什么是城中之城呢？"

周神仙："几百年来，吴哥作为真腊的都城不断地建设扩大，最终变成了一个相当大规模的城市。大吴哥就是指的这座城市。人们还将一个地方称为'小吴哥'，也叫'城中之城'。它并不在吴哥城中，而是独立在大城的东南方1700米的地方，有独立的护城河，有四边的城门，有外墙和内墙，所有城市应该具备的格局规矩它都有，已经远远超过了一个寺庙，因此人们又把这里也看作一个独立的小城市，是一个五脏俱全的'城中之城'。"

亨利："我还是理解不了，又是'城中之城'，又不在城里，在城外1700米的地方。不明白。"

第三十七章 城中之城

周神仙："这样说吧，苏利耶跋摩二世在位的时候用了30年的时间建造了吴哥寺，是按照城市的形制来建造的，有护城河，也有城墙，所以可以看作是一个小规模的城市模样的寺庙。后来，阇耶跋摩七世在位时，因为前边的首都被占婆人攻陷并毁坏了，所以他打败了敌人后，又重建吴哥城，新建的吴哥是一个大城市，但它是在小吴哥外面也就是西北方1700米的位置建的，也有护城河，有城墙，这就是大吴哥城。"

亨利："你这样说我就清楚了，前面苏利耶跋摩二世按照城市的样子建了一座寺庙，叫作'小吴哥''吴哥窟''城中之城'，后来阇耶跋摩七世新建了一座大城，是后来的吴哥市，两个城之间相距1700米，所以一个是大吴哥的市，一个是小吴哥的寺，大市不是寺，大寺也不是市……"

周神仙叫停，表示欣赏亨利的理解正确。这时，他们走到了从南方通往吴哥城的大路上，只见东边看到了被苍翠包围着的方方正正的吴哥寺。探险队拐向吴哥寺方向的道路上，很快就看到了人工开凿的护城河。来到河边，大家发现桥早已经被烧毁了，现在正值雨季，河水很深，阿泰量了一下，有七八米，水面上浮着荷花。亨利和阿泰沿着护城河环城走了一圈，试图找到一座桥能够过河，但是没有成功。他们发现，这条护城河的东侧，原本就有一条自然的暹粒河，然后用人工方法做了引水沟渠，在雨季可以起到排水蓄水的功能。

周神仙告诉亨利，护城河还有一个功能，就是印度教寺庙的宇宙观，起着山水格局的作用。

由于没有找到桥，所以当天就在护城河边的小树林露营了。阿泰、郎哥在树林里找可以做独木舟的木头，阿米拉准备晚饭，马可搭篷子。进入雨季了，天天下雨，所以搭篷防雨已经成了家常便饭。

亨利坐在河边，把吴哥寺的城墙古迹画下来。

阿泰带着象工在林中倒在地上的枯树中寻找着可以制作木舟的材料。这并不是一件简单的事，因为湿木会沉水，完全干枯虫蛀的老木头也不成材，所以找一根合适的木料需要下一番功夫。终于，阿泰在林中寻到了这么一个木料，

化境吴哥

他让郎哥牵来大象，把木料捆绑在象身上，然后指挥大象把木料拖到护城河边。接下来阿泰取出藏在工具包里的锯子、斧头，砍的砍，刨的刨，用了整整一个晚上，天亮时完成了独木舟的制作。

早上吃完东西，大家来到护城河边，分批乘坐独木舟过河。第一批是亨利、阿米拉牵了一只老虎，阿泰和两个象工划桨，到对岸后返回，再把郎哥、马可和另一只老虎送过去，好在河并不宽。到达对岸后，河边岸上都长满了杂草，几个人在杂草中砍出一条路，中午时分才进入吴哥寺。

周神仙陪着亨利进城，边走边说："吴哥寺中最特殊的地方，是它坐东朝西的格局。一般来说，印度教崇拜东方，因为东方是日出的方向，吴哥其他所有的寺庙建筑都朝东。然而，吴哥寺却不是这样的，它选择面朝西，原因是苏利耶跋摩二世在修建时，将它定位为陵寝，而不是寺庙。这样一来，吴哥寺就朝向了日落的方向，当然还有一些其他的说法，如吴哥寺的东边是暹粒河，很难有举行仪式的广场空间。"

吴哥寺的正门是西门，亨利过了护城河从西门进入城中（寺中）之后，发现除了东西走向的这条横轴，纵轴上的吴哥寺一共有三大层，层叠而上，通过让人仰望的形态出现，体现人们对天神的无限敬仰。建筑的实体其实进门以后还很远，一条笔直的石板大道，长度达475米，宽度将近10米，这条空无一物的笔直大道，仿佛透视上的两条寻找焦点的线，把人们的视线，一直逼引到最远的端景，就是那座巍峨耸立的寺塔，象征君王与神合而为一的须弥山，它既是宇宙的开始，也是宇宙的终极，是时间的永恒，也是空间的永恒。

引道的终点出现一扇门塔，横向宽度二百多米，有三个入口，都以多面向的寺塔结构来完成，庄严华丽。

进入外墙，发现离寺塔中心还很远，又是一条引道，笔直通向第二层的内墙。这里已经不像外墙之外那样空静，引道两侧有藏经阁，小小的建筑，使人如进入一个天辽地阔的空间中。引道两侧有两个近于正方的水池，倒映出远处寺塔的造型。然而，人从正面看是三座高高的寺塔，稍微倾侧，则可以看出来是五座。四座小塔护卫着中央一座最高的中心塔，这种落差感，使吴哥寺在真实与虚幻之间。这时候才发现，吴哥寺真的是建筑上的一个奇迹，建造者一直让人们在真实与虚幻之间时而迷惑、时而感知。建造师并不是在简单地盖房子，而且为这个城市留下了心灵空间，这才是"城中之城"的奥秘。

因为吴哥寺里的台阶差不多有70度斜角向上，需要手脚并用，看起来都是五体投地地臣服。

周神仙："在吴哥窟地区，吴哥寺是最高的人工建筑，因为官府规定，当地所有建筑物的高度，都不得超越小吴哥。所以，过去来到这里的人都要爬上吴哥寺的第三层，站在吴哥寺的最顶上。"

亨利："那我们也爬上去。"随后，亨利就把郎哥、阿米拉和马可叫到身旁，宣布攀登第三层的比赛规则。

亨利、马可、阿米拉、郎哥各站在一边，亨利看到周神仙已经坐在寺庙的尖顶上等着他们。亨利发出口令之后，四个人一起向上攀爬。

"啊！"

"啊！"

刚刚将手脚放在攀爬的石壁上，就传来两声惨叫，这是亨利和马可发出的，原来石头的寺庙表层被酷热的赤道阳光直射之后，已经变成了一块可以烤面包的"火板"，两个人的手脚立即就被"烫伤"了，亨利真是后悔为什么要在这个时候来攀爬寺庙。然而，他并没有停下来，因为阿米拉和郎哥并没有喊停，已经开始用同样的方式攀爬，登天之路难道真要苦度一番？比赛继续进行……

烈日下的吴哥寺，所有的寺庙、石阶都被阳光晒成了火炉，亨利攀爬时将手放在石阶上，才感受到了它的厉害，长达500年的时间没有人来过这里，攀登过这些塔形建筑，所有的石阶被风吹日晒，其边缘已经被时间打磨成了带着棱角的锐利的石刀，加上烈日下的暴晒，亨利的感觉真的是在上刀山，先是手指刻在刀锋上，接下来就是灼热石头的烧烤，仅一级台阶之后手上就划出了血、

化境吴哥

烫伤了皮。

他抬起头来仰望,攀爬的阶梯将更加陡直,角度不断加大,最后逼近于90度的仰角。攀爬向上必须手脚并用,五体投地,不能稍有分心,否则摔下去,粉身碎骨;稍有退缩,也立刻头晕目眩,葬身坛下。

"苦海无边,回头是岸,现在停下来还来得及,毕竟这里的宗教、文化、信仰、一切的一切都与你没有丝毫的关系,此行非死即伤,你只是一个匆匆过客,又何必那么认真呢?"周神仙用玩世不恭的眼光在暗示着他。

"停!"这个字已经到了牙缝,他强忍着把它咽了回去。因为他看到阿米拉、郎哥已经爬上了近十个阶梯,马可也上了三个台阶,并且他们都留下了血印,难道他们就是来陪自己玩的吗?陪玩的代价也太高了吧。看到他们,他知道自己没有那么软弱,这一路走来,阿米拉一直走在自己的前面,他习惯了跟在她后面,但是不能停顿,更不能退缩。

就是这样,一步一个血印地往上爬,这时候他才悟到建筑者的用心,检验的绝非肉体,而是心灵深处的执着。

他想起哥特式大教堂的信仰高处,只能仰望,不能攀爬。而这里,吴哥寺庙的崇高,却是在人们以自己的身体攀爬时才显现出来的。在通向心灵修行的阶梯上,匍匐向上,刀山火海,才能得到一种精进不懈的感悟。没有攀爬过吴哥寺庙的高梯,不会领悟到吴哥建筑里信仰的力量。

虽然是最后一个爬到塔顶,但是依然得到了一样的地位,回头望去,一路血迹,然而相互之间用鲜血淋淋的双手击掌庆祝胜利时,也都有了更多的信任和包容。

还没来得及更多地喘息和瞭望,突然之间天色大变,雷声大作,山风吹拂,紧接着就是瓢泼大雨,所有的人都只能趴在石阶上,否则就会被风雨刮下塔尖,在雨水的冲刷和浇注下,石壁的温度逐步下降,身上的感受却是一下子从火炉进到了冷库,在火烤雷劈风吹雨打之后,还能屹立不倒,有一息尚存,一下子觉得重生自在了许多。这雨来得快去得也快,阳光从云层中稍一露脸,大地立即恢复了温暖。

第三十七章 | 城中之城

"真美啊！"这时，亨利和所有的人才得以看清整个吴哥的亮丽河川、寺庙建筑，这时候可是位于吴哥最高建筑上欣赏美景，这一眼福真的来之不易。

"我说，你记。"亨利让马可从皮包里拿出笔记本，他要口述会当凌绝顶时所看到的吴哥寺：

"吴哥寺，堪称柬埔寨之国宝，也是世界上最大的庙宇类建筑，典型的早期高棉艺术建筑。该寺是12世纪上半叶由柬埔寨最伟大的苏利耶跋摩二世为供奉印度天神毗湿奴而建，历时三十余年。今天，我们登上吴哥寺最高的寺庙建筑之巅，举目望去，一道明亮如镜的长方形护城河，围绕着满是郁郁葱葱树木的绿洲，绿洲由一道高大的寺庙围墙环绕，绿洲正中坐落着吴哥窟寺的印度教式的须弥山金字坛，此刻，我们正位于该山形建筑的顶端。吴哥寺坐东面西，一道由正西往正东的长堤，横穿护城河，直通寺庙围墙的西大门。欲入西大门，要走一条约500米长的道路，穿过翠绿的草地，才能直达寺庙的西大门。我站在金字塔式的寺庙的最高层，可见到矗立着五座宝塔，如五点梅花布局，其中四个宝塔较小，排在四隅，一个大宝塔巍然耸立正中，与印度金刚宝座式塔布局相似，但五塔的间距宽阔，宝塔与宝塔之间有回廊连接。此外，须弥山金刚坛的每一层，也都有回廊环绕，这是吴哥建筑的一大特色。这里的台阶陡峭，需要手脚并用地爬才能上去。而恰恰是这种攀登方式，才形成了一种独特的宗教仪式感，凸显了寺庙的神圣庄严，寓意着人们到达天堂需要经历的艰辛和珍贵。吴哥窟建筑庄严且匀称，比例和谐，建筑技巧达到极高的水平。寺庙内大道两侧各有藏经室和池塘一处。内围墙里面的主体建筑在三层台阶之上，台基高20米左右，第三层为正方形，第一二层为长方形，每层四边，各有左、中、右三条石阶梯连接上一层。在最高一层的平台上，矗立象征着诸神之家和宇宙中心的五座尖顶宝塔，正中央一座宝塔最高，高出地面约70米。其余四塔较矮，分立于平台四角。第二层平台的四角也各有一座截顶宝塔。每一层平台的四周都绕以石砌回廊，廊内设庭院、藏经楼以及神座等。该建筑用沙石砌成，石块之间无灰浆或其他黏合剂，靠石块表面形状规整以及重量彼此结合在一起……"

吴哥窟廊门图　亨利·穆奥作

第三十八章

暗藏玄机

"醒醒，快开演了。"亨利被周神仙推醒了。

他睁眼一看，自己坐在一个喧闹的剧场里，周围都是真腊人。他坐在第一排的正中央，右首是周神仙，左首是阿米拉，马可、郎哥、阿泰还有李老板、王老板以及一些自己来之后认识的朋友都在剧场里，剧场内都是穿着盛装的高棉贵族。

这时，从二楼雅座包厢，传来了大声说话的声音，他抬头望去，各个包厢都是高棉王国历代的国王、王后、王储、王妃，右边最好的包厢里是阇耶跋摩二世国王和王后，左边最好的包厢里是苏利耶跋摩二世和王妃，他们大声说话，互相致意。

铃声响起，灯光暗下来，大幕中走出报幕员，是个身着美丽服装的……怎么是阿米拉在报幕呢？今晚的剧目是舞台剧：《谁是大神：湿婆PK毗湿奴》。

第一幕：少年天神

在原野的背景中，一位肢体强健、动作轻捷的年轻人登场，他背着黑色的弓箭，梳着披肩的发辫，肤色白皙，一登场就大喊大叫，让梵天给他起名字，背景中，梵天一连给他起了七个名字，这个年轻人都不满意，最后梵天说："你这么能嚷嚷，干脆叫你'鲁奈罗（咆哮者）'吧！"孩子笑了。

这时，左边看台上的阇耶跋摩二世带头鼓掌，全场有一半人跟着鼓掌。

一个美丽的青年王子走上舞台，他的皮肤呈蓝黑色，面如满月，目如莲花，穿着黄色绸衣，头戴高高的皇冠，脖子上挂着永不凋谢的花环，胸前饰有宝石。他额头上有一个类似字母"A"的神圣标记，身有四臂，分别持神盘、神螺、莲花和槌。

周神仙对亨利说："这是毗湿奴，他的主要武器是神盘，也叫神轮。湿婆的主要武器是三叉戟，它们都是用太阳的碎片所造，是威力无穷的法宝，在打击敌人前永远不会停下来，这个神盘有个名字叫'妙见'。"

这时，苏利耶跋摩二世使劲为毗湿奴的表演鼓掌。

第二幕：成长

鲁奈罗走上舞台，背景是远离宫殿的大山。他一个人在荒野和山岳中游逛，他的黑色弓箭天生是毁灭性的、置人死命的力量。他每射出一箭，就会传播瘟疫和恐怖。这天，生主波罗加波提正与黎明女神乌莎斯欢好，正巧被鲁奈罗撞见。生主畏惧鲁奈罗的黑箭，恳求他不要伤害他们，并将一切动物的统摄权交给了他。鲁奈罗也成为他们二神的儿子，也被叫作"兽主"。鲁奈罗继续在山野间游逛，他开心的时候，会为大地带来丰饶之雨，令万物昌盛多产。他还会为人和动物治疗疾病，他熟悉各种草药的药性。人们开始称呼他为"湿婆"。

二楼阇耶跋摩二世用热烈的掌声欢呼声支持湿婆。

毗湿奴登场了，温和的毗湿奴在睡觉，仙人婆利古受众神委托，判定三大神谁最大。他来到了毗湿奴家，发现他在呼呼大睡，便一脚踹在毗湿奴的胸部，他被惊醒了，可是他不但没有生气反而带着困惑的笑意，摸着婆利古的脚问有没有踢伤。婆利古大受感动，当场宣称，毗湿奴是最伟大的神。

苏利耶跋摩二世热烈欢呼，鼓掌。

第三幕：舞蹈

这次毗湿奴先上台，他和妻子吉祥天女拉克什米手拉手上台，两人表演了双人舞，他们是和谐、温柔的模范夫妻，二人的舞蹈自然非常和谐，赢得热烈掌声。

接下来湿婆登台，他爱好音乐，无论在欢乐和悲伤的时候，都爱跳舞，世上各种舞姿，从情人间用于挑逗的轻佻的阿难达舞到献给神明的庄严古典的婆罗多舞，都是源于他的创造，因此湿婆也被称为舞王。他上台之后，按照宇宙的韵律舞蹈，这种舞被称为坦达罗舞，代表湿婆的五项职能：创造、保持、毁灭、隐没、恩典。

周神仙说："这便是宇宙运动的原因，而当每个时代结束，旧世界的寿命也会走到尽头，宇宙也会在他可怕的坦达罗舞蹈中坍塌。"

他的舞蹈是如此具有力量，以至于毗湿奴的伙伴千头龙王舍沙此时竟然为了观看他起舞而离开座位，走上台和他一起跳，观众席上许多人也情不自禁地跳了起来，阇耶跋摩二世也在跳。就连毗湿奴也站上舞台跳起了十大化身舞，这可是最最难得的表演了，因为从来没有人能完整看过：

第一个化身是头上长着角的鱼，背景墙出现："当世界即将被洪水淹没的时候，他变成了一条小鱼，游到太阳神的儿子、人类的始祖摩奴洗手的河边，恳求他把自己从凶狠的大鱼嘴边拯救出来，善良的摩奴答应了小鱼的要求，把它养在罐子里，后来放在恒河水中，又带向大海里。毗湿奴微笑着对摩奴说：你去造一艘大船，携带所有生命的种子，洪水到来之时，你把缆绳挂在我的角上，我帮你把船拖到喜马拉雅山，准备洪水退去，再把生灵带回世界……"

第二个化身是龟，背景墙出现，当众神和阿修罗搅拌乳海的时候，他化身为龟潜入海底，在曼陀罗山下充当了搅拌的基座。

第三个化身是野猪，背景墙出现，它高大如山，浑身漆黑，吼声如雷，长着闪电般的红色眼睛和白色獠牙，潜入海底与阿修罗王希罗尼亚克夏搏斗了1000年，把他杀死在海底……

第四个化身是人狮，背景墙出现，他藏在柱子里，当阿修罗王出现时，破柱而出，以非神、非人、非兽，有人类的形体，却有着狮子的脑袋和利爪，用利爪把敌人撕成碎片……

第五个化身是侏儒，背景墙出现，他为了讨伐阿修罗王伯利而出生，以智慧战胜了伯利，带领天神回到天界，把伯利和阿修罗赶回地下世界。

第六个化身是持斧罗摩。

第七个化身是打败魔王罗波那的英雄王子罗摩施德拉。

第八个化身是黑天，人所生的神。

第九个化身是释迦牟尼。

第十个化身是白马迦尔吉。

每一个化身出现时，观众席都一片欢腾。

这时，两边的观众也互不相让，有些已经开始推搡，亨利惊恐万分，突然从梦中惊醒。他睡在吊床上，望着满天的星光，思考着刚才的梦境。他问周神仙："小吴哥是一个重要的变化的地方，苏利耶跋摩二世用毗湿奴替换了湿婆的位置，为什么呢？这是一次宗教信仰的变化，还是文化政治的变化？"

周神仙："我觉得信仰没有变，还是婆罗门教，只是主神变了，也就是故事的主角变了。"

亨利："为什么呢？"

周神仙："因为同阿修罗的斗争上升……"

亨利明白了，是政治斗争的需要。

亨利已经是第三次进入吴哥寺了，他对这座建筑高度赞赏。这座占地约200公顷的世界上最大的宗教建筑物，与其他世界奇观如泰姬陵、金字塔等相比，不同的是它并非完全的陵墓，而是一个提供心灵慰藉的宗教中心。

建立这座伟大寺庙的高棉国王是神勇善战的苏利耶跋摩二世，他建筑这座寺庙的目的是供奉婆罗门教的毗湿奴神。这位高棉王国鼎盛时期的国王倾尽国家财力，出动了全国最好的工匠、艺术家、建筑师，历时37年才完工。整座建筑使用大石一块块砌成，没有用石灰水泥，更没有用钉子梁柱，尽管已经是废墟，但还是能感受到吴哥王朝全盛时期的磅礴气势。城门外约200米宽的护城河在雨季里，波涛汹涌，如一道屏障，阻挡了森林的围困，使这座古城比其他古迹保存得都要完整。周神仙在《真腊风土记》中专门介绍了这座寺庙，他称其为鲁班庙，鲁班是中国古代工匠的祖师，就如同孔丘是文人的祖师一样，可见他对这座建筑评价之高。

此时，别人在打扫卫生安灶做饭，周神仙陪同亨利在边游边欣赏。周神仙："此处有一个秘密宫殿，你还没看到。"

亨利："在哪儿？"

周神仙："不告诉你，自己找。"

亨利研究过，吴哥窟的建筑可分为东南西北四廊，每廊都各有城门，每层走廊错综复杂并全部相交，回廊环绕着四周。中心建筑由三层长方形环绕的须弥台组成，一层比一层高，中心塔由第三层向上伸展达31米，象征印度神话中位于世界中心的须弥山。祭坛和回廊成为吴哥窟结合高棉寺庙建筑的两个基本布局。祭坛就摆在面前，而回廊却全部被树木和杂草覆盖起来了，不仅回廊外面的杂草已经有几米高，并且回廊内部几百年来由于腐叶堆积成为地基，也是长满了高高的杂草。这些杂草与芭蕉叶又交织在一起，把回廊包裹起来，回廊内就成为最好的温室，不仅成为植物生长的温床，也是爬虫毒蛇类最安全的居所，连老虎都躲得远远的，何况是人。所以，亨利来了两次，也没敢靠近，只是在远处观望一下。

阿米拉过来招呼亨利，晚饭做好了。今天的晚饭依然非常丰富，不仅有从吴哥城里带过来的食品，就这么一会儿，郎哥和阿米拉还打了不少野味，有山鸡、小鹿，大家吃得非常高兴。

晚饭后，天就黑了，又是一阵雷雨，大家在天水中沐浴，又凉爽又舒适。

沐浴之后，雨停了，月亮升上天空，亨利和马可、阿米拉、郎哥一起乘凉，阿泰和十几个象工服侍大象在附近吃草，两只老虎和查尔斯在广场上玩耍。

亨利还在想着周神仙说的秘密，凭直觉亨利认定这个秘密就在回廊里。

亨利说："咱们明天进回廊里看看。"

马可："回廊里都是杂草毒虫怎么进去？"

阿米拉："这还不容易？"

马可："怎么进？"

阿米拉："明天看我的吧。"

马可："还不说，卖关子啊。"

阿米拉："只是你太笨，让你想一夜。"

大家笑了。

第二天早上吃完饭后，亨利问马可："想出办法了吗？"

马可说："我们用砍刀开出路不就行了？"

亨利看了看阿米拉，阿米拉俏皮地说："好啊，让他去砍吧。"

大家跟着马可走到了回廊入口，马可拿着砍刀走到入口处，看着这高又茂密的草丛，还没下手，就从草丛里钻出一条蛇，吓得马可又喊又叫地往后逃，见状几个人都笑了起来。

马可说："没办法。"

阿米拉笑着骂了一句："笨蛋。"说完转身走到做饭的火堆旁，拿起一根燃烧的木头，举着火把来到回廊边，然后开始点火。她围着回廊内外放火，很快烈火点燃了整个回廊，熊熊大火燃烧后，浓烟滚滚，无数的毒虫飞舞，蛇虫拼命地往外逃窜。最后，阿米拉把火把扔进回廊烈火中，回到了广场中央。

过了一会儿，火焰熄灭，浓烟散去，亨利想要过来看。阿米拉挡住他，说先打扫一下，再请你们过去。阿米拉带着十几个象工拿着工具进去，用了两

吴哥窟的中央门廊　亨利·穆奥作

化境吴哥

个时辰,才把回廊里的灰烬扫出去,又拿树枝把地扫干净,还泼了水,一切完成,来叫亨利。

亨利、马可随阿米拉到了回廊入口处,阿米拉叫停一下,淘气地说:"请闭上眼睛,然后跟我进去,我不让睁眼谁都不要睁开。"大家说好,闭着眼睛,牵手入内。听到阿米拉说可以睁开眼睛了。大家睁开眼睛,眼前的盛景,令亨利和马可惊得说不出话。

只见一道长长的回廊上,浮雕长达数百米,整个回廊建筑庄严匀称、比例和谐,细部装饰瑰丽精致,无论是建筑技巧,还是雕刻艺术,都达到了极高水平。

回廊上雕刻着大量浮雕,主要以神话故事以及当时高棉王国重大的现实斗争和日常生活为题材。外墙内侧布满了如真人大小的2000尊舞蹈天女的浮雕像,呈现舞蹈形态的天女雕像都裸露上身,头戴华丽的头冠,显得雍容华贵。这2000个浮雕造型,有的拈花微笑,有的翩翩起舞,姿态之优美、雕工之精巧,令人叹为观止。这些浮雕与建筑完美结合,把吴哥窟的魅力体现得淋漓尽致。

在西塔门的内侧,亨利驻足观看上部的浮雕,他对马可说:"在浮雕中,最杰出的雕刻技术当数镂空雕刻了。你看,这幅就是。"

亨利一层层回廊走过去,几个人看到巨幅回廊浮雕,只觉得无比精美,但并没有人知道其内容。

"《罗摩衍那》,真美。"闻声大家回头,只见阿泰不知道什么时候也进来了,自己一个人在看。

"你说什么?"阿米拉问。

"我说这幅画讲的是《罗摩衍那》的故事。不对吗?"阿泰平静地说,好像知道得很正常。然而,这太不正常了,不仅亨利和马可大吃一惊,就是阿米拉和郎哥也吓了一跳,这是那个山里人阿泰吗?

的确,第一层回廊浮雕题材主要取自印度的两大史诗《罗摩衍那》和《摩诃婆罗多》。问题是,阿泰怎么有这么高的学问?阿泰平静地离开了,大家好半天才回过神来,继续参观。从第二层回廊、第三层回廊的中庭,吴哥寺丰富多彩的雕塑装饰与它严谨的匀称设计形成对比,不管有无屋顶的建筑物都有许多神祇的雕像,优雅、华丽又柔和,令人神往。在以后长达数百米、延绵不断的长廊上,则展现了高棉历史上的人物浮雕。这些浮雕的艺术成就和建筑技术,亨利真的无法形容,因为他不知道世界上还有哪里有同样的佳作。

这时候,他的眼前突然浮现出这样一幅画面,公元9世纪爪哇岛西北40公里的开度山谷,一个人工建成的小山坡上,一个长宽各123米、高42米,动用了几十万名石材切割工、搬运工以及木匠,费时50至70年所修建的"印尼金字塔"——婆罗浮屠。一个十几岁的孩子站在它的面前,一帧一帧地认真看着那些浮雕。仅仅过了300年,此地就出现了远远宏伟于它的更加伟大的建筑,真是有志者事竟成,然而这绝不是一个人,而是这个民族几代人的努力。

这是亨利无论如何都想不到或者不敢想,甚至不愿意看到的。他精通绘画,对雕塑也有涉猎,他在意大利、法国、英国参观过许许多多的博物馆,这里有这些国家从全世界搜集或者抢过来的宝贝,它们一直以站在人类文明制高点上自傲,一直认为欧洲文艺复兴的大师是人类艺术的顶峰。然而,此时他不得不承认,现在自己面前这些雕塑的艺术水平,一点也不亚于文艺复兴的那些大师之作。而且,这里并不是亚洲的大国。

就在这时,亨利如同进入了梦境,墙壁上那些舞蹈着的美女飘然而至,围在他的身边,翩翩起舞……

他突然又看到了周神仙,是啊,他当时的确就在现场,看到了真迹。

还有阿泰,他是怎么知道的?此地已经封闭500年了,难道他也是神仙不成,还是另有来路?真人开始露相了。然而,这更加可怕。

前不久,亨利收到的来信中,有一封非常重要,并夹带着一本书。这就是埃德温·阿诺德的来信和他最新的著作。阿诺德是英国人,1832年出生,比亨利小几岁，是亨利在牛津大学一次学术会议上认识的。当时亨利就觉得这个年轻人才华横溢，后来听说他到了印度波拿地区的一所梵语学校当了校长。来信是因为阿诺德在1860年出版了一本新书《亚洲之光》，他听说亨利也来到了亚洲考察，并且还是信仰印度教的国家，便将信和新作一并交给亨利的家人，希望能转交给亨利，并欢迎亨利能够去印度考察。

亨利这几天抓紧时间翻看了这本书，全书共八卷，以诗歌的语言讲述了佛陀的生平。亨利感到语言优美、刻画细致，书中洋溢着温暖的人文情怀，令亨利产生了很大的动力。然而，阿诺德的来信却给了亨利更多的启示，因为他目前身在柬埔寨，面对的却是印度宗教文化，而亨利对印度的宗教文化并不熟悉，虽然身边有一个周神仙，但他是中国人。另外，亨利现在迫切想听到一个西方人对东方文化的客观评价。阿诺德的来信犹如雪中送炭，解答了亨利许多的困惑。阿诺德在信中写道：

中国和印度这两个东方古国都充满了古代文明和智慧。印度在想象文学和宗教方面是中国的老师，在三角学、二次方程式、语法、语音学、动物寓言、文学、象棋以及哲学方面是世界的老师。他一定启发了薄伽丘、歌德、赫尔德、叔本华、爱默生，可能还有老伊索。

印度显然是一个充满宗教和宗教精神的国度。印度出现了太多的宗教，相比之下，中国则太少了。印度宗教精神的涓涓细流流淌到了中国，充盈了整个东亚地区。显然，如今宗教还是一种活生生的情感。基督教把另一边脸转过去的教义，只能在印度而非世界上其他国家，才可以转化为一个由大众进行的国家性运动。

除了佛教之外，印度已经产生了巨大丰富的想象文学和哲学，而且印度文化特别富有创造性，事实上已经以那种离奇古怪的幽默丰富了世界文学。在印度，宗教和文学是分不开的。正如中国哲学和人格是分不开的一样。

在想象文学的王国，伟大的印度史诗将会自圆其说，动物寓言体裁和《一千零一夜》的许多故事，归功于因寓言而著称的印度人。此类寓言在佛教和非佛教文学中都非常丰富。安徒生作品里的许多欧洲神话，都可以在印度神话里找到起源。

印度文学里展现出来的东西，可以让人们一窥这个国家的思想和社会思潮，3000年来，这些内容一直在激活和塑造着这个民族。只有看到印度思想的丰富性及其本质精神，才能理解印度，才能奢望分享其各民族的自由和平等，而这些正是我们试图从这个道德和政治都混乱不堪的世界创造出来的东西。

阿诺德谈到自己的《亚洲之光》出版发行的意义时说，现在谁也不会把这个伟大的民族的高度文明，视为"野蛮的鲁莽无知"，1860年将成为一个历史的转折点。

阿诺德邀请亨利一定抽时间去一趟印度，他认为，亲身去一趟印度，与这片土地上最智慧的人接触，瞥一眼古印度智人在探索精神真理和生存意义时的最初萌醒，这种体验一定会让亨利终生难忘。

最后，阿诺德用佛教的一句话结尾。佛教认为，最大的罪是无知或无思想，神圣的生命肇始并奠基于道德的渴求和探索与自省。

亨利为阿诺德的成功和见识震撼了，柬埔寨虽然是个亚洲的小国，但是自己所面对的吴哥，却绝对不是一个可以轻视的存在，这一片古代宗教建筑，绝对称得上是集宗教、文化、艺术、历史于一体的上乘佳作，绝对是超越了世界上所有大国的超大型建筑群，绝对是在美学领域横亘东西跨越历史的艺术精品，绝对是令米开朗琪罗、达·芬奇、拉斐尔这些意大利文艺复兴之后所有大师惭愧的精品……很快，又一个《亚洲之光》即将问世，或许就在1861年或者1862年，这个光辉将属于柬埔寨、属于吴哥，同时，也将属于吴哥之父——亨利·穆奥，当然，还有他——周神仙……

第三十九章

猴 王 神 话

亨利知道，文学是艺术之母，尤其是大型壁画，通常都是根据著名的古代神话故事创作的。从荔枝山、巴肯寺到吴哥寺，一路走来，几乎所有的壁画、雕塑都将印度神话故事作为内容，作为信仰印度宗教的寺庙建筑，其艺术方面的设计方向，必然离不开宗教的文化内容。然而，令他意想不到的是寺庙回廊里的八幅主浮雕壁画，竟有七幅是印度神话故事，只有一幅是寺庙建筑者——苏利耶跋摩二世自己的形象。阿诺德的新书《亚洲之光》真是来得非常及时，使他对这些浮雕的内容有了一定理解。亨利决定把这些壁画一一画下来带回去，在出版后将首先回赠给阿诺德。

寺内回廊的浮雕图案是按逆时针的顺序设计的，亨利便先从西北方向开始，也就是西回廊北边的那幅浮雕开始。他一遍一遍走来走去地端详，画面是一场战斗的场景，一方是猴子军队，另一方则是十头二十臂的巨人部队，这个神话故事，昨天阿泰说了，叫作《罗摩衍那》。

在一座阿逾陀城里，

> 有个国王通吠陀，富有又勇猛，
> 在往昔愉快的日子里，
> 十车王统治着他的王国。
>
> 他有远见，又有威力，
> 为城乡人民爱戴又敬畏，
> 他是古代甘蔗族的后裔，
> 忠于职守，文雅高贵。
> ……

"你在念什么？"周神仙问道。

"《罗摩衍那》，印度神话故事，我的英国朋友阿诺德用梵文翻译出来的诗歌体裁的新书。"亨利骄傲地说。

"听说你们中国有部小说《西游记》，主人公也是个猴子叫孙悟空，《罗摩衍那》的主人公也是个猴子，叫哈努曼，你知道吗？"亨利问道。

"《西游记》，不清楚，我在世的时候还没写。你的朋友是怎么讲《罗摩衍那》故事的？"周神仙想考考亨利。

亨利说："《罗摩衍那》是印度古代历史神话故事，原以梵文写成。其成书时间大约在公元前3世纪。神猴哈努曼是主人公之一。哈努曼是风神之子，得到了大梵天的真传，专为三界除恶扬善。哈努曼可飞腾于天空，移山倒海。他面如红宝石，毛色金黄，身躯高大，尾巴奇长，吼声如雷，力大无比，拥有四张脸八只手。他刚出生时，见到太阳，以为可食，便一把抓到手中，为了使太阳免遭不测，因陀罗以雷霆击哈努曼之颚。他的武器虎头如意金棍，在除妖铲魔中，立下赫赫战功……"

"停，停，背得不错，看来昨天晚上下了功夫。我问你，你想不想随我周神仙进到画里面去玩一遭？"周神仙诡秘地说。

亨利似信非信地说:"吹牛吧?"

"想进去看就随我来吧。"

他们二人坐在一片绿茵茵的草地上,附近丘陵漫坡,清澈的河水缓缓流淌,远方有大山,天空碧蓝如洗。

"快看,猴子追太阳。"亨利叫道。

周神仙在一边说:"这就是风神的儿子,刚出生饿了要吃太阳,以为太阳是果子。"

(太阳的另外一边,吞噬太阳的罗睺正在天上慢悠悠地飞着,看到一只小猴子在追逐太阳,大怒地吼叫:这是我的食品,你是什么小怪物?)

周神仙指着一处:"这是日噬罗睺,小猴又要吃它。"

(小猴子看到只有上半身的罗睺在天上慢悠悠地飞,就想吃了罗睺。他兴高采烈地放弃了太阳,转而追逐起罗睺。罗睺吓了一跳,转身向天帝求助。)

周神仙说:"注意看,天帝来了。"

(因陀罗匆忙赶来,看见一只口水流了万丈长的小猴子把凶星罗睺追得满天乱飞,哭笑不得,于是拿出金刚杵,给了馋嘴小猴子一下。小猴子挨了天帝一杵,从天上直落而下跌到了地上,跌坏了下巴,哇哇大哭。风神来了,抱着儿子进了一个山洞。风不流动,天气热得不行,天帝又带着众神拿着礼品来向风神道歉。风神抱着儿子出洞见众神。梵天抱过小猴子说:别哭了,你以后就叫哈努曼〔坏下巴,大颌猴〕吧,我赐予你随意变形、随意变大变小的本领。小猴子笑了。小猴子拜太阳神为师,每天在太阳神车前伴随)

周神仙:"小猴子跟太阳神学艺。"

(小猴子来到猴山做了猴王妙顶的大臣。一群猴子在山坡上晒太阳,突然看到一个长相邪恶、有着十个脑袋的妖怪,抱着一个流泪女子乘坐神奇的飞行云车从天空中路过。那名女子把首饰扔给了猴子,恳求他们为自己报信。)

周神仙:"这个美丽女人是阿逾陀王子罗摩的妻子悉多,十首王罗婆那趁着罗摩和他的弟弟罗什那不在,从森林小屋中掳走了悉多。"

(罗摩王子和弟弟罗什那过来了,猴王和哈努曼与他们相见,告诉他们十首王掳去了悉多,哈努曼建议双方结盟。猴王妙顶派哈努曼到十首王罗婆那统治的罗刹之国楞迦岛探访悉多的消息,罗摩把手中的戒指也拿给了哈努曼,请他见到悉多时代为传递消息。哈努曼一个跟头飞上了天空。)

周神仙带着亨利一行坐着云车跟上了小猴子哈努曼。

(哈努曼来到海边一座山上,望着对面的大海,把自己身体变得越来越大,最后大得就像一座小山,然后他轻轻纵身一跃,便高高飞起,越过了海洋。在飞行途中,遇上了一个女罗刹,她停留在空中,吞吃所有路过的东西,包括飞鸟、雨滴、云彩。她一看到哈努曼,便张开可怕的大嘴,要把他一口吞下。哈努曼把自己身体变得越来越大,女罗刹的嘴也变得越来越大。哈努曼急中生智,在女罗刹把自己吞下的那一刹那,把自己忽然缩小,变成一只小虫子大小,钻进了女妖的肚子里,然后再把自己变大,撑死了这个贪婪的罗刹之后,破膛而出,依旧南飞,到达罗刹之都楞迦城。小猴子降落在一座高山上,变成一只猫鼬,天黑后溜进城市中,潜入罗刹王的宫殿。他在每间房子里寻找悉多。

在一个种植着无花果的花园里,他看到悉多在一棵大树底下,衣服破旧不堪,瘦弱苍白,以泪洗面,嘴里喃喃地念着"罗摩"。悉多突然听到有人小声叫"罗摩",循声音望去,看见树上蹲着巴掌一般大的一个小猴子,躲在树叶下,双手合十,举到头上向她敬了个礼,说:"悉多王后,我是风神之子哈努曼,罗摩的使者,我受他的托付,穿越大海来找你。"他把戒指递过去。悉多流着泪从发髻上取下一颗宝石,交给哈努曼,吩咐他交给罗摩。哈努曼决定先在楞迦城大闹一场。

他在宫殿树上大吃大嚼,蹦来蹦去,扯下花朵树叶,把树枝扯断,引来许多女罗刹和许多仆人、大将和士兵,都捉不到他,罗刹们把沉重的厉害武器对他掷去,可都被他一一接住。他揪住许多罗刹,痛打他们的脑袋,吓得他们转身逃跑。罗刹将军们对准哈努曼射出数不清的箭,他拔起一棵娑罗树,向着敌人打击,结果了这些罗刹大将,连罗刹王的王子阿加沙耶也给摔死了。罗刹又找了一个儿子因陀罗吉特去抓捣乱的猴子。在打得难解难分的时候,因陀罗吉特抛出一件绳索法宝,套住了小猴子,把他拉往十首王宫殿受审。一路上他变得又大又沉,由几百个罗刹抬着他去宫殿。罗刹们无法使他庞大的身躯通过宫门,只好锯断了宫门。见到罗婆之后,猴子向魔王下了战书。魔王让手下烧了猴子尾巴游街,楞迦城所有居民蜂拥而至,就连天神也赶来看热闹。猴子突然变成一只小猫鼬解脱了捆绑,一眨眼又变得巨大,用着火的尾巴打罗刹,纵身街道点燃屋顶,风神也过来帮儿子,大火蔓延到整个楞迦。猴子纵身一跃,越过了大海,回到罗摩身边。)

周神仙的云车也载着亨利一行回到草地上。

(十首王罗婆带着大军赶到,罗摩带着猴子大军列阵,双方展开大战,哈努曼在战场上英勇无畏,打败了敌人,救回了悉多。)

看完了大战,周神仙带着亨利从壁画中出来,站在浮雕前。

第四十章

俱卢大战

第二天,亨利带着马可来到西回廊南侧的浮雕前,阿米拉和郎哥牵着老虎守在回廊的两侧,防止有野兽进来。

周神仙出现在亨利面前说道,这幅浮雕图案记载的是俱卢之野大战,故事来自古印度的神话巨著《摩诃婆罗多》,描述的是来自北方的俱卢族和来自南方的般度族激烈战斗的情景,这场战斗打了整整18天,双方都损兵折将,伤亡惨重。

亨利看到浮雕上画面,人物众多,对于行军队列,短兵相接,缴械投降,战死伤亡,马车大象,各种武器,都刻画得惟妙惟肖。浮雕上下半部分触手可及的地方已经发黑发亮,这是被人们触摸的痕迹。亨利说:"《摩诃婆罗多》可以与《荷马史诗》相媲美,阿诺德说这是印度文明的价值和丰富性最明确的象征。主题与《罗摩衍那》相同,但在长度上有十万颂,《罗摩衍那》只有二万颂。《摩诃婆罗多》是现实主义的,在许多场景中,人物有血有肉,有更热烈的激情和更崇高的决心、更强烈的嫉妒心以及更伟大的辉煌,是女人的史诗。《罗摩衍那》的主题是女人和家园,所以是男人的史诗。"

周神仙:"很用功啊。"

"能简单讲讲战争的背景和经过吗?"亨利问。

"当然。"

周神仙把他带入现场,他边介绍,大家边看。

恒河女神下凡,她和婆罗多族国王福身王结合,每生下一个孩子,就扔进河里,让转世婆苏带回天国。福身王不明就里强行救下第八个孩子,起名为天誓。恒河女神带着天誓离开,让他跟着太白仙人和极欲仙人学习经卷,跟着持斧罗摩学习武艺。

有一天福身王外出散心,看到有个容貌美丽的少年手持弓箭朝恒河射箭,竟然截断整条河流,万分惊讶。这时恒河女神出现,对他说这就是你的儿子天誓,你带走吧。说罢她便飞回天庭。

福身王非常高兴地把天誓带回都城象城,立为太子。

四年后,福身王又爱上了一个叫贞信的渔女,渔女的父亲坚持要福身王答应自己女儿的孩子继承王位,天誓见状让父亲同意,并发誓自己修持梵行,终身不婚。诸天神闻言朝天誓抛下鲜花,说你就是"毗湿摩"。

福身王病逝后,毗湿摩尽心尽力辅佐花钏和奇武两个幼弟。花钏即位后,不久在战场上死在一个乾闼婆手中。奇武即位,毗湿摩打败了迦尸王,把她三个美丽的女儿带回来给弟弟做媳妇。途中大公主安巴告诉毗湿摩自己和沙鲁瓦王相爱,私订了终身,请求放了她,毗湿摩满足了她。没想到沙鲁瓦王却因她被俘拒绝接受。安巴只好来找毗湿摩,想让他娶自己。毗湿摩立过誓不能娶,安巴无家可回,在森林里哭泣流浪,一心要复仇毗湿摩。

安巴在森林中遇见了持斧罗摩,告诉她自己的遭遇。持斧罗摩是毗湿摩的师父,便带安巴来找毗湿摩,让他接受,但他还是不从。持斧罗摩便和他打了起来,两人打了23天,谁也没法打赢谁,恒河女神和罗摩婆利古家族祖先一起来到战场劝和。愤怒的安巴独自离开,在森林中修行,终于博得了湿婆的欢心，湿婆许诺她下一世转生为男子，可以杀死毗湿摩，安巴立即燃火自焚，转世成为木柱王之子束发。

奇武和两个王后都无法生子，贞信让毗湿摩继位，并娶妻生子，可他坚决拒绝。贞信只好请自己的私生子广博仙人来借种生子，结果生下了盲孩持国。持国长大后和犍陀罗公主结婚，生下100个儿子，长子名为难敌，次子名为难降，难敌长大后成为俱卢族头领。由于持国是个盲人，就由般度继承了波罗多族的王位。一天般度在林中打猎，看到一对鹿正在作乐，便一箭射死了公鹿，没想到这是一对仙人变的，死去的仙人诅咒般度只要与女人作乐就必死无疑。般度只好将王位让给持国，自己带着两个妻子到森林里修炼苦行。

贡蒂是黑天父亲富天的姊妹，她在结婚前和太阳神苏利耶试"求子咒"生下了穿金色盔甲的迦尔纳，将孩子放在一个篮子里放到恒河中，被一个车夫救起养大成人。

贡蒂看般度无子，就将"求子咒"告诉了般度和妻子玛德莉。在般度同意下，贡蒂分别与正法之神阎摩、风神伐由、天帝因陀罗生下了坚战、怖军和阿周那，玛德莉与黎明之神双马童生下了孪生兄弟无种和偕天，这五个孩子被称为般度五子，个个英武。不久之后，般度因强行与玛德莉交媾而死，玛德莉也陪丈夫自焚。贡蒂只好把五子带回王都投靠叔叔毗湿摩，毗湿摩请持斧罗摩弟子德罗纳大师教般度五子和持国百子武艺。

然而般度五子和持国百子从小就不和，难敌几次想杀怖军，都被怖军躲过去了。

弓箭大师德罗纳和儿子马勇被木柱王逐出后，投靠了毗湿摩，把一身本领都教给了阿周那。阿周那捉住木柱王让他向德罗纳道歉。木柱王甚感屈辱，修行中天神赐给他一个注定杀死德罗纳的儿子猛光和注定会嫁给阿周那的女儿黑公主。

岁月流逝，般度五子和持国百子业已成年，在一年一度王子间比武大会上，阿周那技压群雄。这时一个英俊的陌生武士迦尔纳出现，把阿周那的技艺

化境吴哥

都表演到位，难敌大喜，赞赏有加，让他和阿周那真刀真枪比赛。因迦尔纳出身车夫，阿周那拒绝并羞辱了迦尔纳，迦尔纳内心投向了难敌。

般度五子在视察象城时，难敌派奸细放火烧宫，幸好坚战得到维杜罗的警告，从地道逃生。在逃亡中怖军为民除害，杀死了食人的罗刹钵迦和妄图抢夺母亲贡蒂的魔王希丁波，娶了希丁波的妹妹罗刹女希丁巴，生下混血儿瓶首。

木柱王为女儿黑公主比武招亲，化装成婆罗门的般度五子也来参加。比赛内容是拉开一张硬弓，许多成名英雄都无法拉开，迦尔纳轻而易举拉开一半时，黑公主高傲地说，我是不会嫁给一个车夫之子的，迦尔纳闻言放弃。阿周那站了起来，挽弓搭箭，命中靶心。场内大乱，国王们不服拿着武器冲上来要杀般度五子，他们挫败了对手，带回黑公主。黑公主成为般度五子的妻子。在典礼上大力罗摩和黑天认出了般度五子，与他们相见。黑天与阿周那结下牢不可破的友谊。

持国听说般度五子活着，听从毗湿摩等老臣的意见，把一半国土交给了坚战。坚战和般度五子将原本贫瘠的一半国土建设成为全印度最富庶的地方。

毗湿奴化身的黑天对般度族充满友爱，时常为他们出谋划策。阿周那爱上了黑天的妹妹妙贤，婚后生下般度五子后代中最出色的勇士激昂。黑公主也为般度五子各生了五个儿子。

坚战统治国家12年，天帝城的声威越来越大，引起了难敌和持国百子的不满，认为父亲是放虎归山，经过策划，决心尽快除掉般度五子，夺回天帝城。

战前，黑天找到了迦尔纳，告诉了他的真实身份，劝他回到母亲和弟弟一边。迦尔纳感谢黑天的好意，但他不愿背信弃义。另外，毗湿摩、德罗纳和维杜罗等老臣都找难敌和解。难敌拒绝，说我连针尖大小的地方也不会给般度族。和解以失败告终。

亨利听到周神仙介绍说，我搞清楚这场战争的原因了。

亨利感慨地说，这些印度神话故事的文学水平完全不亚于古希腊英雄史诗。接着他看了18天的激烈战争场面。

第四十章 | 俱卢大战

在黑天的帮助下，阿周那射死了迦尔纳。般度军展开了全线攻击。俱卢族已经损失了差不多所有大将，持国百子也被怖军杀得所剩无几，慈悯劝难敌求和，难敌说现在求和无异于求饶。难敌任命沙利耶为大元帅。

杀到最后一天，俱卢族兵败如山倒，沙利耶也被坚战斩杀。难敌一个人逃跑，藏身在一个池塘。般度五子很快就找到了他，在嘲笑侮辱声中，难敌爬起来提出和坚战单挑，双方激战中，黑天教怖军打难敌的腿，难敌被怖军铁杵打倒，临死前他大骂黑天，认为是黑天帮助般度五子战胜了自己。天降花雨，难敌死去。

18天激烈的战争结束。

周神仙、亨利一行从浮雕中出来，意犹未尽。

亨利问："就这样结束了？"

周神仙说："仗是打完了，但故事还没完全结束。"

亨利让周神仙讲完。

周达观站在雕画前继续讲：

"俱卢族只剩下马勇、慈悯和成铠三人。马勇发誓报仇，把自己作为祭品献给湿婆，从毁灭神手中得到一把利剑，三人夜袭般度大营，杀了猛光、束发、黑公主的五个儿子以及所有的将士。般度五子恰巧当晚没有回大营，听说全军被杀消息后，在跋吉提河边找到了马勇。黑天诅咒马勇会因为罪行落入永生的折磨中，他将浑身烟尘漫游在大地上，忍受病痛而无法死去，直到劫末。

"此战阵亡者众多，消息传到持国那里，失去所有儿子的盲眼国王悲痛万分。他们赶到战场哀悼，打扫战场的时候，坚战从母亲贡蒂那里得知了迦尔纳的真实身份，失声痛哭，在兄弟们和黑天的劝说下，登上王位。激昂的遗孀至上公主生下了遗腹子成了继承婆罗多王族唯一的根苗。持国等老人到森林中修行，全部在森林大火中死去。

"大战结束36年后，黑天统治的雅度族日益骄奢荒淫，也遭到灭国。黑天意识到自己归天之时已至，他独自来到一棵榕树下冥想，被一个无名的猎人误认为是一只鹿射死在树下。

"般度五子闻讯悲痛不已，决定结束尘世的生活，便将王位传给激昂的儿子继绝，一起到喜马拉雅山朝觐。半路上遇到一条流浪狗，跟着他们一起走，由于路途艰难，相继死去，最后只剩下那条狗跟随着坚战。爱和恨都远去了，他不再感到悲伤，也不再感到迷惘，毫不犹疑地前进，他已经明白什么是真实、什么是幻想。故事结束了。"

亨利感慨万千，他感慨的首先是印度神话故事的复杂曲折程度，一点也不亚于古希腊的神话故事；其次，把这么曲折复杂的故事用浮雕艺术呈现出来，需要有多么高超的美术水平啊……

第四十一章

诸 神 之 战

亨利来到了北回廊东侧的浮雕前，周神仙说："这是描述毗湿奴的化身黑天和湿婆大战的场景。"亨利非常惊讶，问道："怎么这两位最大的天神还要打一仗？为什么啊？"

周神仙说："这也是一个非常有趣的故事，涉及三大天神，你还是自己去看看吧。"

说完，二人转身又入境目睹天神大战了。

许多年前，巴利被毗湿奴击败，流放地底世界。而他的长子波那是千手的阿修王。波那为人聪颖，非常大方，一诺千金。一次湿婆在盛会中起舞，波那以千手替他击鼓伴舞，湿婆为了报答他，答应波那成为他城池的守护者，波那于是雄霸一方，数次战胜过天神。波那的女儿霞光，正值青春妙龄，和黑天的孙子无碍在梦中一见钟情。霞光有位女友，懂得法术，运用幻力把黑天王宫里的无碍带到了霞光的宫中和她秘密相会。然而没过多久，纸包不住火，霞光偷偷藏了一个情人的事终于传到了波那耳朵里。波那冲进霞光宫中，抓住了享乐中的霞光和无碍。波那虽然见到无碍一头鬈曲蓝发，莲花眼，身材修长，外表英俊，但就是不能遏止自己女儿贞洁遭到破坏的愤怒。波那让士兵抓住无碍，无碍用一根铁棒把众士兵打得倒地不起，然后夺路而逃。但波那武艺超群，使用蛇索捆住了无碍，把他关了起来，想要杀掉。

黑天和家人正在为无碍的神秘失踪着急，那罗陀仙人翩然而至，把无碍被抓的前因后果告诉了黑天。听到消息后，黑天立即带大军赶到波那的城池下，要波那交出无碍。波那不干，双方随即开战。黑天用利剑和神锤杀死阿修罗王的随身侍卫，而波那施展他的千手所长，同时拾起500张弓、2000支箭，但黑天毫不费力就把每张弓一折为二，打碎了他的战车，砍掉了波那的998条手臂。

听到消息，狂怒的湿婆赶到现场，亲自出马保护自己的崇拜者，和黑天正面冲突起来。这是自远古以来，宇宙间两位最有威力的大神面对面单挑，所有天神都纷纷跑来看热闹。湿婆向黑天投出各种兵器，黑天也掷出相应的法宝，湿婆祭起兽主法宝，黑天便以梵天法宝应对。湿婆投出风属性的法宝。带出猛烈飓风之际，黑天就以高山反击，阻挡飓风之势。湿婆以烈火进攻时，黑天则降下大雨。直至最后，湿婆投出本身的武器三叉戟，黑天以妙见神轮与之抗衡。见到双方打得不可开交，梵天赶紧来到战场，对两人说：停止战斗吧，大地已经无法承受你们两个搏斗产生的负担了，讲和吧。湿婆和黑天听了，各自放下武器。湿婆拥抱了黑天，让他饶恕波那。黑天也诚心诚意说：我知道他是巴利的儿子，因此绝对不会杀他。我曾答应钵罗诃罗陀，不会再杀他们家族的阿修罗。只是因为他太狂妄，所以我砍掉他998条手臂作为惩罚。

波那在黑天跟前行礼道歉。他随即让人放了无碍和霞光，两人来到黑天面前，得到他和湿婆的共同祝福，从此幸福地生活在一起。

亨利来到东回廊北侧的浮雕，问周神仙："这幅画画的是什么？"

周神仙仔细观赏了一会儿说："骑着大鹏鸟的应该是毗湿奴，大鹏鸟是他的坐骑伽鲁达。这样看是毗湿奴大战阿修罗。"

亨利浏览着这幅浮雕，又走到浮雕旁边看看，问周神仙："你上次来可看到这幅浮雕？"

周神仙摇头："没印象了，应该没有，看过我会有印象。"

亨利："这就对了，这幅看起来刻工比较浅，不如其他浮雕精致，石头的选材也比较新一些。我估计是后来补上去的。"

周神仙："你这么一说，我也看出来了，你看，这儿，还有这儿，明显比较粗糙。这要是老国王看了，非砍头不行。你还要进去看吗？"

亨利："不进去了，粗制滥造，出不来怎么办？"

两个人都笑了。

亨利："毗湿奴大战阿修罗，阿修罗是怎么回事？为什么天神老和阿修罗打？你能说说吗？"

周神仙："我也是来了以后请教宫里人的。在古代神话中，有神就要有恶魔，就像光明和黑暗。"

亨利："是的，在《圣经》故事里，天使和恶魔对立；北欧神话里，阿瑟诸神和巨人对立；埃及神话里，奥西里斯和塞特对立。"

周神仙："对，在印度神话里，就是天神与阿修罗。阿修罗是三界众生中力量仅次于天神的重要族群，是天神最大的敌人，是恶魔，也是秩序的破坏者。他们爱好战争，生性多疑，性格暴躁，掌握法术之力。然而，所有的恶魔其实总是和天神有扯不清的关系。魔神阿修罗和天神也是亲族，都是梵天之子、仙人迦叶波的后裔。主要的天神都是迦叶波的妻子阿底提所生，而另外两个妻子檀奴和底提所生的儿子们则分别被称为'檀那婆'和'达提耶'，合称阿修罗。而更加有趣的是，阿底提的第一个孩子也是阿修罗，而且是阿修罗之王，叫希罗尼亚克夏，他又是所有天神的兄长。这些阿修罗和天神最初一样，都是三界的统治者，与天神分享威力和财富，最终反目为仇，爆发了天界的战争。

"其实，他们的矛盾产生于一个很小的事情：天神和阿修罗共同统治世界很长时间，都有些骄奢傲慢，对自己的异母兄弟不够尊重，处理事情不够谨慎。有一次，以脾气暴躁和法力强大著称的敞衣仙人在大地上漫步，一只鹰为了表示对他的尊重，衔了一个花篮献给他。敞衣仙人拿着花篮很高兴，恰好看到天帝因陀罗骑着象王爱罗婆多走过，便走上前去把花环转赠给了天帝。因陀罗表示了感谢，却漫不经心地把花环挂到大象的鼻子上。象王不明所以，把花环从鼻子上甩了下去，落在泥地里。这下可闯了大祸，敞衣仙人一看，天帝竟然这样对待自己送给他的礼物，勃然大怒。他诅咒天帝说：你这个傲慢的家伙，竟然这样对待我送你的花环，你和所有天神会慢慢失去力量和对三界的统摄权。

"后来，天神和阿修罗之间一共发生过12次主要的大战，如那罗辛哈（人狮）战争，在这场战争中毗湿奴以人狮的化身诛灭了骄横的阿修罗王希罗尼亚克夏。战车驾驭者之战，希罗尼亚克夏世系的伟大阿修罗王巴利战胜了所有天神，但却败在了化身侏儒的毗湿奴手下。下幅浮雕乳海之战，我再专门介绍。夺回陀罗之战，月神苏摩诱拐了众神的导师祭主的妻子陀罗，并且投奔到阿修罗一边，最后通过战斗众神夺回了陀罗。三连城之战，湿婆诛杀了三连城的阿修罗。水持之战，大海之子、希罗尼亚克夏的养子水持企图诱拐湿婆的妻子雪山神女帕尔瓦蒂，被愤怒的湿婆杀死。弗栗多战争，发生在弗栗多当阿修罗王的时代。这些战争持续千年，牵扯到三界众生，构成了天界的历史。"

亨利听了周神仙的介绍，深有感触，他沉思着一个问题，这天神和阿修罗之间的矛盾和战争，究竟是文学家虚构的还是真实的社会？为什么现实的印度社会奉行的是非战争主义？阿诺德就说，印度的悖论是全世界不抵抗主义的悖论，和平只能从非暴力和不相信武力而来，非暴力只来自印度，因为印度人似乎真正相信非暴力。

第四十二章

搅 拌 乳 海

亨利、马可逆时针方向从南面再转向东面，东面墙壁上出现了印度教最重要的创世纪故事"搅拌乳海"。浮雕前，周神仙站在亨利身边介绍说："这幅浮雕是毗湿奴神话中最著名的一个故事，叫作'甘露争夺战'，也叫作'搅拌乳海'。在吴哥王朝的建筑上一再出现过，成为桥栏，也刻在门楣上。"

亨利想起了走过护城河时那些巨大的54座巨人像，以及桥栏上手握九头蛇的雕刻。

周神仙说："吴哥寺这一面浮雕，用图案描绘神与魔的最初的一场斗争，而毗湿奴是这场斗争的主角。"

他们看到：修罗和阿修罗正在弥卢山上开会，只见护持神毗湿奴站出来对大家建议说："乳海的海水是神奇的母牛须罗毗的乳汁，搅动乳海之后一定会让我们找到能够增强力量、长生不老的甘露。让我们一起去搅拌乳海吧。"

有人问：我们应当怎样去搅拌乳海呢？

毗湿奴说："我们把曼陀罗山当搅棒，龙王婆苏吉作为搅绳，我来把自己化身为巨龟作为曼陀罗山的基础，然后你们分别在两边来搅动。"

225

大家听了都表示赞成。大家一起来到了海边请求海洋之王伐楼那的准许，伐楼那当即表示："为了得到甘露，我愿意忍受沉重的碾压。"

天神和阿修罗把曼陀罗山连根拔起，放在了大海中央，只见毗湿奴分出了一个化身巨龟沉入海底托着曼陀罗山，毗湿奴自己坐在了曼陀罗山上，压牢稳固这座山，然后龙王把身躯紧紧缠绕在山上，龙头在一边，龙尾在一边，吵吵嚷嚷的天神和阿修罗商量谁到那边。

这时，站在曼陀罗身上的毗湿奴建议说："听我指挥，天神站在龙头一边，阿修罗到龙尾一边。"

这是毗湿奴的计谋，多疑的阿修罗果然中计，檀那婆和达伊提耶吵闹着带阿修罗跑到龙头一边，天神们来到了龙尾一边。双方按照毗湿奴的指挥，一起用力，开始用曼陀罗山搅拌乳海，天地间立刻充斥着隆隆巨响，海中的鱼类被碾碎化为粉末，融入海水。曼陀罗山飞快旋转着，山上的大树互相碰撞燃烧起熊熊大火，照亮了暗蓝色的天空。山上的动物葬身火海，天神因陀罗赶忙降下暴雨，扑灭火焰，山上燃烧的灰烬顺着雨水流入海中。这时，龙王婆苏吉抬起巨大的头颅，不断张开大嘴，喷出毒焰和火气，差点把阿修罗们熏死过去，而拉着尾巴的天神则免受其害，还能享受风神送来的凉爽轻风。阿修罗们开始互相埋怨。

搅拌乳海持续了100年，大海中产生了水乳，又从水乳中产生了清奶油。大家累得精疲力竭，就在这时，努力终于收到了成效，奶油般的大海中升起了一轮明亮的、皎洁的天体，闪烁着凉爽的银色柔和的光线，缓解了天神们的疲劳。

这时，从清奶油中走出了美丽圣洁、身着乳白衣，象征财富和幸运的吉祥天女。她拿着花环，含羞打量了一众天神和阿修罗，最后把花环挂在了毗湿奴身上，选择他做自己的丈夫。接着，白色神马高耳从大海中奔驰而来，紧接着一块神奇的、光耀三界的宝石浮现在大海上，它自动成为毗湿奴胸口的装饰，还有一对美丽的耳环，天神把它送给了自己的母亲阿底提。之后又出现了如意

第四十二章 | 搅拌乳海

神牛须罗毗和天界的如意树等14种宝物。第一个天女兰芭也出现在大海中，光艳照人，天神和阿修罗都看得目瞪口呆，争执不下，最后决定让天女成为所有天界居民共同的妻子，也就是天界舞女。

宝物出来之后，突然出现了一团毒药迦罗拘吒，它是龙王婆苏吉口中的毒物在大海中所化，它足以让世界化为灰烬。众神看到这团毒药，全都吓破了胆，四处奔逃。此时破坏之神湿婆挺身而出，一步向前，将毒药放入自己口中。他的妻子惊恐地一把掐住他的喉咙，想阻止毒液下咽。与此同时，毗湿奴也伸手堵住了湿婆的嘴巴，以避免毒药外泄。结果，毒药将湿婆的脖子烧成了青色。为了减轻灼烧之苦，月亮作为清凉之物，装饰在湿婆头上。

甘露终于浮出水面，相貌英俊的医神檀文陀梨从大海中冉冉升起，手中捧着一个白色的钵子，甘露就盛在里面。阿修罗见状大喊："那是我的！"

这时，毗湿奴变化成了绝世美女摩西尼，娉娉婷婷走到阿修罗面前，边舞边说："诸位英雄，你们很疲劳了，先放松放松。"阿修罗们心醉神迷，把自己那份甘露交给了她保管。

毗湿奴真身拿着甘露溜回到了天神一边，大家急忙分食甘露，场面混乱。有一个叫罗睺的阿修罗变化成天神的样子，也分了一份甘露。他正忙着啜饮，旁边日神和月神把他看穿，大喊："这里有一个阿修罗。"毗湿奴立即召唤来神轮妙见，割下了罗睺的脑袋，但是他已经咽了一口甘露，因此不但没有死，反而成了两个只有半身的怪物，在天空中飞翔，找机会就想吞吃日月。

阿修罗看到罗睺被砍成了两截，这才醒过神来，披甲上阵，怒吼着朝欺骗自己的天神冲去，一场大战就此爆发。

在乳白海浪拍打的海岸上，巨大又锋利的标枪成千上万地投掷着，各种法宝在天空中飞来飞去，厮杀声和惊呼声响彻宇宙。从夜晚到清晨，双方死伤无数，阿修罗且战且退，搬起一座又一座大山扔向天神。最后，毗湿奴拿起自己的神弓，摧毁了阿修罗手中的武器，阻断了阿修罗回到天上的道路，也劈碎了阿修罗手中的大山。神轮依旧在战场上怒气冲冲地回旋，幸存的阿修罗狼狈逃窜，有的钻入大地，有的逃进大海。天神获得了胜利，欢呼声响彻三界。在向曼陀罗山致意后，众神把它送回了原地，拿了甘露，回到了天界。

亨利在看完这场大戏后，半天惊得说不出话，直到周神仙把他带回到浮雕图案前，亨利又反复地看着浮雕的构图和雕刻，特别是对毗湿奴的人物塑造赞不绝口。亨利数着左边是88位有魔力的阿修罗，右边是92位天神，向两边同时拉扯巨蛇。只见巨蛇缠住曼陀罗山，山坐落在巨龟背上，毗湿奴神在中央俯视，湿婆神、大梵天以及猴王哈努曼都出现在了浮雕图案中。海中翻腾着鱼类、蛇、鳄鱼等海中生物，所有生命都在数十米长的浮雕中，掀起了乳海浪花。

亨利对周神仙感慨地说："东西方的神话中都有神和恶魔的对立，就像光明和黑暗的对立一样。在圣经故事里，天使和恶魔对立；北欧神话里，阿瑟诸神和巨人对立；埃及神话里，奥西里斯和赛特对立。在印度神话里，对立的双方是天神和阿修罗，只是没有想到，他们原本也是亲人，都是梵天之子，仙人迦叶波的后裔。主要的天神都是迦叶波的妻子阿底提所生，而另外两个妻子檀奴和底提所生的儿子们则分别被称为'檀那波'和'达伊提耶'，合称阿修罗。阿底提是迦叶波的第一个妻子，她生下的第一个孩子是阿修罗之王希罗尼亚克夏，他比阿底提所有的孩子都早出生，因此阿修罗实际上应当算是天神们的兄长。从这个角度看，他们之间的战争是梵天家里的事情。"

周神仙："皇帝的家事就是国事，恐怕苏利耶跋摩二世也遇到了这样的矛盾，所以他的老师是毗湿奴而不是湿婆。"

一直仔细观赏浮雕的马可走上前来，向亨利请教，眼前的高棉浮雕艺术真的如同他之前所说的，可与意大利文艺复兴的艺术魅力相提并论吗？

亨利看着马可，非常肯定地点头："是的。且不说眼前这些无与伦比的雕塑艺术的制作和成熟在时间上远远早于我们欧洲的文艺复兴，单说我们伟大的马可·波罗几百年前远赴亚洲探访的意义不正在于此吗——多元共存，文化互通。你说呢?"他说得兴致勃勃,用意味深长的眼神看了一眼马可。

马可轻轻地点点头,却仍有一丝不服气的神情流露出来。亨利说:"看来这个问题让你很困惑呀!"

年轻的马可不好意思地低头一笑,他望向天空中的远方,说道:"我很怀念罗马的斗兽场、博物馆还有佛罗伦萨……我从小接受的艺术教育就是,我们意大利的达·芬奇、米开朗琪罗、拉斐尔是文艺复兴时期欧洲的艺术巅峰,至今也是其他国家难以达到的艺术高度。那是我们血统之中的骄傲。来到这里之后,听到你对于高棉艺术的评价,我一直都有这样的疑问存在心里……"

亨利拍拍他的肩膀说:"你的感受我很了解。我想你在这里受到的震撼应该不亚于我。你看看这些恢宏的雕像,这些宏大的民族神话,如此悠久的历史,并不亚于其他古老的文明……我们确实应该打开心扉,去拥抱这开阔的世界,而非封闭在我们的欧洲、我们的意大利。我热爱我的故乡,我热爱意大利、法国、英国……我们确实有极高的希腊罗马文明流传于世,但是在世界上的其他角落,也有同样灿烂的文明在生长,这是我来到柬埔寨后得到的最大收获。"

马可展开了笑颜。

第四十三章

三千世界

亨利、马可来到了南面东端另一段长浮雕，就是"三千世界"。

亨利对周神仙说："这个画面让我想起了意大利著名诗人但丁的长诗《神曲》，也是说的天堂和地狱，世界上各种宗教恐怕都是这样划分世界的。"

周神仙："世界在梵语里称为'罗迦'，意思是地域、疆界，在梵天创造天地和众生之后，诸多'世界'就被划分出来，作为不同族群的居所。整个宇宙可以划分为'三界'，即天界、人间界和地下世界。天界是天神、星辰、仙人和有德灵魂的居所。诸多的人类、动物和精灵居住在人间。地下世界则属于天神的敌人——阿修罗和龙族那迦。"

亨利对周神仙请求进入三界实际感受一下，周神仙又一次把亨利带入浮雕之中。

亨利乘坐着云车在空中飞行，他看到下面大地是平坦的，八方守护者的大象支持着它，而这些大象又站立在巨龟身上。每当大象甩动尾巴，或者打个喷嚏，地面就会产生震动。

"看，到弥卢山了。"周神仙说。

第四十三章 三千世界

亨利看到下面大地的中央是弥卢山,它的根基呈圆形,高达84 000由旬(古印度长度单位,指公牛挂轭走一日之旅程),底部则有16 000由旬,由黄金、水晶和白银构成,是众神的居所。日月众星在风的驱动下围绕弥卢山转动,运行的高度是弥卢山高的一半。弥卢山顶有许多布满宝石的山峰,永远吉祥洁净的圣河恒河,就从山顶倾泻而下,发出惊人的轰鸣声。

"弥卢山是宇宙的中心,围绕着弥卢山上下左右有着无数的世界,地面以上的世界又分为七个不同的层次,层次越高,境界就越美丽。第一个层次就是我们居住的大地,名为菩利罗迦。在大地上,弥卢山周围是四大部洲,也就是四块大陆。这四大部洲被大海隔开,分别称为跋德罗湿婆洲、计都魔罗洲、北俱芦洲和我们所居住的赡部洲。"周神仙边飞边介绍。

他们飞到了计都魔罗洲,这里位于弥卢山的西边。亨利看到了,这里的人肤色金黄,生来无病无灾,能够活到10 000岁。

弥卢山的北部是北俱芦洲,这片土地上树木常年开花结果,盛产美味水果和乳汁,树上甚至结出了衣服。这里的居民全是天神转生,所有的妇女都产孪生儿,容貌美丽,能活到11 000岁。

弥卢山的东边是跋德罗湿婆洲,这里是吉祥的方向,天神的根基都在这里,太阳每天从这里升起,天帝也在此灌顶为王,居民肤色白净,男人威武有力,女人美丽可爱,犹如白莲,他们以加波罗树的汁液为食,能活到10 000岁。

他们飞到了弥卢山的北部上空,下面是最古老的海洋——乳海。海边耸立着一座有三个山峰的角山,还有个叫作白岛的岛屿,岛上住的都是大神毗湿奴的信徒,他们肤色如光,容貌俊美,不吃食物,一心向着东北方向祈祷,毗湿奴本人就居住在那里。

周神仙介绍说:"除了乳海之外,还有酥油海、凝乳海、酒海、法海,它们环绕着大地,海上有岛屿,上面有神奇的生物、山脉、河流,有人类居所。在大地上,第二个层次的世界是仙人们和半神居住的空间,称为菩婆利罗迦。凡人的眼睛看不到得道的仙人和形体透明的半神,他们居住在空气里,自由地

化境吴哥

御风而行。"

云车向上飞行,他们正在飞往天国,它位于太阳和北极星之间,亨利看到了世上最美的花园、天神和他们的乐师、天女。天帝的都城在天国中央,神奇壮丽,超出一切凡人的想象,大门朝北,由神象守护。

周神仙介绍说:"这里到处都是奇花异草,没有忧伤和烦恼。"亨利看到了天帝的大殿位于城市中央,长150由旬,宽100由旬,高5由旬。它是因陀罗亲自建造的,能够在天空中自由移动。

亨利接下来看到的三个层次,都是梵天儿子们——最具威力的古老仙人居住的地方,他们也乘坐云车,在各个世界里自由行走。

周神仙介绍说:"梵天本人居于弥卢山之巅的梵界。这座殿堂随时都灿烂夺目,光辉超过了日月星辰。我们看了地上世界分为七层,现在去地下世界也分为七层。地下世界统称为波陀罗,它高70 000由旬,每一层10 000由旬。地下世界也有自己的日月星辰,冬暖夏凉,生活条件并不比天神的国度差。"

亨利:"还有这种事?这倒是与地狱的感觉不一样。"

他们乘坐云车首先经过水神伐楼那的领地,他的国土富饶吉祥。水神本人居住在黄金建造的宫殿里,这里保存着天神和阿修罗的全部兵器,亨利让周神仙带他参观了这座兵器仓库,各种法宝琳琅满目大开眼界。宫殿中央是白玉做成的大会堂,所有的河流和水体在经过时都要以人形向水神致敬。

来到地下世界,亨利看到的正如周神仙所说,大部分地方都被阿修罗和群蛇占据了。但是,这里各色宫殿也是金银筑造,装饰着青色的琉璃、红色的珊瑚、白色的水晶和闪亮的钻石,富丽堂皇、夺目灿烂。宫殿里摆放着镶嵌宝石的床榻、精心打造的餐具、线条流畅优美的座椅。可见阿修罗在这里过着富裕的生活。

接下来一层世界是群蛇居住,叫作"波陀罗",上层的水源源不断流向这里,神象爱罗婆多就从这里的水中用长长的鼻子吸足水分,喷向天空,形成降雨。

周神仙："居住在这个世界上的所有生物，白天暴晒而死，晚上在月光下复活过来。地底最下一层叫作罗娑陀罗，神奇的如意奶牛须罗毗居住在这里，再下面30 000由旬居住着最年长的巨蛇龙王舍沙，他守护毗湿奴的床榻，也是大地的支持者。"

亨利："地狱，地狱在什么地方？"周神仙："人们通常说的地狱或者死者王国，位于南方的地下，咱们现在就过去。"

云车拐向南方地下。第一层地下世界"阿陀罗罗迦"之上，由严厉而公正的死神阎摩统治着。地狱一共分为28个不同的"那罗迦"，罪人死后就会堕入按照其罪行所安排的那罗迦偿还生前所犯罪孽，死后遭受折磨。有的地狱奇热无比，专门为生前不尊敬父母者所设；有的地狱里充满毒蛇猛兽，生前虐待穷人的人就会掉落进去……把阎摩的国度和人世间分割开的是一条可怕的河流毗多罗尼，这里流淌的不是水而是血和污垢，死人的骨头和头发漂浮在河面上……

周神仙："阎摩的国度里也不都是可怕的酷刑和刀山火海。阎摩有自己的大会堂，也是光辉宽敞，人们在这里不会感到饥渴，也不会感到忧伤。阎摩在这里款待那些高尚的灵魂和已经逝世的国王，人类祖先也都居住在这个会堂中。"

说着云车又穿越屏幕，亨利回到了浮雕前。他对周神仙说："看来东西方文学家对这个世界的认识是差不多的，都是分为天堂、人间、地狱。实际上，人们还是按照现实社会描绘未来世界。"

亨利逆时针方向从西面浮雕转向南面，前方又出现了一百多米的浮雕。这是一面长两米的墙壁，被分割成了两层：上层描述吴哥建造时的苏利耶跋摩二世和他朝廷中的大臣，下层则雕着他的妃嫔及儿女。

周神仙在一旁对亨利说："中国古代宫廷有凌烟阁、麟台，把对朝廷有战功的大臣将军图绘上去，这是一种极高的荣誉。这一段的浮雕，也是这种

化境吴哥

寓意。"

亨利伫立在浮雕前,他仔细观赏着浮雕,这一段浮雕表现贵族威仪,但画面的设计却又显得非常华丽安详,没有任何轻薄浮躁之气,俨然是一种大国的风范,一点都不亚于罗马鼎盛时期帝王出行时的规格和气势。

只见苏利耶跋摩二世手持拂尘,头戴宝冠,优雅地坐在宝座上,旁边环绕着无数的侍从婢女,手持羽扇华盖,华盖多达15张,这是君王仪仗的标配。在这一段浮雕中,依次有不同身份的臣子,华盖数量不一,有13张的,有5张的、6张的,华盖代表了不同阶级的地位。仪仗的背景有姿态优美的树木,树木上停栖着鸟雀,仿佛太平盛世。最美的是下层的妃嫔,她们和吴哥寺飞天女神的发束相同,坐在精致的步辇上,由仆从抬着,裙裾飘飘,优雅华丽。亨利看到这儿,不禁想到周神仙《真腊风土记》中关于国王出行的这一段记叙与面前的浮雕图案如出一辙。

"我在吴哥一年多,就见到国王离宫出巡四五次。每次国王出巡的时候,所有的军马都走在最前面,旗帜鼓乐跟在军马队的后面。接下来是三五百个宫女的队伍,她们穿着美丽的花布衣服,梳着花式头髻,手举着巨大的蜡烛,排成一队,虽然在白天,他们也点着蜡烛。还有一些宫女手捧金银做的器皿,和中国的文房用具不相同,也不明白拿着何用。还有一些宫女拿着标枪打扮成士兵模样,自成一队。接下来又有羊车、鹿车、马车,都用黄金装饰。再接着是王公大臣们的队伍,他们骑着大象走在队伍的前面,从远处望去,有不计其数的红伞。接着后面的就是国王的王妃妻妾。她们有的坐在轿子上,有的坐在车子上,还有的骑马骑象,还有不下数百把黄金装饰的凉伞。她们的后面就是国王,国王站在象背上,手持宝剑,象牙上也戴上金制牙套。队伍打着二十几把黄金装饰的白色凉伞,伞柄也镶了黄金。四周簇拥了许多大象,也有骑兵步兵护卫着。如果只是在近处出巡,只坐金轿子,由宫女抬着。凡是出巡的时候,一定在最前面抬一座纯金的小金塔、金佛。观看的人都要跪地顶礼膜拜三次才行,否则就会被抓起来,终身囚禁。"

第四十三章 | 三千世界

亨利和马可已经上了云车，他们从云层中观看着苏利耶跋摩二世出征的盛况。

只见吴哥城内外，海螺号声、鼓声震天，成千上万面旗帜在城墙上、仪仗中飘扬，一排排骑兵、象兵、车兵、步兵，走上大道、通过大桥，苏利耶跋摩二世披金色的铠甲，手握宝剑站立在战车上，威武雄壮。亨利发现，阿米拉和郎哥也身穿铠甲站在国王身后，而国王战车的驭手不是别人，竟然就是阿泰，他也穿着戎装，随着国王出征。几十万的大军无边无际，亨利在云车上根本就看不到边。

高棉大军在洞里萨湖边上列阵，对面是占婆的军队，也是严阵以待。双方国王手举宝剑，发出冲锋的号令，无数步兵在战车的牵引下冲向敌阵，苏利耶跋摩二世一马当先，乘战车冲在最前面，他手持长枪，冲入敌阵。

双方激战之中，亨利看到一员士兵奋勇厮杀，锐不可当，杀敌如麻，仔细一看，正是郎哥。亨利看到，阿米拉骑着一匹白色的战马，驰骋在疆场中，她手握弓箭，不断射中敌人，突然，敌方一箭射中了阿米拉的臂膀，她继续冲锋。象阵交战中，阿泰骑着巨大的头象，冲在最前方，他用长长的大刀砍杀敌人。

敌军开始撤退、逃跑，高棉大军组织追击。

湄公河上，双方的战船在相互冲撞，无数支弓弩在发射着火箭，许多战船开始燃烧。

苏利耶跋摩二世在巨大的战船上，率领战舰冲向敌阵。

阿米拉护卫在国王身边，用盾牌不断防住天上飞来的火箭。

郎哥手持利剑，跳到敌人的战船上厮杀肉搏。

在内舱，无数的兵士在摇桨划船，他们中间就有阿泰。

敌舰燃烧，在熊熊的大火中沉毁。

吴哥城彩旗飘扬，鲜花绽放，百姓在城门、大道热烈欢迎着得胜归来的苏利耶跋摩二世的大军，场面壮观。

苏利耶跋摩二世的大军再次出征,欢送的场面依旧热烈。

大军进入山区,苏利耶跋摩二世迎着剑矢冲锋,攻陷了占婆王城。郎哥、阿米拉在拼命地攻城。

苏利耶跋摩二世再次回到吴哥,隆重的欢迎仪式。

王宫里,英俊的国王在听取宰相关于吴哥城和吴哥寺建设的设计方案。

国王听完后说:"其他的按你们的办,我只谈吴哥寺。第一,主殿供奉的主神是毗湿奴大神,神像设计要做好。第二,它既是一座庙,又是一个河,形成一个相对独立的建筑。护城河和神庙形成山水格局,山是须弥山,又是林伽,水是咸海、恒河,又是罗尼。第三,按照五座神庙,一中外四,三层结构设计。第四,整个主题内涵要和太阳神相关联。第五,正门设计向西不向东。"

听到正门向西,宰相和大祭司都说不妥。

国王说,我的庙我说了算,你们去办吧。

亨利和周神仙坐在云车上看到:

国王再次出征,隆重的欢送仪式。

苏利耶跋摩二世已经成了中年人,大军所向披靡,阿米拉、郎哥冲锋陷阵,势不可挡。

高棉军队冲向了海边,国王和阿米拉、郎哥、阿泰在海边沙滩上欢庆。

大军凯旋,吴哥城倾城欢迎国王。

中年的国王听取宰相、大祭司关于吴哥寺的施工建设汇报。

大祭司重点介绍了各时节太阳通过各城门阳光射向寺庙顶端的构思。

国王非常赞赏。

国王来到施工现场,只见无数的人和大象、马匹在紧张地施工。

宰相向国王汇报,已经动用了30万人、6万头大象在工程上,现在最大的问题是粮食供应不上,非常紧张。

国王说：让农民种三季稻，加收暹罗、占婆和安南的上税。

宰相说：现在各地赋税和劳务都很重，许多地方不安稳。

国王再次出征，欢送仪式更加隆重。

国王率领大军多路出击，攻克安南、攻入缅甸。

亨利和周神仙乘坐云车，跟在大军上空飞行。

周神仙："看，西路大军已经到达了缅甸的蒲甘。"

亨利："南部已经到达中国海海边了。"

周神仙："快看，北部快到中国了。"

亨利："下面是占婆。现在真腊已经把马来半岛全部攻占了。"

亨利从云车上向下看，无数战败国的俘虏被押往吴哥，无数的人在忙碌着，兴修水利，种植水稻，然而更多的人还是在吴哥寺服劳役。

王宫里，宰相、大祭司在向苏利耶跋摩二世汇报吴哥窟回廊的浮雕设计，国王明显已经年迈了，但仍神采奕奕。大殿里挂了许多张设计图，全都是国王的文治武功。看到最后，国王微笑着说："你们现在就想把我挂起来，放到墙上去啊。"

宰相赶紧解释说不是这个意思。

国王说："我可不想这么早就上去挂起来，这样吧，给我留一块地方，其他的都放大神吧。"

军机来报告：占婆人又造反。

国王说："还是我去吧，你们都是忙人。"

吴哥城再次欢送国王出征。盛况空前。国王威风凛凛，只是胡子都白了。阿米拉、郎哥仍旧陪伴在身边。阿泰还是驭手。

战斗场面空前惨烈，高棉军队大胜。

晚上，军营中，苏利耶跋摩二世国王在占婆前线累死。

大军回撤，新寺落成。举行盛大的开光仪式。

吴哥寺终于在苏利耶跋摩二世死后落成，历时三十余载。

第四十四章

日记被盗

十几天来，亨利一直在吴哥寺回廊里紧张地工作。一方面，他沉浸于对精美的浮雕艺术的欣赏之中而难以自拔；另一方面，他在用自己的画笔将它们复制下来，以便今后长期地学习研究借鉴。艺术是亨利的最爱，他的母亲喜欢艺术，所以，他从小就学习绘画雕塑，有一定的天赋和基础，后来游历了世界上的许多博物馆和艺术宫，对艺术有了很高的欣赏鉴别能力。文化艺术是陪伴一生的兴趣，是生活的重要组成部分，人生最大的乐趣莫过于生活在艺术中，所以，来到吴哥窟之后，无论是荔枝山的林伽罗尼还是吴哥窟的寺庙建筑，都令亨利如鱼得水，无比激动与兴奋。他知道，即使退一万步，吴哥窟的这些浮雕绘画所提供的素材，已经使他得以站在了巨人的肩膀上，无论是东方艺术欣赏，还是东西方艺术鉴赏与比较，还是人类宗教艺术建筑欣赏、人类宗教神话研究、大型浮雕绘画与雕刻等，他回到欧洲后，随便到哪家名牌大学讲学，都会受到热烈欢迎。甚至，他更有一种野心，就是亲自操刀大型教堂的壁画创作，与米开朗琪罗、达·芬奇、拉斐尔这些大师一较高下。所以，他现在如饥似渴、夜以继日地拼命工作。今天的每一张素描记录和文字记录，都是一粒种

第四十四章 日记被盗

子，来日都会开花结果，桃李芬芳。他日出而作、日落而息，白天在烈日下争分夺秒地记录，晚上在月光下抓紧整理日记。经过连日来紧张的工作，他在吴哥寺的考察工作几近完成。

晚餐后，又在雷雨中享受了天浴，一身舒畅，亨利照常让马可把最近几天的日记本拿来，他要进行整理。很快，马可丧魂失魄地跑来，用哭声惊慌地报告，日记丢了。这个消息如雷震耳，让亨利一时失去思想，不敢相信。他跟着马可来到了马可和郎哥的石头房，一看装日记的皮箱敞开着，里面空无一物。亨利顿时如五雷轰顶，万念俱灰。

"什么时候的事情？"亨利边问话边翻皮箱。

"就是今天。昨天晚上我还整理过。"马可颤抖着回答。

阿米拉和郎哥也在一旁紧张地看着。

突然，亨利在皮箱的夹层里翻到了一张明信片，正是那张基督明信片。"这是怎么回事，什么时候的？"亨利问。

马可低垂眼帘，说："不知道，以前没见过。"

亨利顿时平静下来，他大体明白是怎么回事了。

"阿米拉，你去问问阿泰，今天有没有工人离开。"亨利转过身对阿米拉说。阿米拉答应着马上跑开。

不到一会儿，阿米拉和阿泰进来了。

"怎么回事？"阿泰进屋就问。

亨利平静地说："没多大事，一些东西不见了，看看是不是有人拿错了。阿泰巴驼，今天有人离开吗？"

阿米拉："巴驼，你快讲，今天究竟有没有人离开？"

阿泰沉思了片刻说："有两个人回暹粒，办些事情，顺边取些米来。"

阿米拉急切地问："几时走的？"

阿泰："午后走的，现在应该快进城了。"

阿米拉："是那两个新找的吗？"

阿泰一愣，说："是，一个是阿猛，另一个叫阿青。"

亨利："巴驼，能借两匹马吗？我们要马上回暹粒。"

阿泰："今天晚了，明天不行吗？"

亨利："夜长梦多，还是早些处理好放心。"

阿米拉和郎哥说，我们也要去。

阿泰点点头，出去备马了。

很快，马备好，亨利、马可和阿米拉、郎哥带着武器和猎犬、老虎连夜返回暹粒。

轻车熟路，快马加鞭，两个多时辰，四个人两只老虎一条猎犬就赶回了暹粒城。亨利带着几个人先回到李老板的"唐人精舍"，看到马车果然停在院子里，亨利马上找到李老板一问，阿青二人回来不久，出去消夜了。几个人到后院高脚屋查看还没有回来。正说着，阿猛回来了。朗哥赶忙问他，阿青怎么没回来？阿猛说，阿青说他家里巴驮有病，他要回家照顾，已经和老板请辞了，所以，两人喝完酒，只有他一个人回来，阿青说到亲戚家去住了，就不回了。阿米拉问，他带东西了吗？阿猛说带了，有两个大包，说是自己的东西，要带回家。几个人听后，连说不好。

亨利想了想说，我知道一个地方他可能会去，或许还来得及。说完便带着几个人牵着老虎和猎犬赶忙出发。亨利告诉李老板，抄近路去基督教堂。很快，几个人就赶到了。亨利布置大家躲藏在阴暗的角落里。刚躲藏不久，就见一个人扛着大包小包的过来了，教堂门前有灯，大家都认得正是阿青。就在他敲门之际，亨利带着大家马上冲了上去，老虎和猎犬瞬间就扑倒了阿青，马可和亨利直奔大包小包，一掂沉甸甸的，再看果然是日记本。这时，就听教堂里的门人在问什么人在敲门。亨利迅速带领大家撤离。回到李老板的"唐人精舍"，亨利和马可首先清点日记本，近百本都在，一本不少。接下来亨利想要单独询问阿青，他让李老板安排一个单间，然后让郎哥把阿青带进来。只见阿青满脸惊恐，刚刚坐定，亨利还没问话，就一下子摔倒在地，朗哥和阿米拉、

第四十四章 日记被盗

李老板进来一看，不禁大惊失色，阿青已经身亡，杀死他的是柬埔寨传说中的"真腊毒箭"。阿米拉和郎哥要追出去，亨利赶忙拦住了。

李老板和亨利一起，连夜报官，处理之后，亨利一行才返回小吴哥。虽说日记找回来了，没有损失，但是在象工里面出了偷盗和死人这种事情，毕竟很不光彩，整个探险队的情绪一落千丈，陷入低迷。

晴空万里，烈日当空，亨利正在吴哥寺里绘画，还有两天，吴哥寺的考察就可以完成了。

突然，天空中炸响一个惊雷，一个大火球朝着吴哥寺飞奔而来，阿米拉骇得惊叫起来。亨利拉着阿米拉趴倒在地，大火球从他们头顶上飞过，砸向附近。在附近不远的地方，阿泰和几个象工正带着十几头象在吃草，火球砸在象群的中央，轰的一声巨响，最大的公象当场倒地，还有两个象工也被雷击中倒下。这突如其来的灾祸，吓得所有的象和人四散而逃，而天空中却再也没有任何声响，真是应了那句话——天有不测风云，晴天一声霹雳。

亨利、阿米拉、马可见状马上跑向出事地点，这时，只见包括阿泰和郎哥在内，所有的高棉人都趴在地上，不停地磕头。他们认为是探险队来到这里，未经天神允许，得罪了山神，山神报告天神湿婆，湿婆就放了一个雷来警告和惩罚他们，如果再不离开，就会有第二个、第三个雷，甚至更大的灾难，因为湿婆威力无穷，连生主罗波加提都怕湿婆的雷暴，所以他们都不敢留在此地了。

亨利和大家一起把逝者掩埋了，又给了一些钱让阿泰安抚死者家人，大家便匆匆回到暹粒城，又住回"唐人精舍"李老板的驿馆。

回到暹粒城，亨利就不用再去洗雨浴了。晚饭后，他整理了最近的日记和标本，然后就来到了浴池泡澡解暑气。连日来发生了这么多不好的事情，他觉得很郁闷，想找个人聊聊，抬头望去，只见周神仙正坐在对面。

亨利："来得正好，正想跟你请教一下呢。"

周神仙："请教什么呢？"

亨利："你怎么看雷击这件事？"

周："天有不测风云，人有旦夕祸福，正常。"

亨利："阿泰一家都吓坏了，说是得罪了山神，怎么办呢？"

周："好办！"

亨利："你说说！"

周："他们认为是山神，那你就带他们去拜拜神嘛，疏通疏通关系，神还不好说话吗？"

亨利一想，对啊，我怎么就想不到呢？

第二天一早，李老板按照亨利的要求，在自己的后院大榕树下设了一个灵堂，灵位中间是一个木制的大象，两旁是两个木偶人。然后到附近的庙里请来了一班和尚和阿加，探险队全队人员和所有的大象、老虎及猎犬查尔斯一起，为死难者隆重祭奠送行。三天之后，亨利又让李老板在附近找了一块地，砌了一个小塔，把这些祭奠物品置放塔内，才算是稳定了军心。死去的两个象工都是家庭条件很差的野人，如此厚葬仪式，是他们不可能得到的，也算是给了阿泰一个很好的安抚。丧事办完，亨利和阿泰、郎哥、阿米拉商量了一下，准备再用一到两个月的时间把大吴哥窟附近的主要寺庙考察一下，就结束整个考察活动，毕竟大家在一起已经快一年了，请阿泰协助完成考察。

几天来，亨利的安排使阿泰非常满意，晴天霹雳这是谁也挡不住的，现在妥善处理了死者后事，又祭拜了山神，一切妥当，他们也就无后顾之忧了。

晚上，马可问亨利，是不是真的要完成考察返回欧洲了。亨利说是的，这次考察从出发算起有一年多了，从自然科学的角度，有大鲵、狐蝠、古化石等一系列重大发现，对达尔文的进化论是很大的支持。目前，在英国进行的关于物种起源的争论已经到了白热化的阶段，达尔文非常需要亨利·穆奥亲自回到英国介绍此次东南亚探险的成果，这样会更具吸引力和影响力。同时，最近关于吴哥古城的发现，使这次考察变得更加富有成效，相信吴哥窟的成果对整个西方世界都是一次具有轰动效应的成果。但最近发生了偷盗日记的事情，亨利担心，一旦"老神仙"行动被泄露出去，他们就会遇到竞争，首创权就不是他们独享了，这个损失将是无法挽回的。所以，必须抓紧时间，只要再用几十天的时间，使吴哥古城的资料更加丰富，届时在欧洲出版考察报告，就会一炮打响，这个影响，一点也不亚于达尔文的进化论。

亨利告诉马可，他准备把郎哥和阿米拉带回欧洲，让他们在欧洲接受教育，今后会有更好的发展。如果阿泰愿意去更好，挑几只小象带回去，办个杂技团也挣钱。

在"唐人精舍"后院的高脚楼上，阿泰终日一个人面对着木制的天神湿婆像发呆，很少出来与人相见，亨利几次想和他商量下一步的工作计划，也总是被推辞，这使得亨利很无奈。自从阿青的事情发生后，亨利不知为什么，就连阿米拉和郎哥也很少说话。按说，发生了象工偷窃这种事情，阿泰总该给自己一个解释和道歉。然而，他却始终回避不谈，这就让亨利加深了疑云。

福无双至，祸不单行，一件祸事还没有处理完，另一件更大的祸事又压了上来。

这天早上，亨利还在梦中，就被马可喊醒了。

"老师，不好了，又出大事了！"马可紧张地说。

"出什么事了？"亨利边揉眼睛边问。

"我也说不明白，你快去看看，大象都死了。"马可颤抖地说。

亨利急忙起身，跟着马可跑到后院，只见眼前一片惨状，十几头大象全都躺在了地上，口吐白沫，发出哀嚎。而阿泰、阿米拉、郎哥和象工都束手无策地蹲在一旁，有的掉泪，有的颤抖。

这时，李老板也跑来了。

"这是中毒了？"李老板轻声说。

"大象也会中毒，这要多少毒啊？"亨利不解地说。但是亨利知道有一些西方人，为了获得宝贵的象牙，也经常会给大象下毒，现在说什么都没用，必须抓紧时间抢救。

亨利立即走到阿泰身边，告诉他自己的想法。同时，让李老板将所有的人都组织起来，往后院运水，再去找一些大管子。

很快，李老板把东西和水运到，阿泰也振作起来，他领着象工把管子插进大象的口中，向里面倒水，大象也很聪明，用鼻子吸水，就这样忙了半天，总算缓解了症状。等大象能站立起来，阿泰和象工又带着大象到河里吸水，终于使大象度过了鬼门关。

忙了一天，亨利才回到房间，他习惯性地掀起枕头一看，果然又看到了那张基督明信片。

河边草丛里，一双眼睛盯着河中的大象。

近日来，亨利总是闷闷不乐，李老板见了很是着急。

晚上，他约亨利一起喝酒，询问阿泰的情况。亨利就把阿泰的低落情绪说给他听，问他应该怎么办。李老板听完，帮他分析说："高棉人的性格是非常纯朴和执着的，他们长期在热带雨林中生活，习惯了与自然界打交道，什么凶猛野兽、恶劣环境、突发危险、缺衣少食啊，他们都不怕，生活需求很低，尤其是长期生活在丛林中的野人更是如此。然而，由于他们没有文字和文化，所以他们人与人之间的交往就很少，他们虽然不怕自然，但是他们恐惧鬼神，其实就是恐惧人文文化，包括文字、图腾符号、宗教、鬼神故事、官府、寺庙、和尚阿加，他们都认为有一种神秘的超自然的力量，是自己掌握不了的。尤其是像吴哥窟这样的废墟，如同上帝制造的坟场，到处都是残垣断壁、鬼神雕像，对他们来说这是最恐怖的地方，也是他们最不愿意去的地方。结果又碰上了雷击，轰死了人，他们就会把这些事联系起来，得出另一个结论。这种结论和我们的认识相距遥远，这是非常正常的，你必须理解。"

第四十四章 日记被盗

亨利："我不是不理解，只是不知道应该怎么办。"

李老板："慢慢来，需要几天让他们再调整一下心态。高棉人是非常纯朴的，也愿意助人，而且不贪财。"

亨利："你们中国人不怕鬼神吗？为什么东方国家都信鬼神的宗教，而你们信人文的宗教？"

李老板："这太深的道理我也说不太清楚，老祖宗就是这么传下来的……"

和李老板喝完酒，亨利就来到了浴池泡凉水澡，只要是一个人的时候，周神仙都会出来。

亨利："你说说我该怎么办？"

周神仙："好办。"

亨利："好办怎么办？"

周："信仰这个东西，你不能说服他放弃或者改变，因为越是没有文化的人、不识字的人，才越容易相信鬼神，越容易迷信。神话都是故事，他们信这个。所以，你也要学会讲鬼神故事，尽管你是胡编乱造的，但越是神乎其神，越是好用，不信你就试试。"

亨利："让我想想怎么能编出一个故事。我问你，你们中国人这么聪明，为什么就没有像印度一样，创造出一个宗教来？"

周："说来话长。"

亨利："你可不能编个故事糊弄我。"

周神仙："不会的，知之为知之，不知为不知。首先，中国古代出了第一个大神仙，大智慧的人，叫作伏羲氏。他用自己的睿智看透了这个宇宙，他发现这个宇宙就是两个东西：一个叫作阴，一个叫作阳，他就在地上画了两条线，一条直线代表阳，两条短的分开的断线叫作阴，他就用这两条线去把宇宙间的万事万物都画下来，形成了象形文字。然后过了两千多年，中国又出现了两个人物：一个是北方黄河流域的黄帝，一个是南方长江流域的炎帝。炎帝求黄帝帮助他打败了强大的敌人，成立了统一的国家，黄帝的民族有文字，有诗歌，有历法，而炎帝的民族是巫文化，没有文字，但是会种粮食，懂草药，双方合并时就以黄帝文化为主，放弃了相信鬼神的巫文化。

"后来又过了1000年，到了殷商时期，当时的殷纣王开始利用鬼神形象进行统治，在各种器皿上都铸上鬼神，但是他非常荒淫残暴，结果被一个小部落推翻打败，这就是周文王。周文王不相信鬼神，他用了17年丰富和发展了阴阳易经文化，也就是坚持汉字教育和礼制管理，知识分子管理国家，建构了农业文明。所以，中国没有宗教鬼神。"

亨利听完，赞不绝口。

第四十五章

替 天 行 道

亨利进入了吴哥考察的最后阶段。他们又一次进入了大吴哥，也就是他们最初来过的吴哥城。通过周神仙的介绍和陪同，亨利对吴哥王朝的历史演变和吴哥寺庙建筑之间的关系已经基本弄明白了。他们第一阶段考察的是从洞里萨湖荔枝山阇耶跋摩二世宣布国家独立，信奉印度婆罗门教，立湿婆为主神，自立为神王，到在巴肯山建巴肯寺，并在周围定都，这一时期为吴哥王朝初建阶段。苏利耶跋摩兴建小吴哥，立毗湿奴为主神，是吴哥王朝的第二阶段。现在进入的大吴哥城，是吴哥王朝的第三阶段，它是阇耶跋摩七世从占婆人手里夺回失去了四年之久的吴哥，重建的首都，此时吴哥的统治者已经改信佛教。为了让亨利能够更加直观感受这一段历史，周神仙又一次施展法术，把亨利带入了历史画面之中。

亨利和周达观坐在吴哥寺的顶端，他们看到了非常恐怖的场面：大队的占婆军队从洞里萨湖、湄公河流域乘战船、骑马冲向高棉的军队，高棉军队节节败退，四散奔逃。

化境吴哥

敌军冲入吴哥城，杀人放火，一时火光冲天，屋倒房坍。

敌军冲入吴哥王宫，宫廷卫兵被斩杀，宫门大开，无人拦阻的敌军冲进王宫。国王和王后无路可逃，被敌士兵俘获，遭受凌辱，被拉出宫殿杀害……

洞里萨湖被鲜血染红，吴哥城一片废墟，吴哥寺、王宫被烧毁，敌军把大量物资抢掠运走。（1177年，占婆军队攻入吴哥城，高棉王国国王被杀害。）

周神仙和亨利在森林中，附近有几堆篝火，一些高棉人在开会。

众人公推一位60岁的老人出山。

一个王族的老人对中间的阇耶跋摩七世说：你过去两次推掉王位，你说自己信佛修行，戒杀生。现在占婆人打进了吴哥，国王被杀了，王后也被杀了，这么多女人、财富被敌人抢走了，你也是有罪的。现在国家群龙无首，一盘散沙，你要再不接王位，高棉就亡了，你要跟着占婆人修行吗？所以，你一定要出来，接过王位，带领人民赶走敌人，报仇复国。

所有的人都跪下，公推新王即位。

这位慈祥的老人站起身来，慈目低垂，双手合十，鞠躬行礼，表示尊重众意，承担大任。

周神仙和亨利在树上，周说："看，他同意即位了，这就是阇耶跋摩七世，60岁当国王，前面两次让位，坚持修行佛教。现在准备替天行道了。"

星移斗转，日月轮回。森林中，朴素的阇耶跋摩七世带领大家训练大象，生产双机弓弩。

国王教大家建造高脚屋。

他和大家一起住在高脚屋里，给佛祖焚香。

一支又一支象军赶往洞里萨湖战场。

国王在森林中召开作战会议。

周神仙和亨利站在荔枝山上观看。

山下两军对垒。双方都是国王亲自督战,很明显,占婆军队要占据数量上的优势。

海螺号声吹响。

双方的弓箭手开始向对方的战斗队形射箭。

占婆军队的骑兵大举进攻。高棉军队用长枪抵抗。

高棉军队开始撤退到树林一线,面对进攻的敌军,树林中出现了无数披甲上阵的大象军队。象身上的兵士全是双机弓弩连射,敌军骑兵纷纷被射中,敌军开始后撤。

太阳落山,双方军队收兵。

敌军在洞里萨湖周边布阵宿营,高棉国王控制了荔枝山和附近高地。

深夜,洞里萨湖河畔,占婆军队点燃篝火做饭,在河中洗澡。

高棉军队守在山上,衣不卸甲。森林中的高棉部队进入高脚屋,大象马匹上到山坡上、高地上。

暗夜中,高棉军队多处掘开湄公河、水库,河水全部涌入洞里萨湖。洞里萨湖水迅速漫开,河边的占婆军帐全部被淹,黑暗中拼命四散逃命。可是湖水涨得更快,很快把战场全部淹没,不仅是占婆阵地,高棉阵地也进了水,可是高棉军队都在高地和高脚屋里。

天亮了,占婆军队全部淹在水中挣扎,只有国王在一个小山坡上。

高棉军队纷纷登上木舟进入战场,像切西瓜一样斩杀占婆人。

阇耶跋摩七世率无数舟楫包围了占婆国王,看着他热死、饿死。

高棉大军冲进占城,占领占城,宣布占婆并入高棉王国。

高棉大军沿湄公河流域大举进攻。

周神仙对亨利说:"跟着一起去看看,这个和尚能打到哪儿。"

阇耶跋摩七世使高棉王国疆土超过了苏利耶跋摩二世。

化境吴哥

吴哥城的各个角落，出现了许多画师，他们躲在各个角落写生，搜集着市井生活的素材。

亨利和周神仙站在身后观看。

吴哥最大的皇家寺庙，供奉着佛祖的巨大塑像。阇耶跋摩七世在给佛祖上香。

亨利和周神仙跟在身旁磕头。

吴哥城内外，无数人在用石块修路，亨利和周神仙在石板路上查看。

吴哥和各省市在修建医院，亨利和周神仙在医院巡查，老百姓高兴地看病取药。

各村镇在建驿站，亨利和周神仙在各个驿站看到各国的商人络绎不绝地来吴哥经商。

所有的村庄在修建寺庙，佛塔林立，老百姓送儿子去当和尚，小孩子到寺庙学习文化。

亨利和周神仙到寺庙烧香。

洞里萨湖、湄公河在兴修水利，农民丰收。

亨利和周神仙在看农家的收获。

暹罗、老挝、缅甸、爪哇人到吴哥朝拜。

亨利和周神仙躲在王宫后面观看。

吴哥城附近一座座寺庙拔地而起。

王宫里，阇耶跋摩七世国王和画师们一起席地而坐，宰相把挑选出来的画作素作拿给国王审查，老国王边看边连连点头。

他就像一位慈祥的老爷爷，高兴地看着孙子们的作业，喜笑颜开，赞不绝口。

看完后，宰相问他有什么指示，国王只是赞扬，并说大家辛苦，却一字不提缺点。

当他看到有的画师夹子里还有一些作品时，就问："怎么还有作品不拿出来看啊？"

宰相说："是没有选中的，都是些素材。"

国王就伸手要看看，让大家都拿出来。

宰相让大家把画的素材全部拿给国王看。大家把夹子都打开，全都拿到国王面前，有好几百张。国王饶有兴趣地一张一张欣赏，每一张都称赞，见到国王高兴和表扬，所有的画师也都非常高兴。

看到盗贼偷东西的画作，他专门问："这个是谁画的？"

一个年轻的画师不好意思地站起来，连连说："看着好玩，随手就画了，没想上交的。"

国王不仅没有批评，反而大加赞赏，说："这个要用，这个要用，画得好。"

国王另外又挑出几张斗鸡的、赌博的、看病的……说道："这些都要用，有了这些才是人间世界。人上一百，形形色色，这才是真实的社会、真实的生活。刻在墙上，让后人看看，阁耶跋摩七世那个时代，百业兴旺，有个小偷小贼的没有什么，什么朝代都会有，人间有，未来世界也有，谁进哪个世界这是他的造化。今天没饭吃，要靠当盗贼吃饭，看起来是他的问题，其实不是，这是前世的孽，转世轮回到他了，没有人想穷，没有人想当盗贼，没有人想得病，没有人想死，一切都是命，都是因果报应，我们要善待众生、普度众生，也要先填饱肚子吧。"

他拿着盗贼的画说："你看他贼眉鼠眼，左顾右盼，也不容易啊。是我这个国王不好，让他吃不饱，要去偷。"

国王抬起头对大和尚说："再多开些粥场，多些施舍，施舍多了，盗窃就会少。"

他又对宰相说："告诉那些商人，也要多施舍些。官府抓到盗贼不要打，愿意的送到庙里来吃饭。不愿当和尚可以放，多几个轮回就会觉悟。"

听到这儿,所有的人都双手合十,口诵偈语。

国王看到有麻风病人的画像,就对大和尚说:"要设立专门给麻风病人的粥厂。"

大和尚说:"庙里僧人怕传染,不敢做。"

国王说:"你们开了,我去做,我去给他们喂饭,普度众生,也包括病人。湿婆每天晚上到火葬场去和各种苦难的人一起跳舞,给他们带来欢乐,我们心存善念,就是要做善举,这些人如果得不到寺庙的施舍,就会到百姓家去讨食,百姓就会不安,所以让他们到寺庙来吃饭,我亲自来喂。禅悦为食,乐善好施嘛。有人要是嫌弃麻风病人,你们就说我也是麻风病人,看谁还敢嫌弃他们。"

大和尚连连点头,说:"阿弥陀佛,我们会做好,请国王宽心。"

国王又说:"我们刚刚从战争过来,打这么大的仗,不是因为有我,而是全国人的共同努力。大胜之后,必有大难,胜有多大,难有多大,战争带来这么多伤者,就是社会的困难,他们不能劳动,如何是好?我们村村建庙,为什么呢?就是要村村施舍,使伤者不出村,把他们养起来,直到送走。百姓把钱捐给庙里,把粮食捐给庙里,都是给出家人的吗?出家人要这么多施舍做什么?要做慈善,做功德,帮助佛祖排忧解难。寺庙里佛祖要有,诸神也要有,和尚要有,阿加也要有,不要争,不要自己打起来,为什么?你们自己去想。"

亨利和周神仙看到这儿都深受感动。周神仙说:"老国王常到麻风村去看望,最后也染病走了。景行行之,高山仰止。"

周神仙对亨利说:"阇耶跋摩二世荔枝山立湿婆,志在独立。苏利耶跋摩二世立毗湿奴,大斗阿修罗。阇耶跋摩七世受命于危难之中,带领高棉走出苦海,我不入地狱,谁入地狱?今天呢?广种福田,共渡苦海。是啊,一切都有因果轮回,盗贼的儿子不一定是盗贼,富商的儿子也不一定是富商。对于国家来说,子子孙孙,变幻莫测,海纳百川,有容乃大。"

第四十六章

吴 哥 微 笑

吴哥王宫里,阇耶跋摩七世国王继续和宰相、大和尚、大祭司、宫廷画师在一起研究巴戎寺的设计方案,所有的设计方案都悬挂在绳索上,精美绝伦,环绕在宫殿内,有上百张。

宰相和大和尚、大祭司先介绍悬挂在前面的设计,然后,画师本人再具体介绍。

年逾古稀的国王兴致勃勃,笑容可掬地听着大家的介绍,连连点头。然而,所有的方案都看完了,老国王只是问了一句:"还有吗?"显然并不满意。

宰相和大画师都说,大家选中的就在这里了。

国王听了,还是说了一声"好"。然后就慈祥地看着大家,也不说话,接着闭目养神,大家不知道他想什么。

这时,所有的人都安静下来,不敢言语。只有后面一个小和尚拿着夹本,画起了写生,旁边的人并不拦阻。老国王的宽容与和蔼,已经在宫中形成了一种类似佛寺的氛围,大家并不害怕这位老国王,内心甚至把他看作是一位老和尚或者老爷爷。

"画好了吗？我能看看吗？"国王眼睛都不睁就说。

小和尚走上前，把刚画的素描递给国王。

国王看了之后说："好，三天之后拿大图来看看。"

三天之后，大家又来到了宫中。宫殿中央悬挂了一张大图，然后是几张局部。

国王率领原班人马站在图前，小和尚清亮的声音在寂静的宫殿中回荡着：

"寺庙的总体设计采用佛教教义的须弥山，就是世界的中心为轴心而起造，中央拔尖、垒垒环堆如同玉米外形的高塔，代表着须弥山。四面城墙象征喜马拉雅山，城墙与第二层建筑之间的环沟空地代表着咸海。环绕中央高塔一共有54座塔形建筑，代表着高棉王国的54个省。每一座宝塔均为四个面，每一个面上均为巨大观音头像作为装饰，菩萨的面容正是我们伟大的国王，国王淡淡微笑（这是我三天前当场写下的），并略带忧患地看着他所热爱的祖国、臣民、山河、众生，为他们祈福！整个建筑群的主题意境，就是我佛对这片热土永远的、永远的眷恋和无限的热爱……"

说到这里，小和尚已经泣不成声，所有的人都伏地向国王连连磕头，有的失声痛哭。

国王盘腿席地而坐，仍然是慈目低眉，微微笑貌。许久，双手合十，轻轻地说道："拜托了！"

阳光下，亨利和周神仙站在巴戎寺前，他们抬头仰看蓝天下的54座高塔、54座四面佛像。这里有49座高塔，城门上有5座，每一尊上的菩萨像，都是那位老人淡淡的微笑，这不正是佛教中的无欲无求、包容恒远、淡泊宁静、大爱无疆的意境？而印度教中天神画作表现出来的永无休止的两种力量的争斗与较量，已经一去不返了。

亨利和周神仙又一次走进寺主体的台基四周，再一次欣赏着回廊上的那些浮雕：国王出巡以及战争，普通老百姓的捕鱼、耕耘、买卖、婚嫁、游戏、进食、赌博、偷盗、待产、斗鸡、摔跤、摘果、医病、步行、乘车、坐轿，还有公主、将军、仆人，等等。

亨利突然想到了黑格尔讲的一句话：雕塑从诞生之日起就是最为适合表达神性的艺术。这些四面佛像，容貌表情完全一致，不论从哪个方向观察欣赏，神像都会显露出神秘而安详的微笑。此时此刻，我们才能感觉到，佛离我们是如此近。

亨利抬眼望去，又看到了不远处的群象台和十二生肖塔，想起了那两个在塔里坐着的原告和被告，而老国王就在广场小树林边上饮食休息，静观结果。这场面和回廊浮雕何其相似，劳动者与偷盗者同入画境，流芳千古。两个小孩子打架，作为爷爷应该如何处理呢？一定要找出一个好人和坏人，弄清是非曲直，又有多大的意义？不论好人坏人，都是亲人，接受教训，自己感悟，虽然两个人的事没断清楚，但以后坏人觉悟了也会重新做人。退一万步说，即使真犯罪了又怎么样，不也还是可以进入佛门吗？

在阇耶跋摩七世即位前的三十多年时间里，吴哥王朝先后三位君主都忙着和占婆之间的战争，然而还是没有一个能够打赢，在1177年，占婆人彻底击败了高棉大军，国王被杀，吴哥沦为占婆属国。国破家亡，阇耶跋摩七世临危受命，存亡继绝，高棉人在他的带领下不仅复国成功，还于1190年攻下了占婆国都，报了国仇家恨。

《大乘义章》里讲："功谓功能，能破生死，能得涅槃，能度众生，名之为功。"

皈依普度众生大乘佛教的阇耶跋摩七世，在战胜敌人、重建吴哥、修建巴戎寺的同时，也不忘为他的父母建造了两座丰碑：圣剑寺，献给父亲；塔布隆寺，献给母亲。

亨利和周神仙随国王苏利耶跋摩七世一起步入新建的圣剑寺，举行隆重的佛教开光仪式。

化境吴哥

圣剑寺原本意思就是"赐予胜利的幸运之城",建在原有王室宫殿的遗址上,以吴哥第一座皇家佛学院的特殊身份纪念父亲以及自己的丰功伟绩,周边多达5000个村庄都附属于它,10万之众为寺庙的日常运转提供各类服务。规模庞大的圣剑寺呈"十"字形布局,中央殿由拱顶长廊连接着东南西北四个方位,湿婆神像在东西两条甬道上并列而立。藏经阁是所有吴哥古迹中唯一采用圆柱结构的建筑,它独一无二的收藏是圣剑寺的圣剑。这把镶满了宝石、纯金打造的圣剑会被婆罗门祭司保护起来,直到血脉纯正的大道天子出现,祭司们才会将象征王权合法性的圣剑拿出来,物归原主。圣剑就是世俗权力的权杖,代表血统的延续。寺庙里供奉的"陀罗因阇耶跋摩"的雕像,容貌酷似大慈大悲的观音菩萨。将自己或生父母的形象幻化成佛像,这是因为和其他的高棉国王钟情于婆罗门不同,父亲曾是个佛教徒,在他正式即位之前,年轻的王子就在半流放的状态下研习过大乘佛教的思想——"悲智双运"即是如来。

在圣剑寺祭奠之后,他们又随国王来到了塔布隆寺,向母亲的寺庙献上崇高的敬意。

塔布隆寺,又叫"塔普伦寺",1186年,阇耶跋摩七世兴建了一系列皇家寺院,第一个建造的就是塔布隆,寺里面把国王的母亲当作"众佛之母"来供奉。

这是一个声势浩大的仪式,甚至比父亲的圣剑寺更为宏大。阇耶跋摩七世为母亲修建的这座寺庙,堪称整个吴哥窟最大建筑之一,包括260座神像、39座尖塔、560座宫邸。寺中立了一块梵语石碑,上面明确了国王为这座寺庙供养所安排的花费来源:79365个人力,3140座村庄,18名高级牧师,2740名官员,2202名助理,625名舞蹈家。现在,这些人员排列有序地等候在塔布隆寺内外,迎候国王的到来。

塔布隆寺是一座佛教寺庙,这与父母笃信佛教有着直接关联,寺庙内几乎所有的建筑、雕刻和装饰都带有佛教的印记,大到寺庙小到饭钵,无不圆融通透。在高棉建筑语言基础上,符合主人的身份,整个建筑充满了柔美、华丽,

吴哥窟某处庙宇外立面的遗址

女性气息十足。入口处，迎面耸立的是巨大的四面佛，进了城门，可以看到庙内各种浮雕极为精彩，神殿内供奉的是"智慧女神"，是国王依据母亲的容貌所雕塑。寺内有一个极为特殊的建筑叫"敲心塔"，是特别为国王设立的建言室。特别的锥状建筑设计使两旁回音大、中间回音小。人站在塔里背靠着墙壁仰望天空，然后拍打自己的胸膛，整个塔内就会发出洪亮的回音。

远处传来了海螺号的声音，国王的队伍过来了，一片片金色、红色的伞顶和数不清的大象、马匹望不到头。塔布隆寺外广场上两千多名舞蹈家跳起了高棉舞蹈，所有的人员匍匐在地，迎接国王的到来。

举行完仪式，亨利面前的热闹场面瞬间消失了，连周神仙也不见了人影。眼前的一切天翻地覆，似乎从三千世界的顶端跌落到底层，巨大的树木从建筑物上拔地而起，触目惊心！树干粗大但是中空，树根放肆地到处延伸，绕着屋檐、探入石缝，将老庙牢牢裹着，好像神庙是从树根里蹦出来的，巨树又和宫殿的梁柱、石缝、屋檐、门窗紧紧缠绕拥抱在一起。鸟类啄食树的果实将种子分布在神庙各处，蟒蛇抢占了树洞，但是更多的蛇虫生活在宫殿的石屋里，蚊虫漫天狂舞，白天也肆无忌惮地上身吸血，今后几天要想在这里采风，想想都胆战心惊……

第四十七章

改弦更张

顶着烈日酷暑,亨利带着马可、阿米拉和郎哥对吴哥窟寺庙进行着全面而细致的考察。

对于亨利来说,他如同坠入了又一个爱情的深渊,把全部的激情和精力,都倾入每一座寺庙、每一个建筑、每一个雕塑、每一个梁柱、每一个门楣甚至于每一砖每一瓦上面,如饥似渴地狂热地投入到对它们的拥抱和欣赏、赞美和肯定中。与此同时,他又像一个好学不倦的小学生一样,把他面前所有的一切,都当作是自己的良师益友,紧紧地注视着、倾听着、临习着。

从日出到日落,产生出来一本又一本图文并茂的日记。他不停地与周神仙交流和探讨,这是什么,为什么,窃窃私语,并且时而深思、时而吼叫,时而狂笑、时而愤怒,以至于身旁的几个人用一种惊奇诧异的目光看着他,为他这种喜怒无常而不解。但更多的还是担心——担心他的安全、健康和情绪。这里毕竟充满了无数难以想象的足以致命的隐患和杀机——百年腐叶和尸骨所散发出来的瘴气,低压云雾和地表湿气交会所产生出来的雷电暴雨,赤道阳光直射所产生出来的紫外线杀伤和暑热,密林深处无数野生动物对于食物的嗜好和袭击……任何一个情况的出现，都足以造成无法挽回的损失。所以，马可也好，阿米拉也好，都寸步不离地跟着他，随时准备应付各种突如其来的麻烦。而亨利似乎就像一个战场上的将军，永远不考虑自己的安危，全身心地投入自己关注的事情，满足于每一个新的斩获。

马可知道，这就是一个探险家的精神和一个科学家的素养，否则他们也不可能成功。与此同时，他们的另一面就是个孩子、疯子和傻子，他们从来都不知道什么是正常人的思维，因为他们就不是人，而是创造人类历史和文化奇迹的鬼神。他们不是为了生存而是为了某种使命来到这个世界，只等待着功成名就而载入史册。

"箕子朝周，过故殷墟，感宫室毁坏，生禾黍，箕子伤之，欲哭则不可，欲泣为其近妇人，乃作麦秀之诗，以歌咏之。"

"你说什么呢？"亨利边画边问摇头晃脑地咏诗的周神仙。

"我在咏一首中国的古诗来形容你现在的心情。"周神仙说。

"你说说，是怎样一首诗。"

"这是中国《史记》中的一段话，也是一首诗。讲的是，箕子回中原向周天子朝圣的时候，路过殷墟故都，眼见宫室毁坏坍塌，野草丛生。心想殷商600年的江山换了主人，触景生情，想要大哭一场，可周围人多眼杂，怕影响不好，琢磨自己小声抽泣一下吧，擦擦眼泪，又觉得跟女人似的，不合适，最后化悲痛为诗作，黯然神伤地作了一首诗《麦秀》。这可是中国第一首吟咏废墟的诗歌。"

亨利："真好，非常符合我此时此刻的心情。每当我看到这些树木从石缝中伸出来，撑塌了神庙，巨石堆垒的辉煌，被无情岁月所摧残，都感到无比可惜和无奈。几千年的人类历史，又有几座如此宏伟壮观精湛美丽的建筑？多少艺术家的心血和多少人的辛勤汗水，说毁灭就毁灭了。尽管我不是高棉人，但是，我也感到痛苦和悲伤。"

周神仙："历史就是这样，摧毁旧的丰碑，迎接新的主宰。这就是人类的命运吧。"

晚上大家转到了涅槃宫，选择了一处小树林露营。阿米拉和马可为亨利架好了吊床。

躺在吊床上，看着满天的繁星，亨利仍在梳理着自己的思绪，现在这样一个三位一体的关系，越来越明确地展现出来：国王—信仰—寺庙。

在阇耶跋摩二世选择印度婆罗门教的湿婆作为基本信仰之后，到苏利耶跋摩二世之前，历代国王都沿袭了湿婆信仰，这个时期的所有寺庙也都是围绕着湿婆神话的精神风貌来建筑的，只是规模和质量上略有不同。从苏利耶跋摩二世之后，转为以婆罗门教的毗湿奴天神为主神，小吴哥时代的寺庙文化和建筑风格，主要突出歌颂和弘扬毗湿奴天尊。在阇耶跋摩七世之前，所有的国王都会认为自己是湿婆或毗湿奴的化身，正所谓我是神的代言人，死后也会和神在一起生活。但阇耶跋摩七世改变了这个观点，国王不再被看作是神的信徒，而被认为是一位活佛或者菩萨，度众生也度自己。

"他为什么信仰变化那么大呢？"亨利问。

此时，周神仙如同一个小木偶躺在亨利的枕边，他始终根据环境来决定自己的形象大小，以陪伴在亨利身边。"你说谁？谁的信仰变了？"

亨利："还不是阇耶跋摩七世。"

周神仙："有一种传说，跟阇耶跋摩七世的两位皇后有关。"

亨利："说来听听。"

周神仙："传说阇耶跋摩七世先后娶了一对姐妹为妻，并且是先娶的妹妹阇耶丽皇后，她非常美丽贤惠，很可惜她在位时间不长就病故了，这使国王非常痛苦。为此，皇后的姐姐来看望他。皇后的姐姐不仅与妹妹长得非常相像，而且性格温柔、学识渊博，不久就使国王的身心得到彻底的解脱，国王便娶了她的姐姐，立为因陀罗皇后。这对姐妹从小随父母信仰佛教，相当优秀，尤其精通哲理。因陀罗皇后凭借自己的努力还获得了一座佛寺首席教师的位置，在寺庙里为女人们授课讲学。这在历史上是绝无仅有的。她以学识、宽容、慈善、智慧的处世态度赢得了最高的荣誉——石碑上留下的记载是'学问战胜了哲学家'。这对姐妹皇后的处世哲学深深影响了国王，使得阇耶跋摩七世从信仰婆罗门转而信仰了佛教。"

亨利："有这种可能，夫妻相互作用影响。然而我觉得还是时势造英雄，环境造就人，一个睿智的领袖面对变化了的恶劣环境，做出了新的选择和教化，去赢得人心，凝聚力量，夺取更大的胜利。"

周神仙："你说得很对。我还听说阇耶跋摩七世虽然出身于皇族，但自幼被宫廷疏远，也曾被放逐到敌国占婆生活过。"

亨利："你是说他也有当人质的经历吗？"

周神仙："是的。在阇耶跋摩七世即位前的三十多年时间里，吴哥王朝先后三位君主无一例外都不停忙着与占婆之间的战争，没有一个能够打得赢，甚至在1177年，占婆人彻底击败了高棉大军，使吴哥沦为占婆属国。国破家亡，临危受命，身为王族成员的阇耶跋摩七世，筹划复国大计，有人说首先得有军队，我说不对，首先要有智慧把自己保护起来，举起一把保护伞，在荫庇中求发展。"

亨利："说下去。"

周："这时自己心中想什么是不可告人的。如果像阇耶跋摩二世那样在洞里萨湖荔枝山宣告，我是湿婆，我是毗湿奴，我要报仇，我要复国，显然是不行的，马上会引起敌人的警觉。而此时他能够被占婆人所接受，出来管理高棉，跟他在占婆当过人质，有一定的人脉和为人处世方式有很大关系。同时，由于长时间对外战争和国内起义，长期以来王室宫廷大力推广的婆罗门等级观念，已经渐渐失去民心，反而是佛教讲求众生平等、因果轮回更容易被接受，无论上中下各色人等皆可顺利掌握，佛教群众的基础开始看好。另外，还有一个非常重要的原因。"

亨利："什么原因？"

第四十七章 | 改弦更张

周神仙："占婆的死敌是安南。宋朝开始安南脱离中国独立,全力向南扩展,占婆失去了和中原王朝直接联系的陆路通道,其主要邻居只有安南和真腊。两百多年间真腊和占婆爆发混战,两败俱伤。特别是强大的越南李朝太宗亲征,杀死占婆国王乍斗,俘虏占婆军5000多人,斩首30 000级,获驯象30余匹,俘虏了乍斗的妻妾宫女等人回国。越军之暴虐连李太宗都觉得过分,亲自下旨:有妄杀占城人者,杀无赦。越军才收敛。占婆国王律陀罗跋摩三世希望雪耻,发兵北上因陀罗补罗地区,引发战争。第二年越南辅国太尉李常杰带兵南征,攻破占城首都佛誓城(毗阇耶),俘虏国王。后来占城再度发兵北伐,结果再度战败。直到宋嘉泰三年(1203),真腊吞并占婆,将其作为一个省。很明显,这一时期,真腊和安南共同的敌人是占婆,而占婆的最大敌人是安南。"

亨利:"这与宗教有关吗?"

周神仙:"应当有一定关系。越南自东汉年间从中国传入佛教以后,大多数时期佛教受到统治者支持并成为维护封建制度的重要精神支柱。国家政权掌握在僧侣和武将手中。当时'帝僧共治天下'。李朝(1010—1225)建立后,尊佛教为国教,历代国王都信奉佛教,朝廷曾一年内出资建筑了950座寺庙,宋建炎三年(1129),全国举行了84 000座宝塔的落成典礼。真可谓'僧尼民间半,佛寺满天下'。此时,阇耶跋摩七世推出佛教复国的战略,难道不是深藏着一个'只可意会,不可言传'的大智慧吗!"

亨利:"是啊。"

周神仙:"道可道,非常道;名可名,非常名。……玄而又玄,众妙之门。咱们都成道家了。"

亨利:"悲观主义者抱怨风不从人愿,乐观主义者梦想风改方向,只有实用主义者默默地将风帆调到最佳位置。拿破仑一到开罗,马上宣称自己的军队改奉伊斯兰教,依靠佛教的内外团体大力支持帮助,迅速建立一支军队,并借助更大的一支军队,南北夹击,这才是阇耶跋摩七世心里暗藏的微笑吧!"

第四十八章

烈日难耐

每一次站在这个水池边的时候,亨利都会联想到意大利雕塑家贝尼尼为罗马·腓力教皇的宫殿所设计的喷水池,它们简直是如出一辙。贝尼尼借鉴米开朗琪罗在美第奇礼拜堂的《昼》《夜》《晨》《昏》,用了四个大理石人体雕像象征了世界的四大河,中间是假山和一个埃及式的方形花岗岩尖塔,寓意着征服世界的胜利。喷泉出水口有马、狮、蛇等动物雕塑,一座巨大的水池环绕其中。

而此时此刻之所见,却是在500年以前的东方吴哥窟,阁耶跋摩七世时期修建的涅槃宫,由一大四小共五个水池构成,中心大池中有座圆形小岛,依照须弥山形建一石塔,两条七头的那伽蛇环绕四周。周神仙在一旁介绍说:"那伽是梵语中蛇的意思,通常头都是奇数的,因为在柬埔寨的文化中,奇数代表生,偶数代表凶。三头的那伽是毗湿奴的坐骑,五头是毗湿奴的寝具,七头佛陀为守护,九头的就变成龙王,成为天神和阿修罗们翻搅乳海时的绳索了。"

亨利边听边看,只见中间大池四方各连有一个小型水池,大池的水通过四方的雕塑口流入小水池内。

周神仙说:"按方位布置,北方的象代表水,东方的牛代表土,南方的狮代表火,西方的马代表风。围绕中心的四个小池,分别代表地、水、火、风,即古印度思想体系中组成世界的四大元素。相对应于人们的身体:坚质属地,暖热属火,流质属水,呼吸属风。人在生的时候,四大元素由自身支配,而死的时候则四大分散:坚还地,热还火,流质还水,呼吸还空。人生疾病必是四大元素在体内不平衡了。于是中心水池的池底布满了药草,药水流入不同方位的小池后,就会产生不同的疗效,先由僧人对症诊断,再分配病人进入相应水池沐浴治疗。现在下来吧。"

亨利跟着周神仙进入了水池,他看到了涅槃宫里高塔上的佛像,四方的喷泉口雕塑都是镀金包铜,阳光下金光灿灿。四周石屋有许多沐浴更衣的美女,阿米拉也在其中,中间的金方塔闪亮晶晶,铜象、铜牛、铜马、铜狮在喷着水,还有音乐伴奏。大水池里的高塔莲花宝座上,因陀罗大神的坐骑"三头象"埃拉瓦塔鼻子高仰并且放着水,边上几幅浮雕都是叙述佛陀生平的。阿米拉坐在他身边,用金盆为他浇水洗面。边洗边说,这池里的水源自喜马拉雅山的一个湖泊,名曰无热池。无热池里有一位叫"阿那婆达多龙王",也叫"无热恼龙王",能办"一切有情所求愿乐"。用来洗洗,可以让你去除一切烦恼、一切痛苦,得到幸福。

"醒了,醒来了!"亨利睁开眼睛看到阿米拉在高喊着。

"怎么啦?出什么事了?"亨利问道。

马可扶着他说:"你中暑昏过去了,是阿米拉用凉水为你洗脸才醒过来的,吓死人了。"

"谢谢!谢谢!"亨利看着满头大汗的阿米拉说。"我这是在哪儿啊?"亨利看着周围的环境,只见涅槃宫大水池里的高塔莲花宝座上那尊因陀罗大神的坐骑"三头象"的鼻子全部折断了,几幅叙述佛陀生平的浮雕也已模糊不清,水池里四座不同的精美雕像,怎么只剩下一座,其他三座都不见了

化境吴哥

踪影……

"谁干的?谁把这儿破坏了?这可都是人类的艺术瑰宝啊!一点都不亚于贝尼尼的水池,跟米开朗琪罗的雕塑比也不逊色,刚才还好好的,怎么睡了一觉就变成这个样子了!"亨利还在发烧,还没回过神来,"周神仙呢?周神仙跑哪儿去了呢?刚才还在呢。"

"抬他回去休息吧,今天提早收工。"阿米拉说。

"收什么工?我要见周神仙!"

亨利休息了一会儿,被抬回营地,石头屋被暴晒了一天,里面闷热潮湿,而且长期被野兽占据,屎尿味道充斥,人在里面是非常不适的。阿米拉便在树林里搭起了吊床,让亨利躺在树下,这样有树的阴凉,再通点微风,亨利很快就缓过神来。

晚餐阿泰又采摘了一些清凉解暑的草药,和山鸡、鹿肉熬成汤,放凉后,让亨利喝下去,把暑热湿毒排出去,尽快恢复体力。饭后,又迎来一场大雨,亨利回到石屋里,阿米拉接了一大袋子雨水,帮助亨利把身子擦了,这样才算是彻底调整过来。亨利早早就写完日记休息了。

他在梦境中看到迦楼罗的故事:她独自破卵而出,如同一团熊熊燃烧的大火,瞬间迎风长大起来,惊动了世间万物,这就是金翅鸟迦楼罗。

金翅鸟飞过大海去找母亲,一路上高喊:母亲!母亲!

那伽们说:你把甘露从天帝因陀罗的天宫里取出来给我们,然后你和母亲才能自由。

迦楼罗闻言飞向天国。途中,一爪抓起大象,一爪抓起巨龟,飞过圣地,在云天上寻找可以憩脚的树枝,落在上面休息,然后又飞到一个布满冰雪的山谷里吃掉了大象和乌龟,而后就像一团巨大的燃烧的火焰冲天而起,从雪山之巅扶摇直上,直奔因陀罗的天庭。

因陀罗命令守护甘露的诸神严阵以待。众神身披黄金铠甲,手持种种兵器聚集在一起,因陀罗也手持金刚杵,率领着戒备森严的众神。但当他们看到金翅鸟像飞翔着的光焰向自己呼啸冲来时,全都惊呆了。他们不知所措,不敢相信这个世界上怎么可能有生物如此巨大、如此壮美。

金翅鸟扇起狂风,制造了一场大型沙尘暴,搅得三界一片混沌,众神都被埋在尘土下面,迦楼罗趁机撕碎了许多天神,天上倾洒下血水。

打败众神后,金翅鸟去取甘露。甘露周围环绕着熊熊大火,迦楼罗立即变化出许多张嘴,飞到大地上喝干了许多条江河,又飞回来用嘴里的水扑灭了大火。随后,他又把自己变得十分细小,像一粒黄金,从一个缝隙飞过了守在甘露上旋转的火焰剃刀轮盘。轮下还有两条龙,它们双目会喷射火焰,而且永远不眨眼睛。迦楼罗扬起尘土,趁两条龙眼睛眯上找不到北时,一下子跃上它们,把它们撕得粉碎。迦楼罗终于成功地夺到了甘露,带着它一路飞行。迦楼罗将甘露放在俱舍草上,驮起母亲飞离而去。

这时亨利从迦楼罗飞走的地方,看到了一匹俊美无比的白马,他不由自主地爬上了马,白马开始奔跑,一路上超过了所有的动物。最后,白马竟然飞上天空。亨利问道:你叫什么名字?白马回答说:伽尔吉。好熟悉的一个名字,亨利突然想起来了,他知道他是谁了。传说,在迦梨瑜伽末期,世界邪恶横行,黑暗笼罩大地的时候,会有一位光荣的武士出现,骑白马,手臂高扬,仗着明剑,如同末世之夜闪耀光芒的彗星,冲破黑暗,剪除一切邪恶,推动时代进步。

亨利知道了,这就是毗湿奴的最后一个化身,要为生命的黎明而奋战。然而,他的到来,意味着一定要出大事。

"您怎么来了?尊敬的毗湿奴!"亨利恭敬地问候。

白马说:"救人啊!最近要接走一个人。"

"噢……"亨利不敢往下问了。

"老师,醒醒!老师,醒醒!"马可在叫亨利。

亨利醒了,问:"出什么事了?"

马可："阿米拉病了，您赶快来看看！"

亨利大惊失色，他想起白马的故事，想到毗湿奴最后一个化身的意义。他马上爬起来，只有一个心眼，那就是阿米拉不能死！

亨利来到了阿米拉住的石屋，只见她已昏迷不醒。亨利摸她的头，并不发烫，那么究竟得的是什么病呢？亨利紧张起来。

旁边阿泰也摇头。

"阿伯，阿米拉这是怎么了？"亨利紧张地问。

阿泰低着头，并不说话。

"阿泰说，她中邪了。已经没有救了。"郎哥流泪说。

"什么邪，哪有什么邪！不可能！"亨利吼道！

一切都要等到天亮再说了。亨利跪守在阿米拉的身边，等待着黎明的到来。他祈求白马伽尔吉救救她，她不能死，哪怕是自己死，阿米拉也不能死。

天亮了，阿米拉还没有醒过来，双目微闭，牙齿紧扣，鼻息甚微，如同死了一般，大家都吓坏了。

阿泰平日里无所不能，可到了女儿这会儿，却是一筹莫展，拿不出任何办法。从他眼里可以看出，这个女儿已经没有了，到另外一个世界去了。因为凭他的经验，这不是病症，而是一种痹症，或者是得罪了山林中的鬼神，打扰了国王的安全、祖先和神灵。所以按照风俗，可以把这个女儿交出去以敬天神土地。阿泰和郎哥将芭蕉叶盖在了阿米拉的身上，把她抬到了佛像前，又在地上铺上了大芭蕉叶。亨利、马可一再阻拦，但阿泰坚持这样做。争吵了很久，阿泰终于同意让郎哥去请一位阿加来作法。郎哥临行前，亨利让马可跟他一起去，并认真交代了一番。

郎哥和马可出发了。太阳很快就升了起来，天气愈来愈热。亨利坐在阿米拉身边，他不停地为她换芭蕉叶，并且用凉水为她擦拭，保持温度。到了中午，亨利坚持把阿米拉抬回石屋，以免中暑。为此，又和阿泰争吵一番。一直等到天黑，郎哥和马可也没有回来。整整一夜，亨利寸步不离地守护在阿米拉身旁,为她用凉水擦身,用芭蕉叶当扇子驱赶蚊虫,亨利自己一夜未眠,身上被咬了不少虫包。

直到第二天中午,郎哥和马可才赶回来。他们没有请到阿加,听说阿米拉的情况,没有阿加敢进吴哥窟驱邪治病救人。在他们心中,这里既是神圣的王城圣城,又是早已被鬼魔占领的邪恶之地。谁敢进到这片土地,本身就是冒犯神灵祖宗,触犯三千世界的律戒,不中招中邪是不可能的。既然自己已经送给了鬼神,就应当自食其果,不得复活。所以,只要知道了情况,这些代表婆罗门教的阿加,就绝不敢起死回生,他们更不愿自投罗网。

听完两人的叙述,阿泰不吭声了,从一开始他就不愿进到吴哥窟,他清楚这里面的规矩,并且已经接受了把阿米拉献给阿修罗的现实,他自知没有法力和天神地煞较量,并且怕惹来更大的麻烦。但是,他也没有埋怨亨利的意思,因为他们不是高棉人,也没有印度教的信仰,所以信则灵,不信不灵,不知者无罪,鬼神找不到他们。而作为高棉人则知法犯法,只能低头认罚。

第四十九章

绝不信邪

　　看着阿泰又让人把阿米拉抬放在祭坛上，亨利愣住了，他呆呆地看着。所有人行礼后，都在后退，天祭开始了。两只老虎发出了怒吼，震得周围所有的生灵胆寒。象群发出哀鸣，小象疯狂地挣扎着要跑过来。亨利肃目站立在祭坛前，往事历历在目：鳄鱼沼泽、贼人刀下、密林蟒口、猴洞谈判、深潭急流、受困阴洞、狐蝠引路、脱离天坑、鹰穴逃生、麻风病母……

　　亨利抬起头来，突然看到了周神仙手举《真腊风土记》，站在面前："国人寻常有病，多是入水浸浴及频频洗头，便自痊可。亦有货药于市者，与中国之药不类，不知其为何物。更有一等师巫之属，与人行持，尤为可笑……"

　　亨利闻言，又一次冲向祭坛，把阿米拉抱在怀里，高喊："马可，备车，咱们回暹粒。"

　　阿泰无奈而又真情地看着亨利，然后用目光示意郎哥，就按亨利说的办，一行牵来大象，装上东西，套上老虎，把阿米拉放在一辆马车上，亨利坐在身边照顾，很快就离开了吴哥窟，返回吴哥新城。一路上，亨利用毛巾蘸上水往阿米拉干燥的嘴唇上涂抹，毕竟已经快昏过去三天了。亨利三天来也寝食难

第四十九章 绝不信邪

安。在万家灯火的时候,探险队进了吴哥城。

进了"唐人精舍",李老板已经在大门口恭迎,亨利亲自把阿米拉抱进自己的房间,放到床上。

"你一定要救救她,不管花多少钱,我来付。"亨利说。

李老板神情凝重地看着床上的阿米拉,她基本上连鼻息都没有了,如同死人一般。

"不是钱的问题,关键是谁能治得了。"李老板。

"你想想办法,你一定要想想办法。"亨利说。

李老板:"当地人治病都是到庙里请阿加,你们找过阿加了,他们怕鬼上身,一定是不敢治的。西医也治不了这个病,那就只有中医了,这样,我马上去请,已经三天,看她阴气很重,不知来得及吗?"说完转身就跑出去,亲自去找中医郎中。

很快,半个时辰过去,郎中终于请来了。

李老板介绍说,请来的郎中姓孔,名孔祥云,也来到此地几代人了,一直是中医传家,算是吴哥中医头牌了。

亨利赶忙行礼,再三请孔郎中施救。

孔郎中简单问了一下情况,然后坐下把脉,看了眼底、耳廓,摸了头手足的温度,神情格外严肃,说:"这是林中瘴气、季节湿气、古场阴气、天道暑气、体内邪气同时聚集,封堵住了全身经络穴位,要不是本人年轻底子好,加上平日里积德行善,恐怕一天前就没了。发病时是不是空中突现闷雷?"

亨利:"我睡着了,她自己在一个石屋。"

孔郎中:"应该是有雷的作用。不管了,我尽力而为,但这的确是鬼神之攻与自然之气化合反应而成,看看她的运气了。"

说完,便开始治疗。孔郎中边治边说:"这个姑娘得的是痹症。何为痹症呢?《素问·痹论篇》云:风寒湿三气杂至,合而为痹也。其风气盛者为行痹，寒气盛者为痛痹，湿气盛者为着痹也。患病就会素体虚弱、正气不足、腠理不密、卫外不固，是引起痹症的内在因素。而治疗痹症，亦为吾针灸之所长，而我们孔家祖传的技法就是四个字——用针稀疏。这是吾针灸临证孜孜以求之最高境界。下面我们开始用针了，请注意看。"

只见孔郎中打开针带，燃灯，先将银针放在灯下烤一下，备好针之后，开始针灸。

第一针的穴位是手三里。"手三里主霍乱遗矢，失音气，齿痛，颊颌肿，瘰疬，手臂不仁，时挛不伸，中风口㖞，手足不遂。"下针之后，孔郎中又捻动了一会儿。

第二针的穴位是曲池。孔郎中继续口中咏读《针灸大成》："曲池主绕踝风，偏风半身不遂，恶风邪气，风瘾疹，喉痹不能言，胸中须满，臂膊疼痛，筋缓提物不得，挽弱开，屈伸难，风痹，肘细无力，伤寒余热不尽，皮肤干燥，瘛疭，癫疾，妇人经脉不通……"

第三针的穴位扎在后溪。孔郎中："后溪又为八脉交会穴之一，通督脉。《针灸大成》曰：后溪主疟寒热，目赤生翳，鼻衄，耳聋，胸滞，头项强不得回顾，癫疾，臂肘挛急，痂疥等……"

第四针的穴位是内关。孔郎中边扎边告诉李老板，亨利看到周神仙不知道什么时候也来了，坐在一起观看，"内关主手中风热，失志，心痛，目赤，支满肘挛……"

第五针的穴位是大杼。"大杼主膝痛不可屈伸，伤寒汗不出，腰脊痛，胸中郁郁，热甚不已，头风振寒，颈强不可俯仰，头旋……"

亨利对周神仙说，怎么看着中医与阿加的治病都差不多啊，都是穿着长衣大褂，戴着个帽子，你用针，他用手，边扎边说，口中念念有词。

周神仙一脸哭笑不得，解释道，都是东方文化，相互影响，形式上有相似之处，内容则不同。

第六针的穴位是阳陵泉。下针后，周神仙说："阳陵泉膝中不得屈，偏风半身不遂，脚气无血色……"

亨利见了很惊讶："你也懂啊？"

周神仙调皮地说："略知一二，皮毛而已。"

孔郎中第七针扎在大巨。周神仙告诉亨利说："这一针扎的穴位叫作大巨穴，主四肢不收。下一针的穴位是髀关穴。"果然孔郎中是扎在髀关穴。周神仙好不得意。

针扎在身上不拔接下来开始做艾灸，只见孔郎中从口袋里取出已经准备好的艾叶卷，用火点燃生烟，然后对着阿米拉身上的穴位用烟熏烤，边熏烟边说："取穴：大椎穴、身柱、肾俞、腰阳关、曲池、外关、昆仑、丘墟、太溪。配穴：行痹加肝俞、膈俞，痛痹加关元，肾俞，着痹加足三里、阴陵泉、脾俞，热痹加大椎、曲池。"

到这时候亨利才搞清楚孔郎中是说给李老板听的，也可以说是教他，怪不得华人都多少懂一点。此时，孔郎中正在给李老板讲解阿米拉的病因和治疗，亨利在一旁听得是津津有味。

孔郎中把针扎进阿米拉的各个穴位，并不拔出来，而是时不时捻动刺激穴位，同时把艾草点燃，用烟熏烤各个穴位。他边做边说："所谓痹就是经络被堵塞不通，经络不通，血脉不畅，轻则气血相冲郁结，就会出现身体疼痛，重则会导致神志昏迷，失去生命的能力和迹象，导致死亡。如果出现经络不通，应该加强调养，疏通经络，这方面只有中医的方法见效较快，比如针灸、拔罐、按摩、推拿、艾灸等。另外，升温是疏通经络的最为有效的方法。身体内寒湿重时，就如面对一块因为冷而冻住的土地，只有大地回暖，土地解冻，河流化冰，河流才会通畅，土地才会松软、透气。我们人的身体也是一样，只要身体内寒湿重，身体内所有的管道就会因冷而收缩。这时，针灸、推拿、按摩等方法效果甚微，这时就要同时学会为身体升湿、排寒湿的技巧，让身体内全面化冻，各种管道自然化冻。所以我们又用艾草熏烤，让艾热从穴位迅速进入人的身体内部，才能转危为安。"

李老板问:"您刚才针灸这些部位,是起什么作用?"

孔郎中:"主要目的是打通任督二脉和十二正经。疏通经络作为摄生的重要措施,最简单的方法就是刺激、按摩、针灸合谷、内关和足三里这三个重要位置。合谷管颜面及五官,内关管心脏,足三里则管五脏六腑特别是消化系统……"

亨利几天几夜没合眼了,听着听着就打起了瞌睡。李老板见状赶忙让他躺在旁边的躺椅上,说道:"您先歇着吧,这一时半会儿起不来,我们跟这儿盯着,放心睡吧。"

亨利实在困乏难耐,眼睛一闭,李老板话没说完,他就已经打起呼噜起来了。

唐人驿馆后院的一间高脚屋里,阿泰盘腿坐在毗湿奴像前默默祈祷。地铺上睡着郎哥。

从一开始就是这样一个安排,阿米拉住在前院,负责照顾亨利和马可,这也省了李老板很多事,而阿泰、郎哥住在高脚屋已经不错了,象工们都住在象棚,吃饭阿泰和象工一起吃,阿米拉和亨利吃,马可有时也叫郎哥过来喝一杯。

李老板愿意接待亨利这样的洋人,文明客气,不差钱,对一切都充满了好奇心。只是有一个问题他始终猜不透,就是亨利到底想拿阿米拉怎么办。

第五十章

起死回生

亨利睡着睡着又入梦境：

香烟缭绕，花好月圆，在吴哥唐人驿馆，张灯结彩，大红喜字贴在大厅。这是亨利在迎娶新娘。在周达观、李老板、王老板等华裔的张罗帮助下，亨利终于决定和阿米拉举行大婚庆典。亨利穿了一身中式风格的红衣红裤，坐在门前等候新娘。远处阿米拉骑着大象来了。阿泰和郎哥都穿着新衣服，骑在大象上，大象背上铺着红毡，架着华丽的座椅，还架着红伞。大象来到了门前，亨利带着周达观、李老板等出门迎接。仆人把梯子架在大象身旁，阿米拉穿着新衣服，喜笑颜开地从大象身上下来。亨利搀扶着阿米拉手牵手步入大厅，准备拜堂成亲。

这时候，外面传来了更大的喧嚣声，一个当地官员说，国王要来参加婚礼。亨利听了非常兴奋，告诉阿米拉，阿米拉也激动万分。两人走出门外迎接。

远远望去，国王出行的仪仗铺天盖地。亨利赶忙迎上前去，他想扶国王从大象身上下来，但是宫女拦住了他，这项工作由专门的宫女负责。

国王和王后的专门座椅早已摆好，文武百官站列有序。

国王说道："开始吧！我来给你当证婚人。"

乐队奏起结婚进行曲。

亨利拉着阿米拉的手缓缓地走向国王，所有的人都带着羡慕的表情走向国王和王后，国王还带来一个神父。他们走到神父面前，神父按照宗教的礼仪组织婚礼，当亨利拿出戒指准备给阿米拉戴上的时候，只听到有人大喊一声："我不同意！"

大家的目光集中到一个人身上，原来是马可。

马可大声说："他是个骗子，他有老婆，这个戒指也不是他买的。"

亨利看着神父，只见神父说："NO."

他又看国王，国玉突然变脸，说："你敢假结婚，还骗我来给你证婚，你这是害我违法，来人啊，把他抓起来砍了！"

亨利一看国王和王后变脸了，自己也解释不了，转身就往外跑。大厅瞬间就乱了，他拉着阿米拉拼命往外跑，左突右冲，他们终于冲出门外，门口停了一匹白马，他一下子就飞身上马，把阿米拉拉上马。马奔腾而去。后面有许多人骑着马在追，前面又有人在拦截，他的马突然飞了起来，直上云霄，后面还有人跟着飞起来。这时，白马突然张口说话了："你们两个人我只能带走一个，你们必须下去一个人。"正在他犹豫的时候，只见阿米拉已经跃身从马上跳了下去，飞舞在空中，亨利也跳了下去……

就在这时，亨利从梦中惊醒。

他看到李老板、孔郎中正在看着他。

李老板问道："做梦了？"

亨利问："阿米拉呢？"他还没有从梦中惊醒。

李老板指了指床上，亨利一看，还是没有醒来。

"多久了？"亨利问。

李老板："三天了，她睡了三天啦。"

第五十章 | 起死回生

"三天,三天还没醒过来,你是什么医生啊!"亨利急了。刚才的梦也还记忆犹新。

就在这时,只听一声惊雷炸响,所有人都吓了一跳。但更吓人的是,只见阿米拉一下子从床上坐了起来,说:"好响的雷,吓我一跳。"

见到阿米拉醒了,而且一下子就坐了起来,所有人都愣住了。紧接着就是一阵欢呼庆贺,李老板让人到后院报告阿泰。

孔郎中开始给阿米拉拔针,李老板激动地问:"阿米拉,你跑哪儿玩去了,怎么刚回家?"

阿米拉睁着大眼睛,望着屋顶,轻声说:"我只知道我在云彩里飘啊飘,什么也看不见,开始好冷,好冷,后来太阳慢慢出来了,我就觉得暖一点了,就看见白马过来了,我就上了马,它一路飞跑,把我送到门口,打了一个喷嚏,就走了。接着就看到了你们。"

亨利听了阿米拉这番话,非常惊讶,他也是骑着白马回来的,难道真是有缘?

"水,给我点水喝,好渴啊。"阿米拉七天没吃没喝。

李老板忙倒了杯茶。孔郎中见状忙说:"不能用茶,快倒些温开水。"

水来了,孔郎中试了试温度,然后慢慢喂她喝。

李老板忙安排做饭。孔郎中吩咐今天只可用点白粥,放温了再吃。

"你们怎么在这儿啊?我睡了多久?"阿米拉问。

"七天,整整七天了,要不是亨利先生把你送回来,孔郎中给你诊治,你早没命了。"

阿米拉深情地望着亨利,轻轻说:"他欠我的。"

当天晚上,李老板摆了一桌酒席,宴请孔郎中,感谢他起死回生救了阿米拉。名义上是亨利请客,陪客的都是几个熟悉的华裔老板。席间马可、郎哥也在座,阿米拉继续休息,阿泰要照料大象,不参加这些活动。

这次抢救阿米拉,使亨利对中医有了深刻印象,席间,他不停地向孔郎中请教中医方面的问题，孔郎中也乐意回答。

亨利在敬酒之后，就问孔郎中："也没见你用听诊器，你是怎么诊断病人病情的？"

孔郎中说："《内经》曰：善诊者察色按脉，先别阴阳。审清浊，而知部分，视喘息，听音声，而知所苦，观权衡规矩，而知病所主，按尺寸，观浮沉滑涩，而知病所生。以治无过，以诊则不失矣。"

亨利："能讲通俗语言吗？"

孔郎中说，这是中国古代内医科学经典著作中的一段话，说的是：善于治病的医生，先看病人的色泽，然后再按病人的脉搏。首先要辨明病属于阴性还是阳性。审察浮络的五色清浊，从而知道病的部位。再看病人的喘息情况，并听他的声音，从而知道病人所患的痛苦。看四时不同的脉象，从而知道病生于哪一脏腑，诊察尺肤的滑涩和寸口的浮沉，从而知道疾病所产生的原因。那样，在治疗上就可以没有过失。

亨利："看色泽可以理解，按脉搏，辨阴阳，还不理解。"

孔郎中就手把手地教，怎样按脉搏，并讲解尺关尺的位置、脉象滑涩浮沉的手感，以及与五脏六腑的对应关系。

然后再解释阴阳："中国远古时期有一个黄帝，也是我们孔氏的祖先，他认为，宇宙之中的万事万物都包含着阴阳两个方面，所以阴阳是一切事物的纲领，是万物变化的起源，有很大的道理在其中。黄帝认为什么是病呢？就是阴阳失去平衡了。阳主生发，阴主收藏。阳能化生力量，阴能构生形体。如果阴气偏胜了，阳气就会受损而为病。同样，如果阳气偏胜了，阴气也会受到损害。阳气偏胜就会生热性病症，阴气偏胜就会生寒性病症。寒邪能损伤人的形体，热邪能损伤人气分。气分受伤，可以产生疼痛；形体受伤，可以发生肿胀。凡是先痛后肿的，是因为气病而伤及形体；若是先肿后痛，是因为形伤而累及气分。风邪太过，形体就会疼痛；热邪太过，肌肉就会发生红肿；燥气太过，津液就枯涸；寒气太过，就会产生浮肿；湿气太过，就会产生濡泻……"

亨利："人体内的阴阳是如何发生变化的呢？"

孔郎中："大自然有春夏秋冬四季的变换，又有金木水火土的变化，人有肝心脾肺肾五脏也会化生出五气，产生出喜怒悲忧恐这些不同的情志活动，人还会进食各种不同的食物和饮品。这些环境和生活上的影响，都会造成阴阳的变化，凡事不可过，过了就会使阴阳失度，失去平衡，生出病来。"

亨利："你们中医能治什么病、不能治什么病？"

孔郎中："问得好！医与病之间如同神与鬼之间，都是道高一尺魔高一丈的关系，所以说，医者什么病都会治，什么病也都不一定能治好。"

亨利："怎么理解？"

孔郎中："治病讲及时，小病好治，大病难治。小病不及时治，病魔就会迅速生长，在人体内部肆意蔓延，最终由一个脏器变成多个脏器，由人体表层组织深入内部组织，医生就是诊出来了，也没有药物来打败它了。所以，治病一定要及时趁早。就像这一次，再晚一个时辰，就是华佗来了也只能是望尘莫及。"

亨利起身举杯敬酒说："再次感谢您！刚才一番话真是让我受益匪浅，我想，中医不仅仅是医学，更是哲学，由此认识到中国文化是建筑在博大精深的哲学之上的。咱们先喝一会儿酒，吃一会儿菜，我再来向您请教下一个问题。"

亨利忽然看到，不知什么时候，周神仙也坐在他身边了。

大家喝了一会儿酒，亨利又开始向孔郎中发问："您姓孔，我知道你的祖先孔子是中国古代最有文化的人，也是中国最大的教师，包括皇帝也要管孔子叫老师，学习他的思想。你为什么现在不当先生，而要当医生呢？"

这个问题一提出，李老板和几个华裔老板都跟着起哄："是啊，你为什么不当先生当起医生来了！"

孔郎中笑笑说："还不是好挣钱养家，当先生怎么挣钱，这儿又不搞科举考试。"

亨利说："柬埔寨夹在中国和印度两个大国文化之间，为什么选择了引入

化境吴哥

印度宗教而不是中国文化呢?这种选择是因为印度比中国强大吗?就好像欧洲十字军东征,用军队和战争推动宗教运动,现在英国、法国也是用军舰和大炮推行西方文明和宗教。一样吗?"

这个问题的提出,的确使所有人都震撼,一时竟冷场下来,半天没有人吭声。只见孔郎中自己举起手中的酒杯喝了起来,举到嘴边,才想起来要敬亨利。大家都看着孔郎中。

孔郎中思考了片刻才缓缓说道:"这个问题实在太大,并非我所能回答,更不是我应该回答的。但是,既然亨利先生问到了,而这个问题又的确重要,所以,我斗胆谈谈自己的一孔之见,不当之处,大家商榷。

"首先,这是两国文化问题。中印两个国家都是大国,也都有着非常伟大悠久的文明和历史,中国文化是以孔子的儒家人文文化为主,以外来的宗教文化为辅;而印度则是以古代宗教文化为主,以人文文化为辅。宗教文化认为有神灵,而孔子认为世上没有鬼神,是由人来决定的。他认为谁有文化谁就能做官,参与国家的管理。中国的帝王接受了这种认识,从而立孔子为师,由文化人掌握政权。但是又发现,宗教鬼神这种文化对没有文化的人具有恫吓作用,所以也不反对宗教。印度这个国家开始创立了人文文化,又发明了印度神话,后来又从多神的婆罗门教,发展为佛教,从而使得宗教有了更大的普世价值观和影响力。就这样印度宗教和欧洲宗教都成为政教合一的政权结构,而在中国皇帝始终没有让宗教进入政权,这些都是各国统治者选择决定的。

"至于柬埔寨为什么选择印度宗教而不是中国孔子,这也是历史上的国王基于国情所决定的,一方面是当时爪哇对真腊的影响;另一方面是高棉民族的文化基础,他们没有自己的文字,也就没有一个文化人的阶层,只是通过印度婆罗门教引入了梵文,这样无论是印度神话还是梵文,对没有文字的民众,传播起来远比文化教育简单得多。说到西方国家的武力入侵和宗教推广,都是一种侵略,不同于文化交流和学习。然而,即使没有西方国家的侵略,人类国家与民族之间也会发生战争,吴哥窟的命运还不就是周边国家之间的战争导致的吗？"

亨利："说得很好，你如何看待吴哥窟呢？又如何看待印度婆罗门教和佛教呢？"

孔郎中："我们虽然住在吴哥，但是我们并没有去看过那些古老的建筑。它们从柬埔寨人的生活中已经消失了五百多年了。自从高棉王国的首都搬到了金边，周边越南、暹罗都变得比柬埔寨要更加强大。耗费了那么多的金钱和人力，这些精美的建筑不仅没有给这个国家带来好运，反而带来了一次又一次灭顶之灾，特别是吴哥人在战乱中死伤无数，国破家亡，所以没有人会去想这些事，更不敢去看这个地方。就如同人不愿去乱坟岗，这里就是高棉王国的乱坟岗。其实，中国或者世界上所有的国家都一样，只要乱搞宫殿建筑，乱打仗，国力耗尽，其结果就是这样。这也是为什么婆罗门教让位于佛教。婆罗门教信仰天神，这些天神的确厉害，有钱有权，还有法宝。但是他们没完没了地打仗，开始为民族解放还可以，后来就完全是为了争权夺利。阿罗和阿修罗是同父异母的兄弟，一边是天神，一边是魔鬼，都很厉害，老百姓就惨了，他们在争皇权，和老百姓没有关系，战乱破坏了老百姓的生活，老百姓就不喜欢战争主义的婆罗门教。佛教采取的是和平主义，释迦牟尼佛、弥勒佛都是笑呵呵的，跳出三界外，不在权利中，这是符合百姓利益和追求的。"

孔郎中说到这儿，大家都点头附和，但是酒席的气氛却低沉了。

亨利起身再一次向孔郎中敬酒，他说道："孔先生讲得非常好，我完全赞同。这一次探险考察中，意外地发现了吴哥窟古建筑群的遗迹，完全出乎我的意料。通过初步的考察和学习，我发现吴哥窟古建筑群无论在建筑规模、设计、施工，还是在绘画、雕刻、雕塑以及艺术创作的文学背景和宗教背景上，都达到并超过了迄今为止在这个地球上人类所有的伟大建筑，堪称是人类艺术建筑上的一个伟大奇迹。它充分反映了古代高棉民族和亚洲国家的伟大智慧和卓越能力，证明了亚洲文明和欧洲文明一样达到过人类文明的最高境界，这是高棉民族的骄傲，也是亚洲国家乃至全人类的骄傲。的确，吴哥窟的修建，在

化境吴哥

几百年的时间里，消耗了巨大的财力、物力和人力，甚至给高棉王国和高棉人民带来了巨大的灾难。然而，这也无法掩盖它的伟大，是人类艺术史上的一个里程碑，终有一天，全世界都会尊重这一伟大建筑，并感谢高棉民族对人类文明和艺术所做出的贡献。这也是我下一步所要做的事业和工作。"

亨利的这一番讲话，慷慨激昂，高屋建瓴，给予吴哥窟历史性的高度评价，讲得大家都激动不已，酒席的气氛又重新活跃起来。

阿米拉手牵小象，拉着小姐妹表演了歌舞。酒席一直闹腾到深夜。

晚宴结束后，孔郎中让李老板到店里再给阿米拉拿点药，继续调理一下，顺便也给亨利拿点凉茶解暑气。刚喝完酒，亨利也想走一走，散散酒气，便随着李老板走到了孔郎中的店。马可想陪着，郎哥又拉他泡澡，亨利就说有李老板一起，不用他陪了。来到孔郎中店里，又坐下喝了一壶好茶，聊了好一会儿天，结束已经到后半夜了。亨利和李老板两个人离开孔郎中的店往回走，中途路过基督教堂时，突然看到大门开了，两人本能地躲闪在阴暗处。只见一个脑袋探出头来张望了一下，紧接着，有两个人从教堂里走出来，教堂的大门立即关上了。亨利和李老板躲在暗处，一看出来的这两个人，不禁大吃一惊，原来有一人非常熟悉，竟然是阿泰。两人出来后，立即各奔东西。这么晚了，阿泰竟然从教堂里出来，这究竟是怎么一个情况呢？这个晚上，大家注定都睡不好了。

第五十一章

天 下 第 一

第二天,亨利迎来了金边的官员,他们专程跑来吴哥,带来了国王的问候,同时也带来国王的邀请,再过一个月有一个挨篮节,是为王宫挑选舞女,非常热闹,国王邀请亨利过去玩。亨利见到这位官员,只觉得面熟,一时想不起在何处见过。突然,他想起来了,此人正是昨晚和阿泰一起从教堂里出来的人。这让亨利大惊,但未失色,而是愉快地接受了国王的邀请。使者还带来了一些来自欧洲的信件。

亨利了解到家中的情况,另外就是达尔文的情况。一石激起千层浪,达尔文的《物种起源》出版后,已经引起了轩然大波,整个罗马教会都在向他宣战,并且已经迅速漫延到了全世界。不仅是基督教、天主教,而且犹太教等也公开表示反对达尔文的观点,坚决维护上帝。在欧洲,已经出现了教皇将进化论的支持者吊起来烧死的惨案。所以,亨利想尽快返回欧洲一趟,能够帮助达尔文做些事情。

接下来的几天,一方面进行回欧洲的准备,一方面等着阿米拉的彻底康复。亨利坚持再进一次吴哥窟,由于阿米拉的突发疾病,使他的考察还有一点

化境吴哥

尾巴，同时他想要再收集一些实物标本，以证明吴哥窟的艺术水平，力争对吴哥窟的推介一步到位。

英国艺术家最为关注的是艺术建筑的独特风格，对此，亨利私下进行了研究总结。晚上，他在日记中写道：

艺术总结：吴哥时期特别是公元9世纪至13世纪吴哥王朝盛兴时期，是高棉文化的黄金时代。高棉国王崇拜印度教、佛教信仰融合形成的"神王"崇拜。吴哥时期兴起了建造山寺——陵庙的热潮。10世纪后半叶，吴哥地区的印度教神庙班迭斯雷寺，采用了从印度引进又经过改进的寺塔形式。吴哥神圣宏伟、格局匀称、雕刻精美的历史遗迹，是人类建筑和艺术的伟大奇迹。身临其境，仍有着超乎想象的震撼！吴哥建筑和艺术的特点，大多源于印度南部输入的概念，印度教和佛教两大宗教的影响在高棉建筑中打下了深深的烙印，成为吴哥艺术的主题。其主要建筑：巴肯寺、吴哥寺、巴戎寺……

吴哥建筑风格：吴哥时代无疑是柬埔寨美术的黄金时代和古典时代。它的传统美术以印度教的婆罗门教和大乘佛教为主要内容，并伴随着对高棉国王神化的祭祀崇拜思想，主要通过婆罗门教神庙建筑和雕塑等形式表现出来，高棉人在以大规模的寺庙建筑为主题的艺术创造活动中，充分发挥了艺术天分。

其建筑风格要素有：庙山、入口拱门、回廊、堤道、塔、建造材料和建造技术、守护神兽、浮雕。

精美的雕塑是吴哥古迹建筑的重要组成部分。就形态而言，吴哥古迹建筑既有圆雕、半圆雕，也有浮雕。浮雕中既有浅浮雕，也有高浮雕，并偶见线刻。

柬埔寨的浮雕艺术堪称世界一流。一类是装饰性浅浮雕，这一类浅浮雕出现在小吴哥的回廊廊柱以及墙各处，主要起到装饰性的作用。还有一类是大吴哥城巴戎寺的浮雕，反映了古代柬埔寨的自然环境、军事战争和百姓生活等。其特色是将具有多视角、多风格、多空间的雕刻造型置于一个层面，巧妙绝伦，至情至理。在手法上采取多空间并存装置，以时间为轴缓缓展开，贯通天、地、水，空间在此错位，时间在此融合，一个源自人间烟火的极乐世界在此呈现。在构图上以密织的图像组成块面的分布，横竖有致，使得画面在视觉上予人以优美，造型姿态颇似埃及正面律，但又富于生活动态情趣。浮雕中点缀并填满了刻画生动、细致入微的动植物图像。其强烈的绘画性与中国古代佛教雕刻造像中的影壁有惊人的相似。它的散点透视与多中心、多情节的刻画是东方造型智慧在浮雕中的运用，它压缩了时间上的纵向，也浓缩了空间上的横向，展示了古代匠师的人生态度和宇宙观，其根源在于作品中渗透了这种冥想、祈望，这在世界雕塑文明史上都不多见。

小吴哥城和大吴哥城都已经考察了一遍，包括暹粒市附近和金边市附近的古代寺庙王宫建筑，亨利基本上都看到了，也认真地做了测量和绘画，将这些资料带回欧洲，亨利相信会引起不小的轰动。这几天他一直在考虑一个问题，究竟应该给吴哥一个什么样的地位和名分，晚上，亨利一个人在房间里想这个问题。

这时，周神仙出现了。亨利问他："神仙，你说，这个吴哥在世界上排老几？"周神仙说："除了中国的，世界上其他地方我也没去过，不敢乱说。"亨利："据我所知，全世界有一些著名的建筑，咱们去看看不就知道了？"

说走就走，两人骑上了毗湿奴的金翅鸟，开始做一次环球漫游——埃及金字塔，巴比伦故地，古希腊阿尔忒弥斯神庙故地，奥林匹亚遗址，摩索拉斯陵墓，爱琴海，中东，长城……神游八极，寰球览胜，极尽驰骋。

看了一圈，亨利意犹未尽，他打开房门，邀来月下散步的马可，想问问他的想法，毕竟他也是游历欧洲各大文明的年轻人。

亨利："你觉得吴哥窟建筑群和金字塔建筑群哪个水平更高？"

马可："我觉得还是金字塔。"

亨利："其他人呢？"

阿米拉："金字塔是什么？"

化境吴哥

马可介绍说:"埃及的大金字塔建造时间在公元前2631年至公元前2498年,它是古埃及法老的陵寝,最大的是胡夫金字塔,高137米,底长230米,共用230万块平均每块2.5吨的石块,它被誉为世界古代七大奇观之一。"

阿米拉天真地问:"也像我们的寺庙一样有雕像吗?"

马可摇摇头:"跟这个不一样,金字塔身上什么都没有。"

阿米拉:"那当然还是吴哥窟更精美。金字塔连个浮雕都没有,就是大石头块垒起来的,有什么好?"

郎哥:"毕竟有几千年了,我觉得是金字塔。"

亨利转向马可:"古希腊的遗址呢?"

马可逐渐兴奋起来,历数古希腊留给全欧洲的灿烂文明:

"幼发拉底河流域的巴比伦空中花园,建造时间约在公元前6世纪,地点在巴格达以南50公里左右。由巴比伦国王尼布甲尼撒二世为他最爱的王后建造,空中花园上栽满了奇花异草,并有完整的供水系统。但我认为其规模无法和吴哥相比。

"阿尔忒弥斯神庙,建造时间约在公元前550年,约在今天土耳其的伊兹密尔南面50公里。阿尔忒弥斯是古希腊神话中的狩猎女神、月神,奥林匹斯主神之一,又被视为野兽的保护神。神庙建筑以大理石为基础,上面覆盖着木制屋顶,至少106根立柱,每根12至18米高,神庙的底座大约有61米×122米。遗憾的是神庙2000年前毁于一场大火。我认为它和吴哥窟相当。

"希腊的奥林匹亚宙斯神像,建造时间约在公元前457年。宙斯是希腊众神之神,是奥林匹亚的主神,如同印度教中的梵天,宙斯神像是当世最大的室内雕像。拜占庭的斐洛在记述世界七大奇迹说:'我们以其他六大奇迹为荣,而敬畏宙斯神像。'神殿本身则是采多利克式建筑,表面铺上灰泥的石灰岩,殿顶则用大理石兴建而成,由34条高约17米的科林斯式石柱支撑着,庙前庙后的石像都是用派洛斯岛的大理石雕成。庙内西边人字形檐饰上的很多雕像,十足是雅典风格。主神宙斯是在木质支架外加象牙雕成的肌肉和金制的衣饰,宝座也是木底包金，嵌乌木、宝石和玻璃，历时8年之久才完成。然而，公元426年神像遭到了异教神庙破坏令的破坏。"

阿米拉："破坏了，神像神殿都没有了怎么比？不比了，这个地方不算。"

马可像背书一样："希腊的摩索拉斯陵墓，建造时间约在公元前353年，今在土耳其西南地区，坐落于哈利卡纳素斯市中心的大广场，埋于陵墓内的人，是公元前4世纪中叶波斯帝国属地卡里亚的总督摩索拉斯。陵墓共分四层，基坛为六阶，以希腊运来的大理石建造……15世纪初，十字军东征时将所有陵墓内外装饰嵌入要塞的城墙内，结果令整个陵墓不留痕迹……"

阿米拉："我们赢了，我们还有痕迹呢。"

马可继续说："爱琴海罗德岛的太阳神巨像，建造时间约在公元前282年，是用战场上敌人遗弃的青铜兵器修建的一座约33.5米高的雕像，这个伟大建筑仅仅56年就被强烈地震毁坏了。"

阿米拉摆摆手说："什么都没有留下，能和七八百座神庙比吗？你们欧洲到底有没有好东西？那东方的中国有什么？"

亨利知道，脱口而出"万里长城"，阿米拉却不以为然："光是城墙，寺庙呢？比的是神殿还是城墙？一个故事也没听见，这个世界这么大，我以为有多少伟大建筑、有多少个艺术家呢，原来都在我们吴哥这里呀。肚子饿了，回家了，我们世界第一……"

大家都目瞪口呆，无话可说。细想也是，要说寺庙艺术建筑群，还真没有谁能比得了吴哥窟。这个吴哥王国无意之中竟拿了一个世界第一，想到这儿，亨利并不沮丧，反而更加激动，这个吴哥要是老大，自己岂不也是……

第五十二章

郎哥遇难

休息了一周，阿米拉彻底恢复过来后，亨利提出再一次进入吴哥，用10天左右的时间，完成最后的考察任务。对于他的这个计划，几乎所有的人都反对。

前一天晚上吃饭时，李老板陪亨利喝两杯，边喝边劝。李老板认为一年多来亨利冒着生命危险，一次又一次地进入热带雨林，风餐露宿，九死一生，现在该看的看了，该查的查了，见好就收，过几天到金边见见国王，好好玩玩，坐船回家团圆多好，别再探什么险了。不怕一万，就怕万一。

为此，李老板还喊来了孔郎中，他知道亨利很敬重孔郎中。孔郎中也不同意亨利去，认为现在是雨季的高峰，除了雷暴雨，还有山洪、泥石流和瘴气以及各种蚊虫叮咬，雨林中会引起许多湿热伤寒，还有野生动物，吴哥人从来不敢进入古城，亨利一次又一次进去，明知山有虎，偏向虎山行，还是不要去冒这个险了。席中，孔郎中还给亨利做了个占卜，结果是一个"困卦"，孔郎中更是不让他冒险进山了。可亨利笑着说："我是科学家，不信你们这种占卦，这是封建迷信。你们中国文化不是不信鬼神吗，怎么也玩这种骗人的把戏？探险家就是以险为乐，发现别人不知道的东西，怕危险就不是探险家了。"

然而，最让人意外的却是阿泰的态度，他一听说还要进吴哥，脸都吓白了，一句话都不说，只是摇头，并且执意要带着阿米拉、郎哥离开。马可把阿泰的情绪告诉了亨利，亨利轻轻一笑，他认为是阿米拉的病把阿泰吓住了。他亲自到后院去找阿泰，提出加倍付费。阿泰说不是钱的问题，是不能一错再错，再去打搅天神了。亨利问他哪一个天神，阿泰明确提出毗湿奴。并说他上次祈祷时向毗湿奴天神保证不去打搅了，天神放过了阿米拉，如果说话不算，会遭报应的。亨利见状，让他帮助联系其他象群运输队。阿泰听了无奈，便说自己去，但是郎哥、阿米拉不能去。亨利同意了。

为什么亨利马上就要回国了，还一定坚持再一次进入吴哥窟呢？

因为他有一批宝贝还想运回来，就是石雕塑。他在巴肯山巴肯寺、小吴哥城、巴戎寺、圣剑寺、塔布萨……都和马可一起搜集了一些精美的雕像，与其在森林里日晒雨淋不见天日，还不如搬出来运回欧洲，放在大英博物馆或者罗浮宫展示，让欧洲了解吴哥窟艺术，对高棉文化也是一个很好的宣传和弘扬。其实，他一直在干这件事，并且每一个地方都选好了，放在了便于装运的地方，只因为阿米拉突发疾病返回城里，结果打乱了整个工作计划，一件宝贝也没运回来，而这些东西的运输，陆地上只有大象才搬得动，所以亨利必须回去，并且必须带一支大象运输队，阿泰的态度就非常重要。说服了阿泰，他也就松了一口气。他把整个计划告诉了马可，用10天时间由远至近地把东西运回来。

清晨，踏着第一缕阳光，象群出发了。李老板、孔郎中前来告别送行。孔郎中还专门送了几包防治暑热感冒的药。望着远去的亨利，孔郎中连连摇头，李老板说，还真会有情况？不是你编排的故事吧？孔郎中神色凝重地说，我要能编排故事就好了，不听老人言，吃亏在眼前。说完之后，转身离去。

队伍出发不久，郎哥和阿米拉骑着老虎就赶上来了。阿泰让象群停下来，让郎哥和阿米拉必须回去，可两个孩子也很拗，就是要一起去，阿泰无奈，只好继续前行，但是一言不发，闷闷不乐。大家都感到十分不解。

到达第一个地方巴肯山时，已经是下午了。上次在这里遭遇雷击，此时又重新回到这不祥之地，所有人的情绪都很低沉。

情绪归情绪，阿泰还是安排了一顿很好的晚餐。吃完了饭，亨利就带着马可、阿米拉和郎哥登上了巴肯山，来到了巴肯寺。这里是吴哥周围的制高点，四周美景尽收眼底。望着夕阳照耀下的群山，远方洞里萨湖露出了金色的一片浮光，回头看去，小吴哥到巴戎寺，无数的寺庙与茂密的森林融为一体，在静谧的佛土之中，又呈现出大自然的博大与生机。远处有无数的鸟儿在空中盘旋，寻找着自己的巢穴，突然隐约听到空中传来哨声，那群狐蝠又出来觅食了，亨利朝阿米拉看了看，她也正朝着哨声的方向看去，长长的睫毛在夕阳下显得越发迷人。亨利突然感觉到对这一方水土的深深眷恋，难道真的就要离开了吗？阿米拉怎么办？

阿米拉看到亨利的胳膊上有一只蚊子，她举起手打了过去，蚊子打死了，可亨利的胳膊上和阿米拉的手上都是血，亨利转头看阿米拉，阿米拉抬起手让他看蚊子血。"谢谢，真是一只大蚊子。"亨利说。

"今晚会有大雨。"郎哥说。

"什么雨没见过？"马可不在意地说。

"不一样。"郎哥看着远处的云，的确又黑又暗，而且开始有阴风飞过来了。

郎哥、阿米拉和马可迅速砍了树枝和藤蔓，很快搭起了一个简易的雨棚，山下，阿泰和象工把东西都捆在了树上，棚子也搭在树下。一个时辰后，阴雨压了过来，一场大雨轰轰烈烈下了起来，郎哥招呼亨利、马可和阿米拉一起钻进了棚子，几个人缩身坐在棚子里，雨越下越大，并且一点停的意思都没有。

"你怎么这么烫？"阿米拉摸了摸亨利的头。

"我好冷。"亨利说。

"你发烧了，马可，把药拿来！"

第五十二章 郎哥遇难

阿米拉感到事情不妙。

雨整整下了一夜，临时搭建的棚子根本就挡不住雨，而且地上也都是潮湿的，不仅无法躺，就是坐的地方也都已经湿了。幸亏临出发前孔郎中给了一些药，马可选了治疗感冒的药让亨利服下，可是身上的衣服全都湿透了，加上阴雨冷风，亨利的感冒愈来愈重。

天亮了，阿泰爬上山来，来到巴肯寺，拿了一些干粮米团和肉干，雨这么大，没有干柴，烧火做饭是没有办法的。看到亨利已经发干烧，几个人挤在小棚子里，阿泰狠狠瞪了郎哥一眼，把他叫出来，两个人冒雨砍了一些树枝，就着巴肯寺的残垣断壁，搭起了一个大棚子，又把寺庙里的砖石挑选了一些平整光滑的，垒高地面，当成石床，床上铺上藤条和树叶。阿泰又喊象工从下面扛上来一个大包，里面竟有油毡布、毛毯、油灯、瓦罐、大米等生活用品。一切布置好，阿泰让阿米拉扶着亨利和马可进了这间棚子。亨利一看，这间棚子不漏水，地上铺了藤条，还有石床，石床上垫油毡布，马可给他换了干衣服，亨利躺在毛毯里，算是进到天堂了。阿泰用石块垒成灶，点燃了带来的干柴，架着瓦罐可以烧些热水和米粥给亨利吃。热水热饭，这已经是奇迹了。做完这一切，阿泰又下山去照顾大象了，临走让阿米拉和郎哥好生照顾亨利。

阿米拉烧开了水，给亨利和马可各倒了一杯。她一口一口喂给亨利，并把药放在亨利口中让他服用。

马可和郎哥在棚口看着天气，只见厚重的阴云在天空飘浮，望不到尽头，云中包含着闪电，滚滚雷声好像从云中传来。

马可问："这雨还要下多久？"

郎哥："恐怕要下个三五天，这云层太厚了。"

马可："这个下法可就要命了，老师病成这样，住在野外太危险了。"

郎哥："我的意见是要走就赶紧，再晚就来不及了！你去劝劝他。"

马可走到亨利身边，蹲下来说："老师，雨一时半会儿停不下来，您又发烧，我们是不是……是不是撤了？"

亨利："怎么撤法？"

马可："直接回暹粒去，先把身子调理好……"

亨利："不行，回去就出不来了。就没有机会把标本带走了。"亨利紧缩在毛毯里，浑身发抖，唯有两眼露出刚毅的目光。

马可朝着郎哥摇了摇头。

阿米拉把米粥熬好了，用小木碗盛出来，喂给亨利吃。喂完一碗，亨利说："我吃不下了，你们也吃点。"

天黑了，阿米拉用干肉喂老虎和查尔斯。

晚上，微弱的灯光下，阿米拉在照顾亨利吃药。

天亮了，大雨依然下个不停。满山阴雨浓雾笼罩，什么也看不到。

阿米拉继续烧水烧饭，亨利低声呓语了一晚上，天亮又睡着了。

阿米拉把最后一颗药喂给了亨利。

阿米拉对郎哥说："我看像是疟疾，现在药也没了，怎么办？"

郎哥听了，心中一激灵，然后对阿米拉说："我去找药，你看好这儿。"说完之后，郎哥便进入雨中。

郎哥要走回吴哥城请唐人李老板想办法救亨利。

郎哥过了巴肯山出口，父亲阿泰住在树上，他没有和父亲打声招呼就走了。

郎哥在大雨中奔跑，爬过了一座又一座小山；

郎哥穿过一片树林，一只饥饿的豹子在树丛中盯着他，飞身扑向他；

阿泰在树棚里抽着烟袋筒，慈祥的脸上布满了岁月的沧桑；

亨利发烧，紧紧抱住毛毯，浑身在发抖，阿米拉坐在身边喂他喝水；

马可焦躁不安，时不时地跑到外面查看情况；

两只老虎在撕咬猎物；

郎哥在与豹子搏斗；

空中响起了雷鸣，似乎在给郎哥伴奏。

第五十二章 | 郎哥遇难

郎哥打死了豹子继续奔跑；

阿泰回忆年轻时和美丽的妻子与郎哥；

郎哥一步一步长大成人；

郎哥在穿过一个山涧，山上的洪水冲来，郎哥被冲进洪流……

第五十三章

难 舍 吴 哥

天像是被捅破了底，雨下了六七天也没有任何停下来的意思，药早就没了，郎哥走了三天音信全无。自从郎哥下山后，阿泰也没上来过，隔天差个象工送点吃的上来，山上就是亨利、马可和阿米拉三个人，还有两只老虎和猎犬查尔斯。亨利的确患上了疟疾，每天大部分时间处在高烧昏睡的状态。

"老弟，怎么样啊？"周达观在亨利的头前问。

亨利："下了几天雨，今天总算是晴天了，哎！咱们出去玩玩好吗？"

周达观说："好啊，你想到哪里玩啊？"

亨利："咱们玩个新的、精彩的，吴哥神仙游！"

周达观："好啊，您想要怎么个神仙游？"

亨利："咱们跟毗湿奴商量一下，借他的金翅鸟用用，咱们穿越去看看吴哥窟的建筑过程和历史，你觉得怎么样？"

周达观："那就出发吧，还等什么？"两人走出去，只见金翅鸟已经在门口恭候，两人带着阿米拉和马可就骑上了金翅鸟，飞上了天空，只见阳光明媚，晴空万里。

第五十三章 难舍吴哥

周达观边飞边介绍："快看，现在飞到洞里萨湖荔枝山上空了。马可，考考你，洞里萨湖荔枝山是怎么回事？"

马可说："荔枝山位于暹粒东北方向，是沿洞里萨湖的历史圣地，原名考伦山，因为周老神仙上山种了荔枝树而被改名为荔枝山，山高约400米，自西向东南方向绵亘，砂岩石结构。公元802年，阇耶跋摩二世在此自封神王，宣誓就位，并宣布真腊独立。山上有上下瀑布两处，河中岩石上雕刻着毗湿奴神像和四面佛神像，并有千尊水下林伽雕像，在后面有一座巨大岩石雕刻的9米长4米宽的'波列昂通'卧佛像。"

周达观："说得真好，可以当导游了。"

这时，洞里萨湖方向传来了战鼓和螺号声，只见下面无数的战船、大象、战马、军士在激战，火光冲天，尸横遍野。

金翅鸟飞到了神牛寺上空，阿米拉叫道："快看，神牛寺。"

马可："因陀罗跋摩一世建于公元879年，湿婆派平地式建筑。"

阿米拉又指向一处："快看，巴孔寺！"

马可："因陀罗跋摩一世奉献给印度教诸神的寺院，建于公元881年。有环形沟渠最早的金字塔式寺院建筑。"

阿米拉："看，罗莱寺，罗洛士群遗址的主要建筑，耶输跋摩一世建于公元893年，印度教湿婆派平地式建筑。我也会。"

大家都笑了。"下面都让阿米拉介绍。"亨利说。

只见每座寺庙都有无数人在建筑。

"快看，飞回来了，巴肯寺。耶输跋摩一世建于公元9世纪末，印度教湿婆派建筑，山顶金字塔式。巴肯山、荔枝山、博克山并称为吴哥三圣山。"

"巴色占空寺，曷利沙跋摩一世、罗贞陀罗跋摩二世于公元10世纪初建造的印度金字塔式建筑。该寺规模虽小，但高约27米的砖造结构却散发着一种凛然正气。寺内供奉的是湿婆神。"

"豆蔻寺，曷利沙跋摩一世，建于公元921年，印度教平地式建筑。"

化境吴哥

"东梅奔寺,罗贞陀罗跋摩二世,建于公元952年,印度教湿婆派金字塔式建筑。"

"变身塔又叫比粒寺,罗贞陀罗跋摩二世,建于公元961年,印度教湿婆派金字塔式建筑。"

"空中宫殿,苏利耶跋摩一世,建于11世纪初。下面的仓库也是同一时期的作品。"

"托玛侬神庙、周萨神庙、班提色玛寺都是公元12世纪初,由苏利耶跋摩二世建的印度教平地式建筑。"

"巴戎寺、十二生肖塔、斗象台、癞王台、班蒂喀黛寺、塔布笼寺、皇家浴池、塔逊寺、圣剑寺、涅槃宫、格劳尔哥寺都是阇耶跋摩七世时期的建筑,在12世纪后半期到13世纪初期,除小部分是印度教,绝大部分为佛教建筑。"

金翅鸟开口了:"诸位坐好,我们刚才看到的是遗迹,现在我们穿越历史,回到原貌看看。"

金翅鸟掉头从湄公河、洞里萨湖荔枝山一路飞翔,映入眼帘的是所有这些建筑的原貌和开光仪式,周达观热泪盈眶地说:"当年就是这样!"亨利和马可连说不可思议。

周达观坐在金翅鸟身上,翱翔在天空,朗诵着屈原的《九歌·湘君》:

　　君不行兮夷犹,
　　蹇谁留兮中洲;
　　美要眇兮宜修,
　　沛吾乘兮桂舟;
　　令沅湘兮无波,
　　使江水兮安流;
　　望夫君兮未来,
　　吹参差兮谁思;

驾飞龙兮北征,

……

时不可兮再得,

聊逍遥兮容与。

"郎哥呢?"

阿泰突然进了棚子。他问阿米拉,也惊醒了亨利的梦。

"下山了。"阿米拉轻声说。

"下山,下山做什么?"阿泰紧张地问。

阿米拉也紧张了:"去城里找药。"

阿泰走过来看亨利:"这么热,什么时候走的?"

阿米拉:"三天了,也该回来了。"

阿泰:"三天了,不好。"

阿米拉也感到事态严重了。

阿泰转过来看亨利:"一直没有退烧吗?"

阿米拉:"每天退一会儿但大部分时间都在烧。"

阿泰:"没有药了?"

阿米拉:"三天前就没有了,一直盼望雨停。"

"雨停了,雨停了!"马可激动地喊着。

阿泰和阿米拉从棚子里钻出来看天,果然雨停了,云层也开始变得薄了,阴雨正向北方飘移。

阿泰说:"赶快走。"

马可说:"老师说不能走,还要工作。"

阿泰:"要命还是要工作!命都没有了,还工作什么?"

马可不说话了。而亨利早已不省人事。

阿泰用毯子和油毡把亨利包裹起来,然后用藤条捆绑好,背在自己背上,

化境吴哥

起身就走,阿米拉和马可提着东西跟上来,跟着阿泰下了山。来到山下,阿泰指挥象工把大象和马匹装备好,一会儿工夫,队伍就开始往回撤离。一路上,泥泞的道路又湿又滑,好在大象不怕,马车被甩在后面,两只老虎在前后护卫,阿泰骑在头象上,阿米拉和亨利乘一头象,亨利一直处于昏迷状态。傍晚时分,队伍到了巴戎寺,阿泰指挥在这里宿营。象工们熟练地搭起了简易棚,幸好雨已经过去了,天气开始变暖。阿米拉按照阿泰的吩咐,采摘了一些草药,给亨利熬煮成汤服用下去,然后喝了一些粥,希望明天能赶紧回城。阿泰连连自责,没有及时过来看看。

天黑了,月亮从云层里露出了头,又一次照亮了大地。亨利从昏迷中醒来,"马可、马可!"他轻声呼唤着。

"马可、马可,快醒醒,亨利叫你!"阿米拉推醒了马可。

马可赶紧过到亨利身边:"老师,什么事?"

亨利:"日记,日记。"

马可从皮包里取出日记本和笔递给亨利,亨利没有接:"我说,你帮我记。"

"好啦,您说吧。"马可把灯调亮,让阿米拉举着灯。

"吴哥窟是高棉王国的历史建筑,这里的许多寺庙,有着优美的飞天女神,宏伟壮观的石头上的浅浮雕,大多取材自印度教神话中的完整故事,其建筑风格和艺术文化不同于世界上其他寺庙,独一无二。这些寺庙,可以和所罗门圣殿媲美,大概是出自某位古代的米开朗琪罗之手吧——在我们最最美丽的建筑中也能占有一席之地。它比古希腊或罗马留给我们的任何东西都要宏伟。我不后悔,我看到他们都没有看见过的、人类历史上最伟大的建筑和艺术。我只是遗憾、痛心,这些伟大的艺术、建筑,与这个国家现在的蛮荒状态所形成的对比,令我痛心。时间是1861年今天,写上时间。"说到这儿,亨利停下来休息,他实在太疲劳了。

第五十三章 | 难舍吴哥

"记下来了，老师。您休息吧，不要太劳累了。"马可想要收起日记。

亨利摆手，让他再记。

"马可，如果我回不去了，你要把我葬于湄公河的支流，就是美丽的南康河的河岸。我把所有的日记、标本都托付给你，请运回英国，交给我弟弟，日记发表时的名称为《暹罗柬埔寨老挝越南诸王国旅行记》。你一定告诉我的家人们，我爱他们，我此生看到如此之多美丽、壮观又新奇的景致，这一切令我心满意足，此生已无遗憾。"亨利流着眼泪说完这段话，阿米拉已经泣不成声。马可双眼湿润，满脸愧疚地俯下身，对亨利说："老师，对不起，我对你隐瞒了很多事情，其实我……来自马可·波罗家族，教皇让我暗中……"

亨利苍白的脸上挤出一丝微笑，虚弱地说："马可，不用多说了……我也想到了……"他停顿了好几秒，接着说，"马可，如果说第一代探险家发现新大陆，是殖民主义；第二代探险家发现了新的物种，是自然科学家；那么我是第三代探险家，我们发现了不同民族的文化艺术，是人类友谊的使者。这里没有人类的种族歧视和民族战争，也没有'物竞天择，适者生存'。这里有的是人与人的、民族与民族之间的平等、自由与博爱，文明不是互相之间的压倒和战胜，而是要共存……遗憾的是吴哥的辉煌文明，现在全部都成了残破不堪的遗迹……你跟着我来到遥远的异乡探险，这一路上看到的所见所闻，希望能让你有所收获……"马可看着亨利，眼神变得坚定起来。

阿泰一个人独自在篝火旁守夜，他回忆着自己一家置身于探险队的经过：

官员找到他，说是有个洋人要来到吴哥探险考察，需要提供保障，他们将从洞里萨湖上岸，然后到暹粒，让阿泰他们代表宰相去接上他们，但不要让他们察觉与官府有关，暗中监视他们的行动，报告官府。尽量提供保护。派一个叫阿猛的人进来做象工，帮助他。

官府官员又带阿青见阿泰，说宰相让他再安排一个人当象工，此人与阿猛不一样，他是教会的人，不要告诉任何人，并给了阿泰一笔钱。

阿猛、阿青两个人分别报告亨利的情况，阿猛报告官方，阿青报告教会，阿泰睁一只眼闭一只眼。

阿青在阿泰家放火，阿泰看见了，但没有阻拦，阿青离开，他发出警报。

阿青偷窃日记，阿泰没有阻拦。

阿泰用"真腊毒箭"射死阿青。

官员和阿泰在教堂，与神父、黑衣人争论，拒绝伤害亨利，说这是国王的旨意。

……

黎明时分，亨利又一次从昏睡中醒过来，他睁开眼，看到马可和阿米拉都还在身边睡着，天也还没有大亮。远处不时传来野兽的吼叫。他想找个人聊聊，抬眼望去，周神仙就坐在他的面前。

亨利："我们现在在什么地方？"

周神仙："巴戎寺。"

亨利："知道，阇耶跋摩七世建的，56座四面佛像，佛教观音菩萨的头饰，国王本人的真容，称为吴哥的微笑。"

周神仙："不错，你记得很清楚。"

亨利："其实，东西方文化有着许多共同的东西，你看，在意大利文艺复兴时期最有名的一幅名画——《蒙娜丽莎》，它的神秘之处也在微笑，这是为什么呢？"

周神仙："说说《蒙娜丽莎》，你是怎么理解的？"

亨利："《蒙娜丽莎》创作的时间，是1503年到1506年，据说这幅画创作于达·芬奇的人生转折点。他从服务了17年的米兰斯福扎宫廷，回到了佛罗伦萨，利用业余时间完成了这幅画的创作。从《蒙娜丽莎》的姿势看，已经升华为一种神圣的符号，它不仅是艺术规律问题，不仅是对文艺复兴人文思想粗糙大潮的冲击，而是心灵回归者、觉醒者心中的一个崇高艺术理想的显现。《蒙娜丽莎》具有另一种难以言说的象征意义，如佛的坐姿、站姿，讲道的姿势，菩萨的动势，又如基督的几种象征性的姿势，这有某种非世俗的意味，不是做作，而且不得不如此，是最不自然又最自然、最不简单又最简单的，你无法赞美它，又无法挑剔它。你不能说她是女人的肖像，她穿越一切无所不见又视而不见的空洞目光，似笑，非笑，使人们无法相信这是一张现实的脸，而它的存在，又无法使人们的怀疑进行得彻底。她的表情像东方佛教中佛陀的表情一样，非凡人所能做出来。她不是因为什么而微笑，她只是静静地在那儿，脸上自然地出现的一种永恒的、宁静的表情。正是因为如此，才释放出人性的光辉，而不是一种让人望而生畏的宗教气息。"

周神仙："你在吴哥看到的也是这种微笑吗？"

亨利："很像，我想再看看，我还不能确定。"

就在这时，忽然天上刮起了一阵大风，把整个棚子的帷幄全部刮起来了，对面大山上的藤蔓也都掀了起来。大风过后，朝霞升起，照亮了周围的一切，森林中的鸟儿都欢快地唱了起来，许多动物也放声吼叫，亨利惊讶地看到，掀起藤蔓面纱的整座山体，就是一幅用金线勾勒出来的"吴哥的微笑"，周围视线所及之处，所有的石雕佛像，全都是"吴哥的微笑"。

远处传来了寺庙的钟声，这钟声和笑声应当都在传递着同样的声音，亨利看着周神仙会心地笑了起来。

尾　声

美丽的湄公河支流南康河岸边,阿泰、阿米拉、马可和探险队全体成员,李老板等几位华裔老板一起,为亨利送行。他们遵从亨利的遗嘱,将他安葬在最喜欢的南康河岸边。

根据亨利生前的信仰和遗嘱,没有安排任何宗教神职人员参加。

阿泰按照柬埔寨的风俗用最好的布包裹了亨利的遗体,同时也按照西方的风俗打造了棺材。阿米拉在棺材上面抛撒了厚厚的一层鲜花。墓碑上面用法文和柬文刻铭:一个欧洲探险家之墓。

马可在墓碑前伫立,他手拿一封信,流着泪说道:"老师,达尔文先生来信了,我念给你听。

"亲爱的亨利,你好!首先向你报告,正如你所料,你通过正常途径发来的十几箱标本,虽然收到了,但是里面的东西,很显然都在途中被调了包。幸亏你通过另一条渠道发来的一箱'宝贝'安全抵达。这里面有你列的清单上的所有的珍贵标本,包括三亿年的苏铁化石、大鲵标本、大型狐蝠标本……

"我非常非常感动,不知道你们是如何发现和得到这些宝贝的,这里面一定饱含了你们的心血、汗水和智慧,一定还有许多感人至深、动人心弦的故事吧,而这些都是一个真正的探险家的人生境遇吧!所以,我代表大家即所有进

尾 声

化论的学者,向你和你的团队表示衷心的感谢和祝贺。你们的收获和成绩也都是我们整个进化论大团队的一部分,科学家永远不是为了个人去猎奇,而是为了人类掌握真理、获得知识而奋斗。

"关于我们的情况,也向你作个汇报。著名的动植物学家胡克先生、赫胥黎先生动员我说:'华莱士的想法和你的想法很相似,而且你的想法在十几年前就有了,为什么不一起发表呢?'于是6月我和华莱士在林奈学会上宣读了联名论文。7月1日,在剑桥大学我正式宣读了《物种起源》。发表后,很快就掀起了十二级的强烈地震。从罗马教皇到整个世界的基督、犹太等教徒都坐不住了,当然表现最突出的还是我的老同学、老朋友,尊敬的伦敦自然历史博物馆的欧文先生。现在地球上几乎所有的报纸都在抨击我,抨击《物种起源》,达尔文的形象就是猴子的模样。我带着家人住在乡下,享受着宁静的生活,欣赏着他们的表演。

"你在中南半岛短短一年的探险考察,就有如此丰厚的新的发现和收获,可见我们对地球的认识有多么肤浅,事实胜于雄辩,你一个人的发现就把地球的生命向前推了几亿年时间。那些神造论者的地球一亿年、人类2000万年的理论基石瞬间倒塌。我们要将你的化石和标本无偿地捐赠给英国自然历史博物馆,放在最明显的位置让人们特别是那些孩子来参观,在上面注明这是法国探险家亨利·穆奥的发现和捐赠……"

伴随着马可读信的声音,我们看到了旁边的另一座墓碑,与亨利的墓碑同样形制,墓碑上用柬文刻铭:柬埔寨探险家郎哥之墓。上面也摆满了鲜花。

夕阳西下的时候,送葬的人们已经离去了,在如血残阳的映照下,亨利的墓碑放射着金光,墓碑前多了一束鲜花,马可亲手在鲜花上插上了一张基督明信片。

马可不负亨利所托,成了亨利精神遗产的守护人。1862年,在马可的监制下,亨利·穆奥新书《暹罗柬埔寨老挝安南诸王国旅行记》首次在巴黎出版。

化境吴哥

这是一本图文并茂、资料翔实的精美图书,震动了当时的文化圈和探险圈。1867年该书英译本在英国伦敦发行。

新书中亨利写道:"吴哥是古高棉王国的国都……此地庙宇之宏伟,远胜古希腊、古罗马留给我们的一切……见到吴哥寺的刹那,人们立刻忘却旅途的疲劳,喜悦和仰慕之情油然而生,一瞬间犹如从沙漠踏足绿洲,从混沌的蛮荒进入灿烂的文明。"

1866年至1868年,由法兰西护卫舰舰长杜达尔·德·拉格雷率领的湄公河考察团有史以来第一次对吴哥进行正式的科学考察。他们使用的地图就是亨利绘制的地图,马可·波罗的后裔马可也随行在列,沿路对亨利当年获取标本和化石的地方进行了重点探访。考察团将大约70件吴哥窟的雕刻和建筑零部件带回法国,在1867年和1878年的万国博览会上展出。

自此,隐藏于丛林中的吴哥窟,唤起了西方世界的极大兴趣,旅行家、考古学家、建筑学家、历史学家纷纷前往,渴望一睹高棉王朝璀璨夺目的遗迹。

亨利和周神仙乘坐云车在空中微笑,驾车的人是郎哥。

后　　记

2019年10月上中旬，我和夫人有幸到新加坡、马来西亚、泰国、老挝、柬埔寨、越南旅游，柬埔寨的吴哥窟是此行的高潮，那种难以置信又留恋夷犹的感觉，我全都融入本书对亨利的描写中了。

回来后一直想写点什么，新年过后在上海电影集团和汪天云先生聊起，他认为最好先写小说，并说总书记习近平近年来提出"一带一路"倡议、弘扬亚洲文化和铸造人类命运共同体等重要思想，都可以作为本书创作的精神主旨。

2020年春节前夕，新冠疫情爆发，抗疫战斗打响了，我们能做的就是老老实实地宅在家里。从1月25日大年初一开始，趁热打铁，化境吴哥，追寻周达观和亨利·穆奥的步伐，开启了东南亚神秘而又光辉的文化之旅，穿越上千年中华民族与中南半岛各民族人民之间的交往、交流、交融的历史，通过周神仙和亨利的视角，透视吴哥王朝浮屠建筑的前因后果、兴衰成败，畅想东西方文化之间的命运纽带，讴歌人类为生存而奋斗的不懈追求和相互间的友谊与爱情，祈求全世界人民大团结。经过三个月的耕云种月，我收尾了自己第一部长篇小说。5月联系交稿给花城出版社。

我在吴哥只游了一天，能够完成这部小说真要感谢这个时代。这是一个信息时代，只要你能想象出某一个问题，把主题词输进手机的百度，瞬间就可以得到海量信息。然而，更要感谢的还是为研究柬埔寨历史文化走在前面的先贤，在这么短的时间弄清楚这么多的历史资料、宗教文化、建筑艺术，没有他们的研究成果，靠我个人的一孔之见是绝对弄不明白的。在抗疫封城之前，我把广州购书中心能买到的关于柬埔寨的书籍包括旅游手册都搜集来了，所以现在许多导游在聊起吴哥的时候，都说我比他们更专业。

"从前有座山，山里有座庙，庙里有个和尚讲故事，讲的什么呢？"这是我平生听到的第一个故事，我始终没有想明白这个和尚讲的是什么故事。今天，在介绍吴哥窟寺庙建筑的时候，我终于想明白了这件事，因为这是一个绕不过去的主题，我需要弄清楚讲明白这个故事。这个故事既不是山的故事，也不是庙的故事，也不是和尚的故事，它是山上的庙里那个和尚供奉的那尊佛像的故事。这尊佛像是什么神、什么佛，他有什么样的思想、精神值得人们去尊崇和效法，人们用了这么多的人力、物力去营建这些庙宇浮屠，全都是为了弘扬这尊佛的光辉思想。在无神论的中国，我们只是把它作为一种文化现象来认识，并从中得到积极的启示，更好地为广大的民众幸福所服务。

本书在写作过程中得到了上海电影制片厂汪天云先生和广东省作协主席蒋述卓先生的指教，特此致谢！感谢索健元、张为同志在写作中提出宝贵意见。感谢王绍奇同志协助电脑上的技术处理。感谢花城出版社陈宾杰主任、李卉编辑的辛勤劳动。

最后，特别感谢我的夫人赵京华女士陪同我游吴哥，为我购买图书资料，每天亲自下厨给我补脑犒赏。特别是本书的书名最后选用了她的创意。

孔见

2020 年 7 月 23 日

附录

真腊风土记
〔元〕 周达观

总叙

真腊国或称占腊，其国自称曰甘孛智。今圣朝按西番经，名其国曰澉浦只，盖亦甘孛智之近音也。

自温州开洋，行丁未针。历闽、广海外诸州港口，过七洲洋，经交趾洋，到占城。又自占城顺风可半月到真蒲，乃其境也。又自真蒲行坤申针，过昆仑洋，入港。港凡数十，惟第四港可入，其余悉以沙浅故不通巨舟。然而弥望皆修藤古木，黄沙白苇，仓卒未易辨认，故舟人以寻港为难事。自港口北行，顺水可半月，抵其地曰查南，乃其属郡也。又自查南换小舟，顺水可十余日，过半路村，佛村，渡淡洋，可抵其地曰干傍，取城五十里。

按《诸番志》称其地广七千里，其国北抵占城半月路，西北距暹罗半月程，南距番禺十日程，其东则大海也。旧为通商往来之国。

圣朝诞膺天命，奄有四海，唆都元帅之置省占城也，尝遣一虎符万户、一金牌千户，同到本国，竟为拘执不返。

元贞之乙未六月，圣天子遣使诏谕，俾余从行。以次年丙申二月离明州，二十日自温州港口开洋，三月十五日抵占城。中途逆风不利，秋七月始至，遂得臣服。至大德丁酉六月回舟，八月十二日抵四明泊岸。其风土国事之详，虽

化境吴哥

不能尽知，然其大略亦可见矣。

城郭

州城周围可二十里，有五门，门各两重。惟东向开二门，余向开一门。城之外巨濠，濠之上通衢大桥。桥之两旁共有石神五十四枚，如石将军之状，甚巨而狞，五门皆相似。桥之栏皆石为之，凿为蛇行，蛇皆九头。五十四神皆以手拔蛇，有不容其走逸之势。城门之上有大石佛头五，面向四方，中置其一，饰之以金。门之两旁，凿石为象形。城皆叠石为之，高可二丈，石甚周密坚固，且不生繁草，却无女墙。城之上，间或种桄榔木，比比皆空屋。其内向如坡子，厚可十余丈。坡上皆有大门，夜闭早开，亦有监门者，惟狗不许入门。其城甚方整，四方各有石塔一座。曾受斩趾刑人亦不许入门。

当国之中有金塔一座，旁有石塔二十余座。石屋百余间，东向有金桥一所。金狮子二枚，列于桥之左右。金佛八身，列于石屋之下。金塔之北可一里许，有铜塔一座，比金塔更高，望之郁然。其下亦有石屋数十间。又其北一里许，则国之主庐也。其寝室又有金塔一座焉。所以舶商自来有"富贵真腊"之褒者，想为此也。

石塔山在南门外半里余，俗传鲁般一夜造成。鲁般墓在南门外一里许，周围可十里，石屋数百间。

东池在城东十里，周围可百里，中有石塔、石屋，塔之中有卧铜佛一身，脐中常有水流出。

北池在城北五里，中有金方塔一座，石屋数十间。金狮子、金佛、铜像、铜牛、铜马之属皆有之。

宫室

国宫及官舍府第皆面东。国宫在金塔、金桥之北，近北门，周围可五六里。其正室之瓦以铅为之，余皆土瓦，黄色。梁柱甚巨，皆雕画佛形。屋颇壮观，修廊复道，突兀参差，稍有规模。其莅事处有金窗，棂左右方柱，上有镜约四五十面，列放于窗之旁。其下为象形。闻内中多有奇处，防禁甚严，不可得而见也。

其内中金塔，国主夜则卧其上。土人皆谓塔之中有九头蛇精，乃一国之土地主也，系女身，每夜则见，国主则先与之同寝交媾，虽其妻亦不敢入。二鼓乃出，方可与妻妾同睡。若此精一夜不见，则番王死期至矣。若番王一夜不往，则必获灾祸。

其次如国戚大臣等屋，制度广袤，与常人家迥别；周围皆用草盖，独家庙及正寝二处许用瓦，亦各随其官之等级，以为屋室广狭之制。其下如百姓之家，只用草盖，瓦片不敢上屋，其广狭虽随家之贫富，然终不敢效府第制度也。

服饰

自国主以下，男女皆椎髻袒裼，止以布围腰。出入则加以大布一条，缠于小布之上。布甚有等级，国主所打之布，有值金三四两者，极其华丽精美。其国中虽自织布，暹罗及占城皆有来者，往往以来自西洋者为上，以其精巧而细样故也。

惟国主可打纯花布。头戴金冠子，如金刚头上所戴者；或有时不戴冠，但以线穿香花，如茉莉之类，周匝于髻间。项上戴大大珍珠三斤许。手足及诸指上皆戴金镯、指展上皆嵌猫儿眼睛石。其下跣足，足下及手掌皆以红药染赤色。出则手持金剑。

百姓间惟妇女可染手足掌，男子不敢也。大臣国戚可打疏花布，惟官人可打两头花布，百姓间惟妇人可打之。新唐人虽打两头花布，人亦不敢罪之，以其暗丁八杀故也。暗丁八杀者，不识体例也。

官属

国中亦有丞相、将帅、司天等官，其下各设司吏之属，但名称不同耳。大抵皆国戚为之，否则亦纳女为嫔。其出入仪从，亦有等级。用金轿杠、四金伞柄者为上；金轿杠、二金伞柄者次之；金轿杠、一金伞柄者又次之，止用一金伞柄者，又其次之也。其下者止用一银伞柄者而已，亦有用银轿扛者。金伞柄以上官皆呼为巴丁，或呼暗丁。银伞柄者呼为厮辣的。伞皆用中国红绢为之，其裙直拖地，油伞皆以绿绢为之，裙却短。

三教

为儒者呼为班诘，为僧者呼为苎姑，为道者呼为八思惟。

班诘不知其所祖，亦无所谓学舍讲习之处，亦难究其所读何书。但见其如常人打布之外，于项上挂白线一条，以此别其为儒耳。由班诘入仕者，则为高上之人。项上之线终身不去。

苎姑削发穿黄，偏袒右肩，其下则系黄布裙，跣足。寺亦许用瓦盖，中止一像，正如释迦佛之状，呼为孛赖。穿红，塑以泥，饰以丹青，外此别无像也。塔中之佛，相貌又别，皆以铜铸成，无钟鼓铙钹，亦无幢幡宝盖之类。僧皆茹鱼肉，惟不饮酒。供佛亦用鱼肉，每日一斋，皆取办于斋主之家，寺中不设厨灶。所诵之经甚多，皆以贝叶叠成，极其齐整。于上写黑字，既不用笔墨，但不知其以何物书写。僧亦用金银轿杠、伞柄者，若国主有大政亦咨访之。却无尼姑。

八思惟正如常人，打布之外，但于头上戴一红布或白布，如鞑靼娘子罟姑之状而略低。亦有宫观，但比之寺院较狭。而道教者，亦不如僧教之盛耳。所供无别像，但止一块石，如中国社稷坛中之石耳，亦不知其何所祖也。却有女道士。宫观亦得用瓦。八思惟不食他人之食，亦不令人见食，亦不饮酒。不曾见其诵经及与人功课之事。

俗之小儿入学者，皆先就僧家教习，暨长而还俗，其详莫能考也。

人物

人但知蛮俗人物粗丑而甚黑,殊不知居于海岛村僻及寻常间巷间者,则信然矣。至如宫人及南棚妇女多有其白如玉者,盖以不见天日之光故也。大抵一布缠腰之外,不论男女皆露出胸酥,椎髻跣足。虽国主之妻,亦只如此。

国主凡有五妻,正室一人,四方四人。其下嫔婢之属,闻有三五千,亦自分等级,未尝轻出户。余每一入内,见番主必与正妻同出。乃坐正室金窗中,诸宫人皆次第列于两廊窗下,徙倚窥视,余备获一见。凡人家有女美貌者,必召入内。其下供内中出入之役者呼为陈家兰,亦不下一二千。却皆有丈夫,与民间杂处,只于顶门之前削去其发,如北人开水道之状,涂以银朱,及涂于两鬓之旁,以此为陈家兰别耳。惟此妇人可以入内,其下余人不可得而入也。内宫之前后有络绎于道途间。

寻常妇女椎髻之外,别无钗梳头面之饰。但臂中戴金镯,指中戴金指环,且陈家兰及内中诸宫人皆用之。男女身上,常涂香药,以檀麝等香合成。家家皆修佛事。

国中多有二形人,每日以十数成群,行于墟场间。常有招徕唐人之意,反有厚馈,可丑可恶。

产妇

番妇产后,即作热饭,抹之以盐,纳于阴户。凡一昼夜而除之。以此产中无病,且收敛常如室女。余初闻而诧之,深疑其不然。既而所泊之家,有女育子,备知其事。且次日即抱婴儿,同往河内澡洗,尤所怪见。

又每见人言:番妇多淫,产后一两日即与夫合,若丈夫不中所欲,即有买臣见弃之事。若丈夫适有远役,只数夜则可。过十数夜,其妇必曰:"我非是鬼,如何孤眠?"淫荡之心尤切。然亦闻有守志者。妇女最易老,盖其婚嫁产育既早,二三十岁人,已如中国四五十人岁矣。

化境吴哥

室女

人家养女，其父母必祝之曰："愿汝有人要，将来嫁千百个丈夫。"富室之女，自七岁至九岁；至贫之家，则止于十一岁，必命僧道去其童身，名曰阵毯。

盖官司每岁于中国四月内，择一日颁行本国应有养女当阵毯之家，先行申报官司。官司先给巨烛一条。烛间刻画一处，约以是夜遇昏点烛，至刻画处，则为阵毯时候矣。先期一月，或半月，或十日，父母必择一僧或一道，随其何处寺观，往往亦自有主顾。向上好僧，皆为官户富室所先，贫者不暇择也。官富之家，馈以酒、米、布帛、槟榔、银器之类，至有一百担者，值中国白金二三百两之物。少者或三四十担，或一二十担，随其家之丰俭。所以贫人之十一岁而始行事者，为难办此物耳。富家亦有舍钱与贫女阵毯者，谓之做好事。盖一岁之中，一僧止可御一女，僧既允受，更不他许。

是夜，大设饮食、鼓乐，会亲邻。门外缚一高棚，装塑泥人、泥兽之属于其上，或十余，或止三四枚，贫家则无之。各按故事，凡七日而始撤。既昏，以轿伞鼓乐迎此僧而归。以彩帛结二亭子，一则坐女于其中，一则坐僧于其中。不晓其口说何语，鼓乐之声喧阗。是夜不禁犯夜。闻至期与女俱入房，亲以手去其童，纳之酒中。或谓父母亲邻各点于额上，或谓俱尝以口，或谓僧与女交媾之事，或谓无此。但不容唐人见之，所以莫知其的。至天将明时，则又以轿伞鼓乐送僧去。后当以布帛之类与僧赎身。否则此女终为此僧所有，不可得而他适也。余所见者，大德丁酉之四月初六夜也。

前此父母必与女同寝，此后则斥于房外，任其所之，无复拘束提防之矣。至若嫁娶，则虽有纳币之礼，不过苟简从事。多有先奸而后娶者。其风俗既不以为耻，亦不以为怪也。阵毯之夜，一巷中或至十余家，城中迎僧道者，交错于途路间，鼓乐之声，无处无之。

奴婢

人家奴婢，皆买野人以充其役，多者百余，少者亦有一二十枚，除至贫之家则无之。盖野人者，山野中之人也。自有种类，俗呼为撞贼。到城中，皆不敢出入人之家。城间人相骂者，一呼之为撞，则恨入骨髓，其见轻于人如此。少壮者一枚可值百布，老弱者止三四十布可得。只许于楼下坐卧。若执役，方许登楼，亦必跪膝合掌顶礼而后敢进。呼主人为巴驼，主母为米。巴驼者父也；米者母也。若有过，挞之，则俯首受杖，略不敢动。

其牝牡自相配偶，主人终无与之交接之理。或唐人到彼久旷者不择，一与之接，主人闻之，次日不肯与之同坐，以其曾与野人接故也。或与外人交，至于有妊养子，主人亦不诘问其所从来。盖以其所在不齿，且利其得子，仍可为异日奴婢也。

或有逃者，擒而复得之，必于面刺以青，或于项上带铁以锢之，亦有带于臂腿间者。

语言

国中语言，自成音声，虽近而占城、暹人，皆不通话说。如以一为梅，二为别，三为卑，四为般，五为孛蓝，六为孛蓝梅，七为孛蓝别，八为孛蓝卑，九为孛蓝般，十为答。呼父为巴驼，至叔伯亦呼为巴驼。呼母为米，姑、姨、婶姆以至邻人之尊年者亦呼为米。呼兄为邦，姊亦呼为邦。呼弟为补温。呼舅为吃赖，姑夫、姊夫、姨夫、妹夫亦呼为吃赖。

大抵多以下字在上，如言此人乃张三之弟，则曰补温张三。彼人乃李四之舅，则曰吃赖李四。又如呼中国为备世，呼官人为巴丁，呼秀才为班诘。乃呼中国之官人不曰备世巴丁，而曰巴丁备世。呼中国之秀才不曰备世班诘，而曰班诘备世。大抵皆如此，此其大略耳。至若官府则有官府之议论，秀才则有秀才之文谈，僧道自有僧道之语说。城市村落，言语各自不同，亦与中国无异也。

化境吴哥

野人

野人有二种：有一等通往来话言之野人，乃卖与城间为奴之类是也；有一等不属教化、不通言语之野人，此辈皆无家可居，但领其家属巡行于山，头戴一瓦盆而走。遇有野兽，以弧矢标枪射而得之，乃击火于石，共烹食而去。其性甚狠，其药甚毒，同党中常自相杀戮。近地亦有种豆蔻、木棉花、织布为业者，布甚粗厚，花纹甚别。

文字

寻常文字及官府文书，皆以麂鹿皮等物染黑，随其大小阔狭，以意裁之。用一等粉，如中国白垩之类，搓为小条子，其名为梭。拈于手中，就皮画以成字。永不脱落，用毕则插于耳之上。字迹亦可辨认为何人书写，须以湿物揩拭方去。大率字样，正似回鹘字。凡文书皆自后书向前，却不自上书下也。余闻之也先海牙云，其字母音声，正与蒙古相类，但所不同者三两字耳。初无印信，人家告状，亦无书铺书写。

正朔时序

每用中国十月为正月。是月也，名为佳得。当国宫之前，缚一大棚，棚上可容千余人，尽挂灯球花朵之属。其对岸远离二三十丈地，则以木接续缚成高棚，如造搭扑竿之状，可高二十余丈，每夜或设三四座，或五六座，装烟火爆杖于其上，此皆诸属郡及诸府第认直。遇夜则请国主出观，点放烟火爆杖，烟火虽百里之外皆见之，爆杖其大如炮，声震一城。其官属贵戚，每人分以巨烛槟榔，所费甚夥。国主亦请奉使观焉。如是者半月而后止。

每一月必有一事，如四月则抛球，九月则压猎，压猎者，聚一国之众，皆来城中，教阅于国宫之前。五月则迎佛水，聚一国远近之佛，皆送水来与国主洗身，陆地行舟，国主登楼以观。七月则烧稻，其时新稻已熟，迎于南门外烧之，以供诸佛。妇女车象往观者无数，国主却不出。八月则挨蓝，挨蓝者舞也。点差伎乐，每日就国宫内挨蓝，且斗猪斗象，国主亦请奉使观焉，如是者一旬。其余月分不能详记也。

国中人亦有通天文者，日月薄蚀皆能推算，但是大小尽却与中国不同。中国闰岁，则彼亦必置闰，但只闰九月，殊不可晓。一夜只分四更。每七日一轮，亦如中国所谓开、闭、建、除之类。番人既无名姓，亦不记生日。多有以所生日头为名者，有两日最吉，三日平平，四日最凶。何日可出东方，何日可出西方，虽妇女皆能算之。十二生肖亦与中国同，但所呼之名异耳，如呼马为卜赛，呼鸡为蛮，呼猪为直卢，呼牛为个之类也。

争讼

民间争讼，虽小事亦必上闻国主。初无笞杖之责，但闻罚金而已。其人大逆重事，亦无绞斩之事。止于城西门外掘地成坑，纳罪人于内，实以土石，坚筑而罢。其次有斩手足指者，有去鼻者。但奸与赌无禁。奸妇之夫或知之，则以两柴绞奸夫之足，痛不可忍，竭其资而与之，方可获免。然装局欺骗者亦有之。或有死于门首者，则自用绳拖置城外野地，初无所谓体究检验之事。

人家获盗，亦可施监禁拷掠之刑。却有一项可取。且如人家失物，疑此人为盗，不肯招认，遂以锅煎油极热，令此人伸手于其中；若果偷物则手腐烂，否则皮肉如故。云番人有异法如此。

又两家争讼，莫辨曲直。国宫之对岸有小石塔十二座，令二人各坐一塔中。其外，两家自以亲属互相提防。或坐一二日，或坐三四日。其无理者必获证候而出，或身上生疮疖，或咳嗽发热之类。有理者略无纤事。以此剖判曲直，谓之天狱。盖其土神之灵有如此也。

病癞

国人寻常有病，多是入水浸浴，及频频洗头，便自痊可。然多病癞者，比比道途间。土人虽与之同卧同食亦不校。或谓彼中风土有此疾。又云曾有国主患此疾，故人不之嫌。以愚意观之，往往好色之余，便入水澡洗，故成此疾。闻土人色欲才毕，皆入水澡洗。其患痢者十死八九。亦有货药于市者，与中国之药不类，不知其为何物。更有一等师巫之属，与人行持，尤为可笑。

死亡

人死无棺，止以蓬席之类，盖之以布。其出丧也，前亦用旗帜鼓乐之属，又以两祥，盛以炒米，绕路抛撒。抬至城外僻远无人之地，弃掷而去。俟有鹰鸦犬畜来食，顷刻而尽，则谓父母有福，故获此报。若不食，或食而不尽，反谓父母获罪而至此。今亦渐有焚者，往往皆是唐人之遗种也。父母死，别无服制，男子则尽髡其发，女子则于顶门剪发如钱大，以此为孝耳。国主亦有塔葬埋，但不知葬身与葬骨耳。

耕种

大抵一岁中可三四番收种。盖四时常如五六月天，且不识霜雪故也。其地半年有雨，半年绝无。自四月至九月，每日下雨，午后方下。淡水洋中水痕高可七八丈，巨树尽没，仅留一杪耳。人家滨水而居者，皆移入山后。十月至三月，点雨皆无，洋中仅可通小舟，深处不过三五尺。人家又复移下，耕种者指至何时稻熟。是时水可淹至何处，随其地而播种之。耕不用牛，耒耜镰锄之器，虽稍相类，而制自不同。又有一等野田，不种常生，水高至一丈，而稻亦与之俱高，想别一种也。

但粪田及种蔬，皆不用秽，嫌其不洁也。唐人到彼，皆不与之言及粪壅之事，恐为所鄙。每三两家共掘地为一坑，盖之以草，满则填之，又别掘地为之。凡登混既毕，必入池洗净。止用左手，右手留以拿饭。见唐人登厕，用纸揩拭者皆笑之，甚至不欲其登门。妇女亦有立而溺者，可笑可笑。

山川

自入真蒲以来，率多平林丛木，长江巨港，绵亘数百里。古树修藤，森阴蒙翳，禽兽之声，杂沓于其间。至半港而始见有旷田，绝无寸木，弥望芃芃，禾黍而已。野牛以千百成群，聚于其地。又有竹坡，亦绵亘数百里。其竹节间生刺，笋味至苦。四畔皆有高山。

出产

山多异木，无木处乃犀、象屯聚养育之地。珍禽奇兽，不计其数。细色有翠毛、象牙、犀角、黄蜡，粗色有降真、豆蔻、画黄、紫梗、大风子油。

翡翠，其得也颇难。盖丛林中有池，池中有鱼，翡翠自林中飞出求鱼，番人以树叶蔽身，而坐水滨，笼一雌以诱之。手持小网，伺其来则罩之。有一日获三五只，有终日全不得者。

象牙则山僻人家有之。每一象死，方有二牙。旧传谓每岁一换牙者非也。其牙以标而杀之者上也，自死而随时为人所取者次之，死于山中多年者，斯为下矣。

黄蜡，出于村落朽树间，其一种细腰蜂如蝼蚁者，番人取而得之。每一船可收二三千块，每块大者三四十斤，小者亦不下十八九斤。

犀角白而带花者为上，黑为下。降真生丛林中，番人颇费砍斫之劳，盖此乃树之心耳。其外白，木可厚八九寸，小者亦不下四五寸。豆蔻皆野人山上所种。画黄乃一等树间之脂；番人预先一年以刀斫树，滴沥其脂，至次年而始收。紫梗生于一等树枝间，正如桑寄生之状，亦颇难得。大风子油乃大树之子，状如椰子而圆，中有子数十枚。胡椒间亦有之，缠藤而生，累累如绿草子，其生而青者更辣。

贸易

国人交易皆妇人能之，所以唐人到彼，必先纳一妇人者，兼亦利其能买卖故也。

每日一墟，自卯至午即罢。无铺店，但以蓬席之类铺于地间，各有常处，闻亦有纳官司赁地钱。小交关则用米谷及唐货，次则用布；若乃大交关则用金银矣。

往年土人最朴，见唐人颇加敬畏，呼之为佛，见则伏地顶礼。近亦有脱骗欺负唐人者矣，由去人之多故也。

欲得唐货

其地想不出金银，以唐人金银为第一，五色轻缣帛次之；其次如真州之锡镴、温州之漆盘、泉处之青瓷器，及水银、银朱、纸札、硫黄、焰硝、檀香、草芎、白芷、麝香、麻布、黄草布、雨伞、铁锅、铜盘、水珠、桐油、篦箕、木梳、针。其粗重则如明州之席。甚欲得者则菽麦也，然不可将去耳。

草木

惟石榴、甘蔗、荷花、莲藕、羊桃、蕉芎与中国同。荔枝、橘子状虽同而味酸，其余皆中国所未曾见。树木亦甚各别，草花更多，且香而艳。水中之花，更有多品，皆不知其名。至若桃、李、杏、梅、松、柏、杉、桧、梨、枣、杨、柳、桂、兰、菊、芷之类，皆所无也。其中正月亦有荷花。

飞鸟

禽有孔雀、翡翠、鹦哥，乃中国所无。其余如鹰、鸦、鹭鸶、雀儿、鸬鹚、鹳、鹤、野鸭、黄雀等物皆有之。所无者，喜鹊、鸿雁、黄莺、杜宇、燕、鸽之属。

走兽

兽有犀、象、野牛、山马，乃中国所无者。其余如虎、豹、熊、罴、野猪、麋、鹿、獐、麂、猿、狐之类甚多。所不见者，狮子、猩猩、骆驼耳。鸡、鸭、牛、马、猪、羊，在所不论也。马甚矮小，牛甚多。生不敢骑，死不敢食，亦不敢剥其皮，听其腐烂而已，以其与人出力故也，但以驾车耳。在先无鹅，近有舟人自中国携去，故得其种。鼠有大如猫者，又有一等鼠，头脑绝类新生小狗儿。

蔬菜

蔬菜有葱、芥、韭、茄、西瓜、冬瓜、王瓜、苋菜。所无者萝卜、生菜、苦荬、菠菱之类。瓜茄正二月间亦有之。茄树有经数年不除者。木棉花树高可过屋，有十余年不换者。不识名之菜甚多，水中之菜亦多种。

鱼龙

鱼鳖惟黑鲤鱼最多，其他如鲤、鲫、草鱼亦多。有吐哺鱼，大者重二斤以上。更有不识名之鱼亦甚多，此皆淡水洋中所来者。至若海中之鱼，色色有之。鳝鱼、湖鳗、田鸡土人不食，入夜则纵横道途间。鼋鼍大如合苎，虽六藏之龟，亦充食用。查南之虾，重一斤以上。真蒲龟脚可长八九寸许。鳄鱼大者如船，有四脚，绝类龙，特无角耳。蛏甚脆美。蛤、蚬、蛳螺之属，淡水洋中可捧而得。独不见蟹，想亦有之，而人不食耳。

酝酿

酒有四等：第一等唐人呼为蜜糖酒，用药曲，以蜜及水中半为之。其次者，土人呼为朋牙四，以树叶为之。朋牙四者，乃一等树叶之名也。又其次，以米或以剩饭为之，名曰包棱角。盖包棱角者，米也；其下有糖鉴酒，以糖为之。又入港滨水，又有茭浆酒，盖有一等茭叶生于水滨，其浆可以酿酒。

盐醋酱曲

醯物国中无禁，自真蒲、巴涧滨海等处，率皆烧。山间更有一等石，味胜于盐，可琢以成器。

土人不能为醋，羹中欲酸，则著以咸平树叶。树既生荚则用荚，既生子则用子。

亦不识合酱，为无麦无豆故也。亦不曾造曲，盖以蜜水及树叶酿酒，所用者酒药耳，亦如乡间白酒药之状。

蚕桑

土人皆不事蚕桑，妇人亦不晓针线缝补之事，仅能织木棉布而已。亦不能纺，但以手捏成条。无机杼以织，但以一头缚腰，一头搭窗上。梭亦止用一竹管。

近年暹人来居，却以蚕桑为业，桑种蚕种皆自暹中来。亦无麻苎，惟有络麻。暹人却以丝自织皂绫衣着，暹妇却能缝补。土人打布损破，皆倩其补之。

器用

寻常人家，房舍之外，别无桌凳盂桶之类。但作饭则用一瓦釜，作羹则用一瓦铫。就地埋三石为灶，以椰子壳为勺。盛饭用中国瓦盘或铜盘；羹则用树叶造一小碗，虽盛汁亦不漏。又以茭叶制一小勺，用兜汁入口，用毕则弃之。虽祭祀神佛亦然。又以一锡器或瓦器盛水于傍，用以蘸手。盖饭只用手拿，其粘于手者，非水不能去也。

饮酒则用镴器，可盛三四盏许，其名为恰。盛酒则用䥬注子，贫人则用瓦钵子，若府第富室则一一用银，至有用金者。国主处多用金为器皿，制度形状又别。

地下所铺者，明州之草席，或有铺虎豹麂鹿等皮及藤簟者。近新置矮桌，高尺许。睡只以竹席卧于地。近又用矮床者，往往皆唐人制作也。

夜多蚊子，亦用布罩。国主内中以销金缣帛为之，皆舶商所馈也。稻子不用砻磨，止用杵臼耳。

车轿

轿之制以一木屈其中,两头竖起,雕刻花样,以金银裹之,所谓金银轿杠者此也。每头一尺之内钉钩子,以大布一条厚折,用绳系于两头钩中,人坐于布内,以两人抬之。轿外又加一物如船篷而更阔,饰以五色缣帛,四人扛之,随轿而走。

若远行,亦有骑象、骑马者,亦有用车者。车之制却与他地一般。马无鞍,象却有凳可坐。

舟楫

巨舟以硬树破板为之。匠者无锯,但以斧凿之,开成板;既费木,且费工,甚拙也。凡要木成段,亦只以凿凿断;起屋亦然。船亦用铁钉,上以茭叶盖覆之,却以槟榔木破片压之。此船名为新拿,用棹。所粘之油,鱼油也;所和之灰,石灰也。

小舟却以一巨木凿成槽,以火熏软,用木撑开;腹大,两头尖,无篷,可载数人,止以棹划之,名为皮兰。

属郡

属郡九十余,曰真蒲,曰查南,曰巴涧,曰莫良,曰八薛,曰蒲买,曰雉棍,曰木津波,曰赖敢坑,曰八厮里,其余不能悉记。各置官属,皆以木排栅为城。

村落

每一村,或有寺,或有塔。人家稍密,亦自有镇守之官,名为买节。大路上自有歇脚去处,如邮亭之类,其名为森木。因屡与暹人交兵,遂皆成旷地。

取胆

前此于八月内取胆，盖占城主每年索人胆一瓮，可千余枚。遇夜则多方令人于城中及村落去处，遇有夜行者，以绳兜住其头，用小刀于右胁下取去其胆。俟数足，以馈占城主。独不取唐人之胆，盖因一年取唐人一胆杂于其中，遂致瓮中之胆俱臭腐而不可用故也。近年已除取胆之事，另置取胆官属，居北门之里。

异事

东门之里，有蛮人淫其妹者，皮肉相粘不开，历三日不食而俱死。余乡人薛氏，居番三十五年矣，渠谓两见此事。盖其国圣佛之灵，所以如此。

澡浴

地苦炎热，每日非数次澡洗则不可过，入夜亦不免一二次。初无浴室盂桶之类，但每家须有一池，否则亦两三家合一池。不分男女，皆裸体入池，惟父母尊年在池，则子女卑幼不敢入。或卑幼先在池，则尊年者亦回避之。如行辈，则无拘也，但以左手遮其牝门入水而已。

或三四日，或五六日，城中妇女，三三五五，咸至城外河中澡洗。至河边脱去所缠之布而入水。会聚于河者动以千数，虽府第妇女亦预焉，略不以为耻。自踵至顶，皆可得而见之。城外大河，无日无之。唐人暇日颇以此为游观之乐，闻亦有就水中偷期者。水常温如汤，惟五更则微凉，至日出则复温矣。

流寓

唐人之为水手者，利其国中不着衣裳，且米粮易求，妇女易得，屋室易办，器用易足，买卖易为，往往皆逃逸于彼。

军马

军马亦是裸体跣足，右手执标枪，左手执战牌，别无所谓弓箭、炮石、甲胄之属。传闻与暹人相攻，皆驱百姓使战，往往亦别无智略谋画。

国主出入

闻在先国主，辙迹未尝离户，盖亦防有不测之变也。新主乃故国主之婿，原以典兵为职。其妇翁殂，其女密窃金剑以付其夫，以故亲子不得承袭。尝谋起兵，为新主所觉，斩其趾而安置于幽室。新主身嵌圣铁，纵使刀箭之属，着体不能为害，因恃此遂敢出户。

余宿留岁余，见其出者四五。凡出时，诸军马拥其前，旗帜鼓乐踵其后。宫女三五百，花布花髻，手执巨烛，自成一队，虽白日亦点烛。又有宫女皆执内中金银器皿及文饰之具，制度迥别，不知其何所用。又有宫女，执标枪标牌为内兵，又成一队。又有羊车、鹿车、马车，皆以金为饰。其诸臣僚国戚皆骑象在前。远望红凉伞不计其数。又其次则国主之妻及妾媵，或轿或车，或马或象，其销金凉伞何止百余。其后则是国主，立于象上，手持金剑，象之牙亦以金套之，打销金白凉伞凡二十余柄，其伞柄皆金为之。其四围拥簇之象甚多，又有军马护之。若游近处，止用金轿子，皆以宫女抬之。大凡出入，必迎小金塔金佛在其前，观者皆当跪地顶礼，名为三罢。不然，则为貌事者所擒，不虚释也。

每日国主两次坐衙治事，亦无定文。凡诸臣与百姓之欲见国主者，皆列坐地上以俟。少顷闻内中隐隐有乐声，在外方吹螺以迎之。闻止用金车子，来处稍远。须臾，见二宫女纤手卷帘，而国主已仗剑立于金窗之中矣。臣僚以下，皆合掌叩头。螺声绝，方许抬头。国主随亦就坐。闻坐处有狮子皮一领，乃传国之宝。言事既毕，国主寻即转身，二宫女复垂其帘，诸人各起身。以此观之，则虽蛮貊之邦，未尝不知有君也。